Diogenes Deluxe

MARTIN SUTER wurde 1948 in Zürich geboren. Seine Romane und *Business-Class*-Geschichten sind auch international große Erfolge. Seit 2011 löst außerdem der Gentleman-Gauner Allmen in einer eigenen Krimiserie seine Fälle, derzeit liegen sechs Bände vor. 2022 feierte der Kinofilm von André Schäfer *Alles über Martin Suter. Außer die Wahrheit* am Locarno Film Festival Premiere. Seit einigen Jahren betreibt der Autor die Website martin-suter.com. Er lebt mit seiner Familie in Zürich.

Martin Suter

Ein perfekter Freund

ROMAN

Diogenes

Die Erstausgabe erschien 2002 im Diogenes Verlag
Covermotiv: Foto von Philipp Keel, ›Early Bird, 2021‹

Für meine Mutter

Veröffentlicht als Diogenes Deluxe, 2023

www.diogenes.ch
50/23/852/1
ISBN 978 3 257 26171 4

I

Seine Hand spürte das Gesicht, aber sein Gesicht spürte die Hand nicht.

Fabio Rossi ließ sie wieder auf die Bettdecke sinken und versuchte, dorthin zurückzukehren, wo er sich eben noch befunden hatte. An den Ort ohne Gefühle, Geräusche, Gedanken und Gerüche.

Es war vor allem der Geruch, der ihn davon abhielt, die Augen zu öffnen. Es roch nach Krankenhaus. Er würde noch früh genug erfahren, weshalb er hier war.

Das Nächste, was durch das Dunkel drang, war eine Stimme. »Herr Rooossi«, rief sie, wie vom andern Ufer eines Flusses. So weit weg, dass er sie ignorieren konnte, ohne unhöflich zu erscheinen.

Die Geräusche entfernten sich, aber der Geruch blieb. Er wurde intensiver mit jedem Atemzug. Fabio wollte durch den Mund atmen. Es war ihm, als ob er ihn nur zur Hälfte öffnen könnte.

Er betastete ihn. Wieder das gleiche Gefühl: Die Finger spürten die Lippen, aber die Lippen die Finger nicht. Doch der Mund war offen. Er konnte seine Zähne berühren. Auch sie waren gefühllos, jedenfalls die auf der rechten Seite.

Seine linke Gesichtshälfte fühlte sich normal an. Sein Oberkörper ebenfalls. Er konnte auch die Füße bewegen und spürte die Bettdecke an seinen Zehen. Er tastete seinen Arm ab. Am linken Vorderarm stieß er auf ein Heftpflaster, dann auf einen Infusionsschlauch.

Fabio spürte Panik hochkommen. Aber noch immer weigerte er sich, die Augen zu öffnen. Zuerst musste er sich erinnern, weshalb er im Krankenhaus lag.

Er befühlte seinen Kopf. Die Haare auf der fremden Hälfte fühlten sich seltsam an. Wie eine Mütze. Ein Verband? Auch auf der linken Seite stimmte etwas nicht. Am Hinterkopf klebte ein Pflaster über einer schmerzenden Stelle. Hatte man ihn am Kopf operiert?

Hatte man ihm einen Tumor entfernt? Und mit ihm die Erinnerung daran, dass er einen gehabt hatte?

Er riss die Augen auf. Der Raum war abgedunkelt. Er konnte eine Infusionsflasche erkennen, die neben dem Bett an einem verchromten Ständer hing. An der Wand stand ein Tisch mit einem Blumenstrauß, darüber ein Kruzifix. Über seinem Kopf hing ein Haltegriff. Ein Kabel wand sich darum mit einer Klingel, auf die er jetzt panisch drückte.

Nach einer Ewigkeit wurde die Tür geöffnet. Eine Gestalt zeichnete sich im Neonlicht des Ganges ab, näherte sich, knipste eine Nachttischlampe an.

»Ja, Herr Rossi?«

Die Kissen und das schräg gestellte Kopfteil zwangen Fabio in eine halb sitzende Position. Die dünne Frau an seinem hohen Bettrand war fast auf Augenhöhe. Sie trug eine lose blaue Baumwollbluse über einer Hose aus dem gleichen Material. Und ein Namensschild, das Fabios Augen noch nicht entziffern konnten. Sie fühlte seinen Puls und fragte, ohne ihre Uhr aus den Augen zu lassen: »Wo sind Sie?«

»Das wollte ich Sie fragen.«

»Keine Ahnung?«

Fabio schüttelte vorsichtig den Kopf. Die Frau ließ sein Handgelenk los, nahm das Krankenblatt vom Bettgestell und notierte etwas. »Sie sind in der Neurochirurgie der Uniklinik.«

»Weshalb?«

»Sie haben eine Kopfverletzung.« Sie überprüfte die Infusionsflasche.

»Was für eine?«

»Ein Schädel-Hirn-Trauma. Sie haben einen Schlag auf den Kopf erhalten.«

»Wie das?«

Sie lächelte: »Das wollte ich Sie fragen.«

Fabio schloss die Augen. »Seit wann bin ich hier?«

»Seit fünf Tagen.«

Fabio schlug die Augen auf. »Ich war fünf Tage im Koma?«

»Nein, Sie sind seit drei Tagen wach.«

»Ich erinnere mich nicht.«

»Das hängt mit Ihrer Kopfverletzung zusammen.«

»Ist sie so schlimm?«

»Es geht. Kein Schädelbruch und keine Blutung.«

»Und der Verband?«

»Auf der Intensivstation hatte man Ihnen eine Hirndrucksonde eingesetzt.«

»Weshalb?«

»Man hatte im Computertomogramm eine Hirnprellung festgestellt, und der Arzt entschied,

Sie in Narkose zu behalten und den Hirndruck zu überwachen. Wenn er gestiegen wäre, hätte das geheißen, dass das Hirn anschwillt oder eine Blutung auftritt.«

»Was passiert dann?«

»Es ist nicht angeschwollen.«

»Ich war in einem künstlichen Koma?«

»In einer Langzeitnarkose. Zwei Tage.«

Fabio fielen die Augen zu. »Wo ist meine Freundin?«

»Ich nehme an, zu Hause. Es ist kurz nach Mitternacht.«

»Ist sie schon lange gegangen?«

»Ich weiß nicht. Ich bin die Nachtschwester«, antwortete die Stimme. Jetzt wieder von jenseits des Flusses.

Norina wusch seinen Bauch mit einem weichen Lappen. Er spürte ihre leichte Hand und die Wärme des Lappens. Er lag mit leicht gespreizten Beinen da und stellte sich schlafend. Er hörte es plätschern, wenn sie den Lappen auswrang, und konnte es kaum erwarten, bis sie ihn wieder berührte.

Sie seifte Schamhaare und Leisten ein. Endlich spürte er ihre Finger an seinem Penis. Sie hob ihn an – und ein stechender Schmerz durchzuckte ihn. Fabio schrie auf.

»Pardon.« Eine Männerstimme.

Er schlug die Augen auf. Ein Mann stand neben dem Bett. Er war etwa in seinem Alter und trug das weißblond gefärbte Haar millimeterkurz. Er hatte eine blaue Baumwollhose an und darüber eine blaue, lose, kurzärmelige Bluse mit einem Namensschild. Er hob die Hände bedauernd in die Höhe. »Der Blasenkatheter, sorry. Wissen Sie, wo Sie sind?«

Fabio schaute sich um. Neben dem Bett ein Infusionsständer, an der Wand ein Tisch mit einem Blumenstrauß, darüber ein Kruzifix. »Sieht nach Krankenhaus aus.«

»Wissen Sie, welches?«

»Keine Ahnung.«

Der Mann nahm das Krankenblatt vom Bettgestell und machte eine Notiz. »Sie sind in der Neurochirurgie der Uniklinik.«

»Weshalb?«

»Sie haben eine Kopfverletzung.«

Fabio betastete seinen Kopf. Die rechte Gesichtshälfte fühlte sich taub an. Auf dem Schädel spürte er ein Pflaster oder einen Verband. »Wie ist das passiert?«

»Erinnern Sie sich nicht?«

Fabio dachte nach. »Nein. Sagen Sie es mir.«

»Sie haben einen Schlag auf den Hinterkopf bekommen. Das ist alles, was wir wissen.«

»Wann war das?«

»Vor sechs Tagen.«

Fabio erschrak. »So lange lag ich im Koma?«

Der Pfleger öffnete die Nachttischschublade, entnahm ihr einen Schreibblock. Er war in Fabios Handschrift beschrieben. Dort, wo er hindeutete, stand: *Ich habe eine posttraumatische Amnesie.*

»Wann habe ich das geschrieben?«

»Gestern.« Der Pfleger blätterte zurück und zeigte ihm eine andere Stelle. *Ich habe eine posttraumatische Amnesie.* »Das ist von vorgestern.«

Fabio las andere Notizen. *In der Intensivstation wurde ich zwei Tage künstlich beatmet und in Narkose behalten. Man hat mir ein Loch in den Schädel gebohrt und eine Hirndrucksonde eingesetzt. Deshalb der Verband,* stand hier. Oder: *Der rechte Stirnlappen ist geprellt.* Oder: *Mit einer Hirndrucksonde misst man den Schädeldruck. Wenn das Hirn anschwillt oder eine Blutung entsteht, steigt er.* Oder: *Mamma war fünfmal hier, während ich schlief.*

»Wo ist meine Mutter jetzt?«

»Ich nehme an, zu Hause.«

»Meine Mutter wohnt in Urbino, sechshundertfünfzig Kilometer von hier.«

Der Pfleger machte sich eine Notiz.

»Was schreiben Sie?«

»Eine Notiz für Dr. Berthod. Dass Sie sich erinnern, wo Ihre Mutter wohnt.«

»Ich erinnere mich an alles, außer an den Unfall.«

Die Art, wie der Pfleger nickte, gefiel Fabio nicht. Er blätterte weiter im Schreibblock. *Norina war wohl hier,* stand da. Und weiter hinten: *Die Blumen sind bestimmt von ihr.*

»War ich wach, als meine Freundin hier war?«

»Manchmal.«

Fabio schwieg.

»Schreiben Sie sich die Fragen auf, die Sie Doktor Berthod stellen wollen«, schlug der Pfleger vor und setzte Fabios Intimwaschung fort.

In die Dunkelheit drang der Duft von Jasmin, Rose, Maiglöckchen, Ylang-Ylang, Amber und Vanille. Die linke Hälfte seiner Lippen spürte etwas Weiches. Einen Mund? Fabio schlug die Augen auf. Vor ihm, so dicht, dass er es nicht fokussieren konnte, war das Gesicht einer Frau.

»Norina?«

Das Gesicht wich zurück. Jetzt konnte er es erkennen.

Hohe Backenknochen, große blaue Augen, kleiner Mund mit vollen Lippen, blondes kurzes Haar. Mitte zwanzig.

»Hallo, Fabio«, sagte sie und lächelte. Tapfer, wie es Fabio schien.

»Hallo«, sagte Fabio. Er hatte die Frau noch nie gesehen.

2

Nach und nach erinnerte sich Fabio. Er erwachte und wusste: Ich liege im Krankenhaus, weil ich eins auf den Schädel bekommen habe. Ich wurde von einer Polizeistreife eingeliefert, die von Passanten auf mich aufmerksam gemacht worden war. Ich war verwirrt, mein rechtes Auge war zugeschwollen, ich blutete am Kopf. Ich habe ein mittelschweres Schädel-Hirn-Trauma, einen Kopfschwartenriss am linken Hinterkopf, eine Prellung des rechten Stirnlappens, ein Monokelhämatom am rechten Auge, eine Fissur des rechten Orbitalbodens, die meinen Nervus Ophthalmicus einklemmt und schuld ist am tauben Gefühl in der rechten Gesichtshälfte. Vermutlich von einem Sturz als Folge des Schlages. Ich leide unter einer anterograden und einer retrograden Amnesie, die junge Frau, die mich küsst, die mir Blumen bringt, ist nicht Norina. Sie heißt Marlen und ist meine Freundin. Seit fünf Wochen.

Tagsüber ging es. Frühstücken, Waschen, Physiotherapie, Tomografie, Elektroenzephalografie. Man testete seine Hirnfunktionen (»Wenn ich einen Finger hochhalte, halten Sie zwei hoch, wenn ich zwei hochhalte, halten Sie einen hoch«); man hielt süße und salzige Wattestäbchen auf seine Zunge, um seine Geschmacksnerven zu testen; man prüfte die Empfindlichkeit seines Trigeminusnervs mit Nadelstichen; man testete seine Reflexe mit einem Gummihämmerchen; er musste heiß, kalt, spitz und stumpf unterscheiden; er musste sich Wörter merken und sie in umgekehrter Reihenfolge wiederholen; man fragte ihn aus über sein Leben, seinen Beruf, seinen Unfall; man wollte von ihm die Namen der letzten drei amerikanischen Präsidenten wissen und das heutige Datum und den Namen seines Chefredakteurs und wie er die letzten Sommerferien verbracht hatte.

Fabio beteiligte sich mit Eifer an den Untersuchungen. Er wollte wissen, wie es um ihn stand. Er wollte wissen, was mit ihm passiert war. Er wollte wissen, was er nicht mehr wusste.

Wenn er nicht von diagnostischen, therapeutischen oder pflegerischen Maßnahmen in Anspruch genommen wurde, döste er, las ein wenig (was ihn sehr anstrengte) oder empfing kurze Besuche.

Aber sobald die Tagesschwester das frühe Abendessen abgeräumt hatte und den Rollladen vor dem noch hellen Sommerhimmel herunterließ, stellte sich die Panik ein.

Er kannte das Gefühl von früher. Er hatte auf der Hochzeit seiner Mutter vor drei Jahren in Urbino so viele Grappas getrunken, dass er sich an nichts mehr erinnern konnte. Er wusste nicht, weshalb ihm das passiert war. Seine Mutter war erst sechsundvierzig, als sein Vater mit fast siebzig starb. Sie hatte drei Jahre später einen Jugendfreund geheiratet, wogegen er nichts einzuwenden hatte. Dass es hieß, sie habe schon zu Vaters Lebzeiten etwas mit Aldo gehabt, konnte er ihr nicht verdenken. Sie war eine schöne Frau, nicht dafür geschaffen, ihre Abende mit einem kränkelnden, alten Mann zu verbringen, der die Mannschaftsaufstellungen der italienischen Nationalelf der letzten vierzig Jahre herunterbeten konnte. Und dies auch regelmäßig tat.

Trotzdem hatte Fabio sich auf dieser Hochzeit wie ein verschmähter Liebhaber vorsätzlich, systematisch und demonstrativ betrunken. Er war nackt auf der Matratze des Gästebetts seiner

Großmutter aufgewacht, neben sich ein Bündel aus seinem Bettzeug, seinen Kleidern und seinem Mageninhalt. Die Großmutter wohnte in Saludecio, auf halbem Weg zwischen Urbino und Rimini. Er hatte keine Ahnung, wie er dorthin gekommen war.

Die folgenden vierundzwanzig Stunden war er damit beschäftigt, seinen Kater zu verkraften. Und die Berichte anderer Gäste über Einzelheiten seines Exzesses. Die Panik kam erst, als er feststellte, dass etwa vierzehn Stunden seines Lebens ausgelöscht waren. Sosehr er sich anstrengte, er konnte sich nicht erinnern. Er konnte sie rekonstruieren, er konnte sie lernen, er konnte sie recherchieren wie eine Geschichte, die ein anderer erlebt hat. Aber seine eigene Version, seine persönliche Erfahrung war unwiederbringlich weg. Wie früher der Milchzahn auf dem Fenstersims am nächsten Morgen.

Diese Erfahrung hatte Fabio so erschreckt, dass er danach zwei Jahre lang überhaupt keinen Alkohol mehr angerührt hatte und bis heute nie mehr betrunken gewesen war.

Diesmal waren fünfzig Tage weg.

Seine letzte Erinnerung – frisch und lebhaft wie von gestern – war ein Interview mit einem

Lokomotivführer. Fabio war seit einiger Zeit an einer Reportage über Lokomotivführer, denen sich Selbstmörder vor die Lok geworfen hatten. Er wollte wissen, wie sie sich fühlten, wie sie das Erlebnis verarbeiteten, wie sie psychologisch betreut wurden. Es war eine dieser Geschichten, die auf der Redaktionskonferenz besser klangen, als sie im Lauf der Recherche wurden. Alle erzählten das Gleiche, waren gleich betroffen, gleich erschüttert, hatten die gleichen Sätze parat wie der Bahnpsychologe, der sie betreute. Bis Fabio Erwin Stoll traf, einen fünfundzwanzigjährigen Lokführer im zweiten Dienstjahr.

Stoll hatte eine Wut. Er nahm es dem Selbstmörder – einem von seiner Frau verlassenen, knapp vierzigjährigen Familienvater – persönlich übel, dass er sich vor seine Lok geworfen hatte. »Was habe ich dem Arschloch getan, dass er sich vor meine Lok wirft? Soll er sich doch aufhängen oder von einer Brücke stürzen oder Tabletten fressen! Wissen Sie, was ein Intercity wiegt? Über sechshundertzwanzig Tonnen! Und ich fahre hundertfünfundzwanzig auf diesem Streckenabschnitt vor der Feldauerkurve. Keine dreihundert Meter Sichtweite und sechshundertfünfzig Meter Bremsweg! Und das Arschloch kommt zweihundert Meter vor mir aus den Büschen und stellt sich aufs Gleis. Da bin ich doch chancenlos! Arschloch! Kein Wunder, hat den seine Frau verlassen!«

Dieser Ansatz hatte Rossi gefallen. Die Wut des Lokführers auf den Selbstmörder. Er wusste noch, dass er sich vorgenommen hatte, bei den bereits Interviewten unter diesem Aspekt nachzuhaken.

Das Nächste, woran er sich erinnerte, war der Wirrwarr aus Dämmern und Erwachen, aus dem er sich langsam zu befreien begann.

Alles dazwischen war verschwunden in einem schwarzen Loch in seinem Kopf. Und wenn er in der Nacht vergeblich versuchte, es dort herauszuholen, war ihm, als steckte er mit angelegten Armen in einer engen Röhre und könnte weder vor noch zurück. Diesen Zustand der Klaustrophobie konnte er nur dadurch beenden, dass er der Nachtschwester klingelte. Sie gab ihm nach einigem Hin und Her eine Pille, die ihn in kurzer Zeit in einen tiefen, traumlosen Schlaf versetzte.

»Hast du mit Norina gesprochen, Mamma?«

Francesca Baldi griff mit der rechten Hand hinter ihren Nacken und zog die langen, geraden roten Haare, die ihr über die linke Schulter fielen, zurück an ihren Platz. Fabio kannte die Geste, seit er ein kleiner Junge gewesen war. Er wusste bis heute nicht, was sie ausdrückte: Verlegenheit, Langeweile, Abwesenheit oder einfach das Bedürfnis, berührt zu werden, und sei es durch sie selbst.

»Norina will nicht mit mir sprechen.«

»Hast du es versucht?«

»Ja.«

»Was sagt sie?«

»Ich solle eine Nachricht hinterlassen, sie rufe mich zurück.«

»Ihr Beantworter hat mit dir gesprochen?«

»Mehrmals.«

»Und sie ruft nicht zurück?«

»Nein.«

»Weil du keine Nachricht hinterlässt?«

»Ich rede nicht mit Maschinen.«

»Das ist ein Notfall, Mamma.«

»Sie will nicht mit mir sprechen.«

»Wie willst du das wissen, wenn du sie nicht fragst?«

»Ich an ihrer Stelle würde auch nicht mit mir sprechen wollen.«

»Weil du meine Mutter bist?«

»Weil sie mit dir Schluss gemacht hat.«

Eine Schwester schaute herein, nickte Fabios Mutter zu und ging wieder hinaus.

»Es wird Zeit. Sie schmeißen mich raus.«

»Sie kann doch wenigstens mit mir reden. Ich muss doch wissen, wie es dazu gekommen ist.«

»Du wirst es erfahren.« Sie gab ihm einen Kuss und stand auf.

»Versprich mir, dass du es weiter versuchst.«

»Versprochen«, sagte seine Mutter. Ihre Rechte verschwand wieder hinter dem Kopf, kam auf der linken Seite zum Vorschein und angelte sich ein paar rote Strähnen. Vielleicht, dachte Fabio, hat sie mit dieser Geste schon immer eine Lüge überspielt.

Dr. Berthod war ein großer, schlaksiger Mann Anfang vierzig mit einem Schädel, so kahl wie ein Präparat aus dem neurologischen Institut. Er blickte ironisch aus wimpernlosen Augen unter haarlosen Brauen, und wenn er lächelte, war man überrascht, eine Reihe einwandfreier Zähne zu erblicken. Er pikste Fabio mit einer stumpfen Nadel im Gesicht herum und machte sich eine Notiz, wenn dieser reagierte. Die rechte Gesichtshälfte vom Backenknochen bis zum Oberkiefer war noch immer taub.

»Kommt das Gefühl wieder zurück?«, fragte Fabio. Er fühlte jetzt Berthods trockene, eckige Hand auf seiner linken Gesichtshälfte und zog in Erwartung der Nadel eine Grimasse.

»In den meisten Fällen. Aber es dauert.«

»Und wenn es nicht zurückkommt?«

»Gewöhnt man sich daran.«

»Auch an die Gedächtnislücke? Mir ist nichts eingefallen seit dem Lokführer.«

»Auch das braucht seine Zeit. Man muss den Zugang wiederfinden.«

»Und manchmal findet man ihn nie mehr«, ergänzte Fabio.

»Wer sagt das?«

»Sie. Gestern.«

»Nicht vorgestern?«

Fabio zuckte die Schultern. »Vielleicht auch vorgestern.«

»Nein. Überlegen Sie. Gestern oder vorgestern?«

Fabio dachte nach. »Gestern.«

»Weshalb sind Sie so sicher?«

»Vorgestern hatten Sie frei.«

Berthod ließ seine Zahnreihe aufblitzen. »Ich glaube, ich kann Sie bald nach Hause schicken.« Er warf die Nadel in eine verchromte Schale.

»Was mach ich bloß, wenn die letzten fünfzig Tage meines Lebens verloren bleiben?«

»Tun Sie sie zu den ersten vier Jahren Ihres Lebens. An die können Sie sich nämlich auch nicht erinnern.«

»Aber die waren nicht so schicksalhaft.«

»Darüber lässt sich streiten.«

Das Fenster stand weit offen, die ockerfarbene Sonnenstore war zu drei Vierteln heruntergelassen, durch die schmale Öffnung drang die Luft eines schwülen Spätnachmittags. Fabio Rossi starrte auf die Türklinke. Sobald sie sich senkte, würde er sich schlafend stellen.

Er hatte seine Mutter gedrängt, nach Urbino zurückzufahren. Sie hatte rasch und dankbar nachgegeben. Wenn also jetzt, zu Beginn der Besuchszeit, jemand kam, war es mit größter Wahrscheinlichkeit Marlen. Sie kam regelmäßig.

Am Anfang hatte er mit ihr noch Konversation gepflegt, wie mit einer Sesselliftbekanntschaft. Er wusste, dass sie einen jüngeren Bruder und eine ältere Schwester hatte, dass sie Dancehall-Reggae liebte und dass sie Assistentin in der Presseabteilung von LEMIEUX war, einem internationalen Nahrungsmittelkonzern.

In dieser Eigenschaft musste er sie wohl kennengelernt haben. Sie danach zu fragen hatte er nicht übers Herz gebracht. Sie schien darunter zu leiden, dass er sich nicht an sie erinnerte.

Er hatte begonnen, sich während ihrer Besuche schlafend zu stellen. Sie saß dann neben seinem Bett, streichelte seine gefühllose Wange und roch gut.

Die Türklinke senkte sich langsam. Fabio schloss die Augen. Er spürte, wie die stehende Luft im Zimmer leicht in Bewegung geriet. Durch die Wimpern sah er, wie die Tür wieder zugezogen wurde. Sein Besuch hatte gesehen, dass er schlief, und wollte nicht stören. Vielleicht Norina?

»Ja?«, rief Fabio.

Die Tür ging wieder auf. In der Öffnung erschien der schmale, fast kahlgeschorene Kopf von Lucas Jäger, Kollege und Freund. »Ich dachte, du schläfst.«

»Pech gehabt«, antwortete Fabio.

Lucas sah aus, als wäre er lieber nicht hier. Er schloss die Tür hinter sich und legte den SONNTAG-MORGEN vom nächsten Tag auf die Bettdecke. Die Sonntagszeitung, bei der sie beide arbeiteten. »Wie geht's?«

»Hab's vergessen«, antwortete Fabio. Sein Grinsen fühlte sich schief an, obwohl er sich schon oft vor dem Spiegel überzeugt hatte, dass es das nicht war.

Lucas grinste auch. Etwas verlegen, wie es Fabio schien. »Wann kommst du raus?«

»Montag oder Dienstag. – Siehst du Norina?«

Lucas machte eine vage Geste, die wohl ja bedeutete.

»Wie geht es ihr?«

»Gut.«

»Sie ist noch nie gekommen.«

»Überrascht dich das?«

Fabio reagierte unwirsch. »Mich überrascht alles, was mit den letzten fünfzig Tagen zu tun hat.«

»Klar. Tut mir leid.« Beide schwiegen.

»Was ist genau passiert?«, fragte Fabio nach einer Weile.

»Du bist mit Marlen ins Bett und hast dich von Norina erwischen lassen.«

»Dabei?«

»Nicht direkt. Du hast gesagt, du seist auf Reportage, dabei warst du mit Marlen zusammen.«

»Und wie hat sie es herausgefunden?«

Lucas hob die Schultern.

»Und deshalb hat sie mich rausgeschmissen?«

»Soviel ich weiß, habt ihr euch versöhnt.«

»Und?«

»Dann hast du dich wieder erwischen lassen.«

Fabio schüttelte den Kopf. »Ich begreif's nicht.«

»Also, wenn man Marlen so sieht ...«

»Schon. Aber ich fühle nichts.«

Lucas lächelte ungläubig. »Nichts? Muss mit dem Schlag auf den Kopf zu tun haben.«

»Du weißt, was ich meine. Sie ist mir fremd.«

»Das letzte Mal hat es dir gefallen, das zu ändern.«

Fabio schüttelte den Kopf. »Du kapierst nicht: Ich stehe auf Norina. Was immer es mir möglich gemacht hatte, unsere Beziehung aufs Spiel zu setzen – es ist weg.«

Beide hingen ihren Gedanken nach.

»Ist Norina mit jemandem zusammen?«, fragte Fabio schließlich. Lucas schwieg. »Kenne ich ihn?« Lucas schien erleichtert, als sich die Tür öffnete und Marlen leise ins Zimmer trat. Sie warf ihm einen fragenden Blick zu. Fabio hatte die Augen geschlossen. Lucas hielt den Finger an die Lippen.

»Schläft er schon lange?, flüsterte sie.

»Seit ich hier bin.«

3

Die ganze Zeit, in der Fabio in der Uniklinik lag, hatte sich Norina nicht blicken lassen.

Am Tag seiner Entlassung verordnete ihm Doktor Berthod Ruhe, Gedächtnistraining, Physiotherapie und ein Antiepileptikum. Letzteres prophylaktisch, wie er betonte. Normalerweise hätte er ihm auch eine möglichst vertraute familiäre Umgebung empfohlen. Aber da er Fabios Situation kannte, mied er das Thema. Stattdessen erwähnte er Fälle, in denen die Rückkehr in die Situation »vor dem ursächlichen Einflussfaktor« den Betroffenen geholfen hatte, die Erinnerung wiederzufinden.

Fabio hatte seine paar Sachen in eine schwarze Reisetasche gepackt, die man auch als Rucksack tragen konnte. Sein bevorzugtes Gepäckstück, wenn er auf Reportage war. Er trug ein kurzärmeliges Hemd, eine leichte Baumwollhose und eine Baseballmütze, um die rasierte Stelle auf dem

Kopf zu verbergen. Er hatte sich nicht zum modischen Millimeterschnitt durchringen können, zu dem ihm der weißblonde Pfleger geraten hatte. Fabio mochte seine Haare. Sie waren dick und kupferrot wie die seiner Mutter und der meisten Mitglieder ihrer Familie.

Um acht Uhr hatte er sich mit Marlen in der Cafeteria der Klinik verabredet. Aber schon um halb sieben saß er an einem der Kunststofftische, vor sich einen Espresso. Vielmehr das, was einem ausgehändigt wurde, wenn man am Tresen einen Espresso verlangte: die gleiche bittere, dünne Brühe, die sie hier als Kaffee verkauften, einfach in einer kleineren Tasse.

Ein Mann am Nebentisch trug den linken Arm auf die Brust fixiert und den rechten so geschient, als würde er ständig die Augen gegen die Sonne abschirmen. Seine Frau flößte ihm Fruchtsaft ein und redete dazu ohne Punkt und Komma.

Die Cafeteria war gut besucht. Gebrechliche Männer in sportlichen Trainingsanzügen, bleiche Frauen in wattierten Morgenröcken, Patienten in Rollstühlen, an Krücken oder mit ihren fahrbaren Infusionsständern im Schlepptau. Besucher und Angehörige, manche bedrückt, manche betont zuversichtlich. Ein Geräuschteppich aus

Geschirrgeklapper und gedämpften Stimmen. Ein Geruch nach Krankenhaus und Milchkaffee.

Fabio hielt es nicht mehr aus. Er nahm seine Tasche vom Stuhl gegenüber und ging hinaus.

Draußen kündigte sich ein weiterer schwüler Sommertag an. Ein Mann in einem ärmellosen Netzhemd fuhr einen roten Aufsitzmäher über den Rasen des Klinikparks. Die rollstuhlgängigen Parkwege waren leer bis auf zwei eilige Krankenschwestern.

Fabio setzte sich auf eine Bank. Es roch nach frischgemähtem Gras und den Abgasen des Rasenmähers. An einem Fenster tauchte eine weiße Gestalt auf und ließ eine Store herunter.

Fabio kam sich vor wie ausgesetzt an einem fremden Ort.

Der Weg zurück war abgeschnitten durch eine Kluft von fünfzig Tagen und Nächten Nichts.

Eine junge Frau näherte sich auf dem Weg. Als sie ihn sah, winkte sie und begann zu rennen. Fabio winkte zurück. Er stand auf, nahm seine Tasche und ging ihr entgegen.

Als er sie erreicht hatte, blieb sie vor ihm stehen. Sie trug ein kurzes Trägerkleid aus schwarzem Leinen und lächelte unsicher.

Fabio stellte die Tasche ab und schloss sie in die

Arme. Zum ersten Mal war er froh, wie war gleich ihr Name? zu sehen.

Marlen steuerte ihren klapprigen 89er Golf Cabrio durch den Morgenverkehr. Sie durchquerte das Zentrum und fuhr in ein für Fabio fremdes Quartier am Stadtrand. Schmale Straßen, gesäumt von Doppeleinfamilienhäusern aus den vierziger und Wohnblöcken aus den siebziger Jahren, Tempo 30. Sie bog in eine Einfahrt, hielt bei einer Konsole und steckte einen Schlüssel in ein Schloss. Ein graues Tor öffnete sich, sie fuhren in eine Tiefgarage.

Die meisten der etwa zwanzig Plätze waren leer um diese Zeit und gaben den Blick frei auf Winterreifen, Gepäckträger, Schlitten, Teppichrollen, Gestelle, Altpapier und allerlei anderes Gerümpel.

Marlen parkte den Wagen. An der Wand vor der Stoßstange lehnten zwei Fahrräder.

»Mein Fahrrad«, sagte Fabio verwundert.

»Wird Zeit, dass es bewegt wird«, antwortete Marlen.

Die Wohnung lag im zweiten Stock. Der größte Raum war eine Wohnküche. Eine Frühstückstheke trennte den Wohnteil vom kleinen Küchenteil. Dieser bestand aus einem Spülbecken, einem Herd mit drei Platten, einem Kühlschrank und ein paar kleinen Schränken. Im Wohnzimmer standen ein Ledersofa und ein Sessel. Eine Glastür führte auf einen kleinen Balkon mit einem Gartentisch und zwei Stühlen und ein paar Topfpflanzen. Von dort aus überblickte man einen Rasen mit einem Kinderspielplatz und den Garten des angrenzenden Doppelhauses.

Das Fenster zum Balkon war von einem Stahlrohr-Schreibtisch mit schwarzer Tischplatte verstellt. Darauf standen ein Printer und ein schwarzes Powerbook. Davor ein Lederstuhl auf Rädern, ebenfalls in Schwarz. Alle vier Gegenstände stammten aus Fabios Besitz.

Das Schlafzimmer ging auf den schmalen Vorgarten und die Straße hinaus. Es wurde von einem Doppelbett und einem weißen Lamellenschrank eingenommen, der fast bis zur Decke reichte. Marlen öffnete eine der fünf Schranktüren. Fabio erkannte ein paar seiner Jacketts und Hosen.

»Welcome back«, sagte sie. Sie legte ihm die Hände auf die Schultern und küsste ihn.

So gut es ging mit Lippen wie nach dem Zahnarzt, wenn die Spritze noch wirkt, küsste Fabio zurück. Ihr Mund war weich und ihre Zunge schmiegsam. Doch sosehr er sich auch anstrengte, der Kuss brachte keine Erinnerung zurück.

Er öffnete die Augen und sah, dass auch Marlen sie geöffnet hatte.

»Vielleicht brauchst du mehr Zeit«, flüsterte sie.

Die Hitze hielt Fabio wach. Er lag auf dem Rücken und starrte an die niedrige Decke. Neben ihm lag Marlen in einem züchtigen Pyjama und schlief wie ein Kind. Das Fenster stand offen, die Nacht hatte die Luft kaum abgekühlt. Eine Straßenlaterne warf ein Rechteck bläulichen Lichts an die Wand. Ganz selten fuhr langsam ein Auto vorbei.

Eine von Fabios frühsten Kindheitserinnerungen war ein fremdes Zimmer: Sommerferien in Urbino vor bald dreißig Jahren. Sie wohnten im Haus der Großmutter. Fabio war mitten in der Nacht erwacht, und alles war fremd. Das Bett, das Licht, der Geruch, die Geräusche. Er fing an zu weinen, aber niemand kam. Er kletterte aus dem Bett und fand die Tür. Das Haus war still und dunkel. Er irrte heulend durch die fremden

Räume, fand die Haustür und ging hinaus. Im Garten hörte er Stimmen. Seine Eltern, die Großmutter und ein paar fremde Leute saßen an einem Tisch, tranken und schwatzten. Er rannte schluchzend zu seiner Mutter und trommelte mit den Fäusten auf sie ein. Alle lachten.

Fabio stand leise auf und ging auf die Toilette. Er hatte es am Abend vermieden, sie zu benützen. Es war ihm unangenehm gewesen, sie befand sich im Badezimmer. Er spülte zweimal und öffnete das Fenster weit.

Im Spiegel über dem Waschbecken betrachtete er sein Gesicht. Vom Bluterguss am rechten Auge war nur noch eine gelbliche Verfärbung übrig. Der Riss in der Kopfhaut war mit ein paar schwarzen Fäden genäht, die bereits von den Stoppeln der nachwachsenden Haare überwuchert wurden. Die kleine Stelle, an der man ihm die Hirndrucksonde eingesetzt hatte, war kaum mehr zu sehen. Die rechte Gesichtshälfte fühlte sich noch immer fremd an. Und fremd kam ihm auch der Mann in Boxershorts und weißem T-Shirt vor. Er passte nicht in das Dekor aus unvertrauten Tuben, Töpfchen und Flakons.

Auf einem dreibeinigen Hocker neben dem Waschbecken lagen Fabios Sachen: elektrische

Zahnbürste, Nagelschere, Kamm, Bürste, Elektrorasierer, Aftershave-Gel und Eau de Toilette. Auch sie wirkten fehl am Platz.

Fabio ging in die Küche, nahm ein Glas aus dem Schrank, füllte es mit Leitungswasser und trug es auf den Balkon. Er stellte sich an die Brüstung und starrte in die Sommernacht.

Zwei Birken standen an der Grenze zum Nachbargrundstück. Ihre Stämme fluoreszierten im Mondlicht.

Von einem Balkon über ihm drangen gedämpfte Stimmen, hie und da von kurzem Auflachen unterbrochen.

Eine Katze ging über den Rasen. Fabio nahm einen Schluck Wasser. Die Katze sah die Bewegung, blieb stehen, schaute zu ihm herauf und ging weiter. Beim Kinderspielplatz schnüffelte sie im Sandhaufen, buddelte ein Loch, kauerte sich darüber, scharrte im Sand und ging weiter.

Fabio hätte sich gerne eine Zigarette angesteckt. Dabei hatte er nie geraucht.

Am Morgen hörte er Marlen aufstehen und stellte sich schlafend. Sie hatte ihm gesagt, dass sie am nächsten Tag wieder arbeiten müsse. Er wollte warten, bis sie das Haus verlassen hatte.

Die Dusche lief und wurde abgedreht. Etwas später ging leise die Tür zum Schlafzimmer auf. Sofort füllte sich der Raum mit dem Duft ihres zu damenhaften Parfums. Chanel N° 5, wie er jetzt, wo sie das Badezimmer teilten, wusste. Er hörte, wie sie sich am Schrank zu schaffen machte, und öffnete die Augen einen Spalt. Im hohen Wandspiegel sah er sie vor dem Schrank stehen. Auf ihren kleinen Pobacken hatte die Sonne ganz schwach einen Slip abgezeichnet. Über ihren schmalen Hüften sah man noch den Abdruck des Pyjamagummizugs. Sie hatte in jeder Hand einen Kleiderbügel mit einer Bluse.

Gerade als Fabio die Augen ganz öffnete, drehte Marlen sich um und ging zum Spiegel. Sofort schloss er sie wieder.

Als er sie wieder vorsichtig öffnete, hatte sich Marlen für eine Bluse entschieden. Sie war gerade lang genug, um ihn im Unklaren zu lassen, ob auch die Entscheidung für ein Höschen inzwischen gefallen war.

Auf der Frühstückstheke lag ein Zettel. *10 Uhr 30 Steinhofstraße 23, 1. Stock, Dr. Vogel* stand darauf in einer runden Mädchenschrift. Die Notiz war unterschrieben mit drei Kreuzen und *Marlen,* einer Telefonnummer und dem Zusatz: *Den ganzen Tag!* Daneben lag Fabios Handy.

Fabio wählte Norinas Nummer. Ihr Beantworter meldete sich. Er könne eine Nachricht hinterlassen oder ein Fax schicken oder ihr Handy anrufen. Er sagte: »Norina, ich wurde aus dem Spital entlassen. Ich muss mich in meinem Leben wieder zurechtfinden, und dazu muss ich mit dir reden.«

Auf ihrem Handy hinterließ er die gleiche Nachricht.

Norina arbeitete als freie Produktionsassistentin für verschiedene Filmproduktionen. Fabio versuchte die gängigsten. Bei keiner war sie momentan beschäftigt.

Er ging unter die Dusche und putzte sich die Zähne. Dann rasierte er sich sorgfältig. Es kam vor, dass er sich zweimal am Tag rasierte. Eine kleine Macke – sein Bart wuchs schwarz, und Fabio bildete sich ein, dass dadurch sein rotes Haar unnatürlich wirke. Er wollte nicht, dass die Leute glaubten, er färbe sich die Haare.

Er zog eine Baumwollhose an und ein weißes, kurzärmeliges Hemd. Es sah nach einem weiteren heißen Tag aus. Einen Moment dachte er daran, Lucas Jäger anzurufen. Vielleicht wusste der, wo er Norina erreichen konnte. Aber dann fiel ihm ein, dass Montag war. Er würde mit seinem Anruf mitten in die Redaktionskonferenz platzen.

Marlen hatte die Espressomaschine eingeschaltet gelassen. Er studierte die Knöpfe und Schalter und entschloss sich, unterwegs einen Kaffee zu trinken.

Er wusste auch nicht, wie er von hier zur Steinhofstraße kam, und bestellte ein Taxi.

Vor dem Haus schob ein Mann in Shorts und Fußballtrikot einen leeren Müllcontainer auf Rädern in die Einfahrt. Als er Fabio sah, rief er: »Causio, Rossi, Bettega!«

»Tardelli!«, antwortete Fabio.

»Benetti, Zaccarelli!«, fuhr der andere fort.

»Gentile, Cuccureddu, Scirea, Cabrini!«, antwortete Fabio.

Und beide gleichzeitig: »Zoff!«

Der Mann kam auf Fabio zu und begrüßte ihn auf Italienisch. »Und die sagen, du hättest Gedächtnisprobleme«, lachte er.

Fabio lachte mit und stieg in sein Taxi. Als es losfuhr, winkte ihm der Fremde zu. Fabio winkte zurück.

Fabio war bei der Fußball-WM 1978 zehn Jahre alt gewesen. Sein Vater nahm ihn zu allen wichtigen Spielen mit in die Sonne, das Stammlokal der Italiener des Quartiers. Im Saal war während der Weltmeisterschaften ein Fernseher aufgestellt.

Am 21. Juni 1978 spielten die Italiener um den Gruppensieg. Sie waren die haushohen Favoriten. Ein Unentschieden gegen Holland hätte ihnen gereicht, um das Endspiel zu erreichen. In der 19. Minute schien die Sache entschieden: Brandts schoss ein Eigentor und verletzte Torhüter Schrijvers so unglücklich, dass dieser gegen Jongbloed ausgewechselt werden musste. Aber die Holländer gaben nicht auf. In der 49. Minute glich Brandts aus, in der 74. schoss Arie Haan das zwei zu eins. Von da an wurden die Italiener vorgeführt. Es wurde still im Saal der Sonne.

Die Mannschaftsaufstellung der Italiener, die für diese Schmach verantwortlich war, erhielt einen Ehrenplatz im Schimpfwort-Vokabular von Fabios Vater. »Causio-Rossi-Bettega-Tardelli-Benetti-Zaccarelli-Gentile-Cuccureddu-Scirea-Cabrini-Zoff!« Keiner konnte sie so rasch und ver-ächtlich ausspucken wie Dario Rossi. Außer vielleicht sein Sohn Fabio. Jahrelang blieb sie seine bevorzugte Hasstirade.

Aber Fabio besaß auch eine Hymne: »Conti-Rossi-Graziani-Altobelli-Causio-Oriali-Tardelli-Cabrini-Collovati-Scirea-Gentile-Bergomi-Zoff!« Seine Ode an die Männer, die am 11. Juli 1982 das Endspiel gegen Deutschland gewonnen und Fabio Rossis Leben verändert hatten.

Die Zeiten, als die Italiener im Land als Bürger zweiter Klasse betrachtet wurden, waren zwar schon damals vorbei. Sie wurden akzeptiert und einigermaßen gleich behandelt. Aber mit dem Sieg über Deutschland, den fußballerischen Erbfeind ihres Gastlandes, hatten die italienischen Gastarbeiter die Herzen ihrer Gastgeber erobert. Von diesem Tag an war es schick, Italiener zu sein.

Fabio war ein angepasster Vierzehnjähriger voller Minderwertigkeitskomplexe. Der plötzliche Italienboom gab seinem Selbstbewusstsein gewaltigen Auftrieb. Er entdeckte seine Italianità und zelebrierte sie zusammen mit seinen Landsleuten an lauen Sommerabenden auf öffentlichen Plätzen, die über Nacht zu Italo-Treffs geworden waren. Er kleidete sich italienisch, sprach italienisch und benahm sich italienisch. Wie es sich gehörte für den Namensvetter des WM-Torschützenkönigs Paolo Rossi (sechs Tore).

Die Schwierigkeiten eines Lebens als Italiener im Ausland lernte er nur durch die Erzählungen seines Vaters kennen. Er selbst fühlte sich in dieser Rolle so wohl, dass er bis heute seinen italienischen Pass behalten hatte.

Die Steinhofstraße lag nahe beim Zentrum in einem Wohnviertel, dessen Wohnungen zum größten Teil als Büros, Kanzleien und Arztpraxen zweckentfremdet wurden. Vor der Nummer 23 stieg Fabio aus dem Taxi und ging durch den schmalen Vorgarten zur Eingangstür. Er klingelte bei »Praxis für Psychotherapie und Neuropsychologie Dr. phil. Paul Vogel«. Im selben Moment surrte der Türöffner. Auf einer ausgetretenen, gebohnerten Holztreppe stieg er in den ersten Stock und trat ein. »Ohne zu klingeln«, wie es das Schild an der Tür befahl.

Eine apathische Praxishilfe nahm seine Daten auf und führte ihn in ein Wartezimmer.

Der Raum sah aus, als wäre er aus Beständen der Brockenstube möbliert. Ein Potpourri aus Sitzgelegenheiten jeder Stilrichtung, eine Spielecke voller abgewetzter Spielsachen und zerkritzelter Malbücher, zwei Clubtische von unterschiedlicher Höhe, beide übersät mit Zeitschriften, die aussahen, als stammten sie aus der gleichen Quelle wie das Mobiliar. An den Wänden hingen, gerahmt und ungerahmt, die Prunkstücke aus Maltherapien der letzten zwanzig Jahre.

Die Luft war abgestanden. Fabio öffnete das Fenster und setzte sich. Zwischen Illustrierten, Tiermagazinen, Fotobüchern und Fachzeitschriften hatte jemand einen SONNTAG-MORGEN vergessen. Die Zeitung war drei Wochen alt, Fabio kannte sie nicht. Er blätterte darin und stieß auf einen Bericht mit dem Titel: »Die Wut des Lokführers auf den Selbstmörder«. Von Fabio Rossi.

Das Hauptbild zeigte einen grimmigen Erwin Stoll und die Bildunterschrift: Lokführer Stoll: »Soll er sich doch aufhängen!«

Fabio überflog den Bericht. An das Gespräch mit Stoll erinnerte er sich genau. Auch die Gesichter der anderen abgebildeten Lokführer kamen ihm bekannt vor. Aber einige Äußerungen waren neu. Offenbar hatte er sie noch einmal befragt. Vor allem danach, ob sie sich denn nicht missbraucht fühlten von den Selbstmördern. Er war sogar so weit gegangen, die Witwe eines Selbstmörders mit der Wut des Lokführers zu konfrontieren, wie ein kurzes Interview mit einer Jacqueline Barth bewies, einer blassen, ungeschminkten Frau Mitte vierzig. Es gipfelte in dem bemerkenswerten Satz: »Sagen Sie ihm, es wäre mir auch lieber, er hätte es nicht getan.«

Die Praxishilfe kam herein. »Herr Rossi.«

Fabio legte den SONNTAG-MORGEN beiseite und folgte ihr ins Sprechzimmer.

Dr. Vogel war einer der dicksten Männer, denen Fabio je begegnet war. Er stemmte sich aus einem extrabreiten Sessel hinter dem Schreibtisch und kam auf ihn zu. Bei jedem Schritt musste er mit dem einen Bein ausholen, damit er es am anderen vorbeibrachte, so feist waren seine Oberschenkel. Dazu schwang er die kurzen Arme, die von seinem runden Körper abstanden. Er reichte Fabio eine weiche Hand und musste sich dabei abwenden, damit ihm sein Leib nicht in den Weg kam.

Schweißperlen standen ihm auf der Stirn, und sein Hemd klebte, obwohl eine Klimaanlage den Raum auf winterliche Temperaturen herunterkühlte. Es roch nach dem Kölnisch Wasser, mit dem Dr. Vogel seine Ausdünstung übertünchte.

»Das ist mein Problem, und welches ist Ihres?«, waren seine ersten Worte. Wahrscheinlich seine Standardbegrüßung für neue Patienten, dachte Fabio.

Er bot ihm einen Stuhl an, zwängte sich hinter seinen Schreibtisch und blätterte schwer atmend in Fabios Unterlagen.

»Wir haben drei Probleme«, begann er, »die Amnesie davor, die Amnesie danach und das schlechte Arbeitsgedächtnis jetzt.«

»Was meinen Sie mit schlechtem Arbeitsgedächtnis?«

»Es fällt Ihnen schwer, sich Namen, Termine und Ereignisse zu merken. Sie sind vergesslich.«

»Nicht, was die Gegenwart betrifft.«

»Schade, dagegen hätten wir etwas tun können. Kommen wir zum zweiten Problem: die Amnesie danach. Sie haben keine Erinnerung an den Unfall selbst und die erste Zeit danach. Dazu eine gute Nachricht: Das wird so bleiben.«

Dass Dicke immer lustig sein müssen, dachte Fabio.

»Und nun zu dem, was Sie als Ihr Hauptproblem empfinden: die retrograde Amnesie.« Dr. Vogel hob den linken Arm vors Gesicht, griff mit der rechten Hand einen Zipfel des kurzen Ärmels seines Polohemdes und wischte sich damit die Stirn ab. »Es kann sein, dass der Zeitraum, an den Sie sich nicht erinnern, im Lauf der Zeit schrumpft. Es kann sein, dass in Ihrem Meer des

Vergessens plötzlich kleine Inseln der Erinnerung auftauchen. Es ist auch möglich, dass Ihnen plötzlich alles wieder einfällt. Und es ist auch denkbar, dass die Erinnerung überhaupt nie mehr zurückkommt. Das Problem ist: Ich kann es nicht beeinflussen.«

»Ich dachte, es gibt Methoden, verlorene Erinnerungen wiederzuerwecken?«

»Nur, wenn sie durch ein psychisch traumatisierendes Erlebnis abhanden gekommen sind. Nicht durch ein Schädel-Hirn-Trauma. Erinnern Sie sich an die Adresse?«

»Welche Adresse?«

»Die von hier.«

Fabio überlegte. Sie fiel ihm nicht ein. »Ich habe sie mir nicht gemerkt. Sie stand auf einem Zettel.«

»Gedächtnistraining. Gebrauchen Sie Ihr Hirn. Lernen Sie Gedichte. Merken Sie sich überflüssige Dinge. Lesen Sie, lösen Sie Kreuzworträtsel, spielen Sie Computerspiele, arbeiten Sie so bald wie möglich wieder. Je besser Sie Ihre grauen Zellen in Form bringen, desto größer ist die Wahrscheinlichkeit, dass die Erinnerung zurückkommt. Rauchen Sie?«

Fabio schüttelte den Kopf.

»Gut. Alkohol?«

»Kaum.«

»Lassen Sie ihn ganz weg. Schon wegen des Antiepileptikums. Schlafen Sie viel. Treiben Sie Sport. Alles gut fürs Gedächtnis.«

Den Rest der Stunde musste sich Fabio Dinge merken, indem er sie in mentale Bilder verwandelte.

»Bilder«, schnaufte Vogel, »der visuelle Input ist mit Abstand das beste Stimulans für das Hirn. Ein Bild sagt mehr als tausend Worte, das wissen Sie als Journalist.«

»Das sagen unsere Fotografen immer.«

»Und was antworten Sie denen?«

»Fotografier das mal.«

Vogel lachte im höchsten Falsett. Fabio erschrak. Dass dieser Fleischberg etwas so Spitzes, Dünnes wie diese Stimme hervorbringen konnte, darauf war er nicht gefasst gewesen. »Den muss ich mir merken«, stieß er hervor, als er wieder sprechen konnte – und machte sich eine Notiz.

Nach exakt vierzig Minuten wuchtete sich Vogel aus dem Stuhl und komplimentierte Fabio hinaus.

»Auf Wiedersehen, Herr Doktor«, sagte er an der Tür.

»Vogel«, ergänzte dieser. »Machen Sie sich das mentale Bild eines Nilpferdes.«

»Und der Vogel?«

»Sitzt auf dem Kopf des Nilpferdes.«

4

Das Biotop war eines von Fabios Lokalen, vor allem im Sommer. Sein Vorplatz mit zwanzig Tischen lag im Schatten zweier städtischer Platanen, die Gäste waren über zwanzig und unter vierzig, und der Koch stammte aus Brescia.

Es lag keine zehn Gehminuten von Dr. Vogels Praxis entfernt. Fabio war früh dran. Er machte fünfzehn daraus.

Er war der erste Gast. Die meisten Tische auf dem Vorplatz waren reserviert. Aber die junge Kellnerin mit der langen schwarzen Schürze gab ihm ein kleines Tischchen beim Eingang. Sie schien ihn zu kennen, trotz Mütze und Sonnenbrille. Fabio tat, als kenne er sie auch.

»Bist du allein, Fabio?«, fragte sie. Als er nickte, räumte sie das zweite Gedeck weg.

»Entschuldige, ich hab deinen Namen vergessen«, sagte er, als sie die Karte brachte.

»Yvonne, macht nichts.«

Fabio tat, wie ihm Dr. Vogel geraten hatte. Er sagte sich erstens den Namen in seinen eigenen Worten vor: Yvonne Machtnichts. Yvonne Machtnix. Yvonne Faniente.

Er wiederholte ihn zweitens fünfmal: Yvonne Faniente, Yvonne Faniente, Yvonne Faniente, Yvonne Faniente, Yvonne Faniente.

Er brachte ihn drittens mit etwas in Verbindung, das ihm vertraut war: Dolcefarniente.

Er machte sich viertens ein mentales Bild: Yvonne liegt an einem Pool und isst etwas Süßes. Vielleicht ein Eis. Yvonne liegt am Pool und leckt an einem Himbeereis. Vielleicht im Bikini. Oder nackt, zur besseren Memorierbarkeit. Yvonne räkelt sich nackt am Pool und leckt an einem Himbeereis. Yvonne Dolcefarniente.

Und er übte fünftens im Geiste, wie er jemandem erklärt, wie er sich den Namen Yvonne merkt.

»Hast du etwas gefunden?«, fragte Yvonne Dolcefarniente. Jetzt erinnerte sich Fabio, dass er noch nicht bestellt hatte.

Er hatte fertig gegessen und war dabei, sich zu überlegen, ob der Ristretto, den er bestellt hatte, zu den von Dr. Vogel verbotenen Stimulanzien gehörte, als eine Stimme sagte: »Warum sitzt du hier am Katzentischchen, ich hab den dort vorne reserviert.«

Lucas stand vor ihm und zeigte auf einen für drei gedeckten Vierertisch.

Fabio brauchte einen Moment, um die Situation zu erfassen. Er hatte sich mit Lucas hier verabredet und es vergessen. Er schaffte es, unter dem Vorwand, die Toilette aufsuchen zu müssen, Dolcefarniente-Yvonne die Situation zu erklären, die Rechnung zu bezahlen und sie um Diskretion zu bitten.

»Wer kommt noch?«, fragte er Lucas, als er sich zu ihm an den Tisch setzte.

»Niemand, ich wollte nur keinen Zweiertisch.«

»Warum bestellst du dann nicht für vier?«

»Wirkt unglaubwürdig, wenn gleich zwei nicht erscheinen.«

Lucas bestellte das Gleiche, was Fabio gegessen hatte: Menü zwei, Tomaten-Mozzarella und danach Schwertfisch vom Grill. Fabio bestellte einen großen gemischten Salat. »Zu heiß zum Essen«, gab er als Begründung an.

Lucas Jäger und er hatten sich vor zehn Jahren in der Journalistenschule kennengelernt. Lucas war damals vierundzwanzig und hatte bereits zwei Jahre als Lehrer gearbeitet. Fabio war ein Jahr jünger und hatte – sehr zum Kummer seines damals schon kränkelnden Vaters – das Germanistikstudium abgebrochen. Er war ein talentierter Schreiber und hatte noch vor Uniabschluss ein Angebot als Reporter einer großen Tageszeitung bekommen. Nicht sehr gut bezahlt zwar, aber mit der Möglichkeit, sein Talent zur Geltung zu bringen. Lucas ging das Schreiben weniger leicht von der Hand. Was ihm an Talent fehlte, musste er mit Fleiß wettmachen. Er kam bei einer Lokalzeitung unter. Erst vier Jahre später und auf Empfehlung von Fabio kam er zum neu gegründeten SONNTAG-MORGEN. Seither arbeiteten sie Tisch an Tisch im gleichen Großraumbüro. Lucas als zuverlässige Kraft und zäher Rechercheur, Fabio als Spezialist für literarisch eingefärbte Reportagen.

Lucas war nicht nur ein treuer Freund, sondern auch ein großer Fan von Fabio. Er bewunderte ihn für alles, was ihm selbst abging: sein Schreibtalent, seine Lockerheit, sein Selbstvertrauen, seine Freundin. Fabio neigte manchmal dazu, Lucas' Hingabe auszunützen. Es kam oft vor, dass Lucas für ihn als Rechercheur die Fleißarbeit machte, aber nicht oft, dass er dafür im Artikel erwähnt wurde. Dafür ging er in der Zeit, als Norina und Fabio zusammenwohnten, als Hausfreund ein und aus. Er spielte diese Rolle gerne und stand Norina bereitwillig als Kinobegleiter, Gesellschafter, Chauffeur und Handyman zur Verfügung, wenn Fabio unterwegs war.

Die Kellnerin brachte die Salate. »Danke, Yvonne«, sagte Fabio.

»Guten Appetit«, wünschte sie im Weggehen.

»Willst du wissen, wie ich mir ihren Namen gemerkt habe?« Fabio erklärte es ihm.

»Und wie merkst du dir Marleen?«

Fabio überlegte. »Eine Laterne. Darunter steht sie. Wie einst Lili Marlen.«

Lucas aß wie ein Feinmechaniker. Er richtete das Stück Mozzarella auf die Mitte der Tomatenscheibe aus, zentrierte das Basilikumblatt, führte mit dem Messer einen chirurgischen Schnitt genau durch die Mitte und aß die beiden exakt ausgewogenen Hälften mit Bedacht.

Fabio stocherte in seinem gemischten Salat und beobachtete sein Gegenüber. »Weißt du, wo

Norina steckt?«, fragte er. »Ich kann sie nirgends erreichen, und sie ruft nie zurück.«

Lucas kaute. Nach Fabios Eindruck länger als nötig.

»Vielleicht will sie nicht erreicht werden«, antwortete er schließlich.

»Hat sie das gesagt?«

Lucas zuckte die Schultern. »Eine Vermutung.«

»Ach, komm, Lucas, rück schon raus.«

Yvonne räumte Lucas' leeren Teller weg und brachte den Fisch. Fabios Salat ließ sie stehen.

Lucas begann die Haut von seinem Schwertfischsteak zu entfernen.

»Sag schon«, forderte ihn Fabio auf.

Lucas schob die Fischhaut an den Tellerrand und löste die Filets von der Mittelgräte. »Norina möchte nicht mit dir sprechen. Es tut ihr leid, was dir zugestoßen ist, aber sie möchte dich nicht sehen. Noch nicht. Sie braucht mehr Zeit.«

»Das lässt sie durch dich ausrichten?«

Lucas spießte die halbe Zitrone auf die Gabel und drückte sie über dem Fisch aus. Dann schob er den ersten Bissen in den Mund und kaute, kaute, kaute.

»Knallhart«, sagte Fabio.

Lucas sah aus, als wollte er widersprechen, entschied sich dann aber fürs Weiterkauen.

»Ich kann ja akzeptieren, dass sie mich nicht mehr liebt. Aber einem, mit dem man drei Jahre gelebt hat, zu helfen, seine Amnesie zu überwinden, hat nichts mit Liebe zu tun. Nur mit Nächstenliebe.«

»Lass ihr Zeit.«

»Hat sie erwähnt, wie viel?«, wollte Fabio wissen. »Tage? Wochen? Monate? Jahre?«

Lucas hob die Schultern und schob einen Bissen Fisch nach.

Fabio gab auf. »Wie läuft es in der Redaktion?«

Lucas war froh um den Themenwechsel. »Wie immer. Nein, stimmt nicht: Rufer hat den Schnurrbart abrasiert.«

»Auf dem Foto über dem *editorial* hat er ihn noch.«

»Für den Fall, dass er ihn wieder wachsen lassen muss.«

»Das hat er gesagt?«

»Das vermuten wir. Er ist noch bis Ende der Woche Strohwitwer. Danach wird man sehen.«

»Wie sieht es aus?«

»Wie eine perfekt operierte Hasenscharte.«

Im Schatten einer Kastanie warteten sie auf den Bus. In der heißen Luft standen die Abgase der Autos, die sich an der Ampel der nahen Kreuzung stauten.

»Was habe ich geschrieben seit der Lokführersache?«, fragte Fabio.

»Nichts.«

»In drei Wochen nichts?«

»Du hast recherchiert.«

»Woran?«

Lucas hob die Schultern.

»Du weißt es nicht?«

»Du hast ein Geheimnis daraus gemacht.«

»Ach, komm, das glaub ich dir nicht.«

Ein Handy piepste Ravels *Bolero*. Fabio lächelte spöttisch.

»Nein, nein«, sagte Lucas, »das ist deins.«

»*Bolero?* Sehe ich so aus?«

Aber es war seines. Eine Frauenstimme meldete sich. »Ich bin's, Marlen. Wo bist du?«

»Ich habe mit Lucas gegessen, jetzt sind wir auf dem Weg in die Redaktion.«

»In die Redaktion?« Es klang erstaunt.

Der Bus hielt, die Mitteltür öffnete sich zischend, eine alte Frau kletterte heraus. Lucas half ihr mit ihrem Einkaufswägelchen.

»Der Bus ist da, wir sehen uns später, ciao.«

»Amselweg vierundsiebzig«, sagte Marlen. »Du hast ein Kärtchen in deinem Portemonnaie.«

Im Bus durchsuchte Fabio sein Portemonnaie. Tatsächlich fand er ein schneeweißes Visitenkärtchen, in das der Schriftzug LEMIEUX geprägt war. Darunter las er: Marlen Berger, Presseassistentin, und die Firmenadresse mit Telefon, Fax und E-Mail. Auf der Rückseite des Kärtchens, in der gleichen gepflegten Typografie, stand ihre Privatadresse. Amselweg 74.

Fabio hielt Lucas das Kärtchen unter die Nase. »Ich kann froh sein, dass sie mir nicht ein Schild mit Namen und Adresse um den Hals hängt.«

Lucas sagte nichts.

»Amselweg«, las Fabio. »Amsel weg. Weg ist die Amsel. Wo ist die Amsel? Weg!«

»Und wie merkst du dir vierundsiebzig?«

»Ich erkenne das Haus.«

Der Bus hielt. Niemand stieg aus, niemand stieg ein.

»Bei der Nächsten musst du raus«, sagte Lucas.

»Weshalb?«

»Umsteigen auf die Neun. Amsel? Weg!«

»Ich komme mit in die Redaktion.«

»Weshalb?«

»Sagen, dass ich wieder da bin.«

Lucas wollte etwas erwidern, entschied sich aber anders.

Der Fahrer griff mit weitausholenden Bewegungen in sein riesiges Steuerrad. Aus seinen kurzen Hosen ragten dünne weiße Beine mit rötlichen Knien. »Busfahrer in Shorts«, sagte Fabio, »das ist wie Zugführer, die Kaffee servieren. Es untergräbt die Autorität.«

»Ein Busfahrer braucht doch keine Autorität zu sein.«

»Im Busfahren schon.«

»Glaubst du, der fährt schlechter in Shorts?«

»Davon bin ich überzeugt«, behauptete Fabio. »Der verliert auch den Respekt vor sich selbst. Am besten wäre, er trüge eine Uniform mit vier goldenen Streifen am Ärmel, wie ein Flugkapitän. Es wäre ein Beitrag zur Verkehrssicherheit. Darüber sollte man einmal etwas schreiben. Die Wirkung der Berufskleidung auf ihren Träger. Wen, glaubst du, wollen die Ärzte mit ihren Kitteln beeindrucken? Die Patienten? Falsch. Sich selbst.«

Der Bus bremste etwas zu abrupt an einer Ampel. »Siehst du, das meine ich.«

Die Redaktion bestand aus einem großen Raum, der durch Tische, Büropflanzen und ein paar schallschluckende Wandschirme unterteilt war. Türen führten zu Besprechungsräumen, dem Konferenzraum, den Büros der Ressortleiter und dem des Chefredakteurs.

Als Fabio mit Lucas den Raum durchquerte, schauten ein paar Köpfe von Bildschirmen auf, verstummten zwei, drei Gespräche.

»Willst du gleich zu Rufer?«, fragte Lucas.

Aber Fabio war stehen geblieben. »Wer ist das?«

»Wer?«

»Der an meinem Platz.« Er zeigte auf einen jungen Mann, der zusammengesunken vor dem Bildschirm saß und schrieb.

»Berlauer«, antwortete Lucas. »Rufer scheint frei zu sein, die Tür ist offen.«

»Was macht der an meinem Platz?«

»Sprich mit Rufer.« Lucas ließ Fabio stehen.

Ohne Schnurrbart sah Rufers Oberlippe aus, wie die von Fabio sich anfühlte. Und sein erstauntes »Fabio?« wirkte, wie wenn jemand, der lispelt, »Sabio« sagt.

»Wie geht es? Schön, dich wieder auf den Beinen zu sehen!« Rufer stand auf und schüttelte Fabio überschwenglich die Hand.

»Was macht der Typ an meinem Platz?«

»Berlauer? Ich glaube, er ist an einer Geschichte über japanische Reisegruppen. Scheinen ziemlich straff organisiert zu –«

»Weshalb an meinem Platz, meinte ich.«

Rufer suchte nach einer Antwort. Fabio wusste jetzt, woran ihn die leere Oberlippe seines Chefs erinnerte: an die eines Karpfens. Besonders jetzt, wo er nach Worten schnappte.

»Ich bin also abgeschrieben.«

Rufer erhob sich, schloss ein Schränkchen auf, entnahm ihm einen Ordner, blätterte, fand ein Papier und reichte es Fabio.

Es war ein kurzer Brief, adressiert an Stefan Rufer, Chefredakteur SONNTAG-MORGEN, im Hause. Er trug das Datum des sechzehnten Juni.

Lieber Stefan

Ich beziehe mich auf unsere mündliche Unterredung und bestätige meine Kündigung per Ende August dieses Jahres aus den besprochenen Gründen. Mir stehen noch achtzehn Ferientage zu, das heißt, mein letzter Arbeitstag ist der achte August. Falls meine Nachfolge vor diesem Datum geregelt ist, bin ich auch mit einem früheren Termin einverstanden.

Ich danke für das offene Gespräch und Dein Verständnis.

Fabio Rossi

Um Zeit zu gewinnen, las Fabio den Brief ein zweites Mal.

»Ich habe von deinen Gedächtnisproblemen gehört«, half Rufer.

Fabios Antwort klang gereizt: »Ich habe keine Gedächtnisprobleme, ich habe ein Blackout von fünfzig Tagen.«

»Ich weiß, entschuldige.«

So sachlich wie möglich fragte Fabio: »Was waren die Gründe?«

»Persönliche.«

»Mir kannst du sie sagen.«

Rufer grinste. »Das waren deine Worte. Aus persönlichen Gründen wolltest du dich verändern. Mehr hast du mir nicht verraten.«

»Hattest du versucht, mich umzustimmen?«

»Nein.«

»Warum nicht?«

»Ich habe schon viele Lohngespräche geführt. Das war keines.«

Das Telefon klingelte. Rufer machte eine entschuldigende Geste, wies auf einen Besuchersessel und begann ein längeres Gespräch. Als er bemerkte, dass ihm Fabio dabei auf die Oberlippe schaute, wandte er sich ab.

Fabio setzte sich. Persönliche Gründe? Hatten sie mit Norina zu tun? Oder waren es die gleichen, aus denen er sie verlassen hatte? Was zum Teufel war in ihn gefahren?

Rufer legte auf.

»Keine Andeutung über die Gründe? Nichts?«

»Nichts.«

»Auch keine Vermutung?«

Rufer räusperte sich. »Ich wusste ja von deiner privaten Situation. Wir alle wussten davon. Ich nahm an, dass es damit zusammenhing.«

»Was wusstest du über meine private Situation?«

Rufer zögerte.

»Im Ernst. Ich weiß nichts darüber.«

»Nun, du hattest diese Geschichte mit Marlen und die Trennung von Norina. Leute tun radikale Dinge in solchen Situationen.«

Fabio schüttelte ungläubig den Kopf. »Weißt du, ich habe nicht nur vergessen, was ich in dieser Zeit getan habe, ich habe auch nicht die geringste

Erinnerung an die Gefühle, die es mich tun ließen. Alles spurlos ausgelöscht.«

»Und? Was sagen die Ärzte? Kommt es wieder zurück?«

Fabio zuckte die Schultern. »Manchmal ja, manchmal nein, manchmal alles, manchmal ein Teil.«

»Kannst du es beeinflussen?«

»Mein Hirn anstrengen. Arbeiten.« Fabio schaute Rufer erwartungsvoll an. Dieser wurde verlegen.

»Berlauer war frei. Du hattest ja gesagt, falls ich früher jemanden finde … Und nach dem Unfall hatte ich sowieso mit einer längeren Rekonvaleszenz gerechnet.«

»Verstehe.« Fabio stand auf.

Rufer erhob sich auch und gab ihm die Hand. »Wenn du mal Lust hast, eine Geschichte für uns zu machen, und es liegt umfang- und budgetmäßig drin …«

»Ich werde an euch denken«, murmelte Fabio.

Fabio ging direkt zu Lucas' Platz. Der tat, als wäre er völlig von seiner Arbeit absorbiert. »Hast du kurz Zeit?«, sagte Fabio. Es klang nicht nach einer Frage.

»Eigentlich nicht«, antwortete Lucas, ohne den Bildschirm aus den Augen zu lassen.

»Zehn Minuten«, befahl Fabio. »In der Linde.«

Die Linde war das nächste Lokal. Das war das Einzige, was für sie sprach. Das Bier war warm, das Essen schlecht, und der Mief aus Frittieröl, heißem Käse und den billigen Zigarren der Rentner, die am Stammtisch Karten spielten, setzte sich sofort in den Kleidern fest. Selbst jetzt, bei fast dreißig Grad, blieben die Fenster aus Angst vor Durchzug geschlossen. Zugeklebt mit den Farbanstrichen der letzten Jahrzehnte.

Fabio und Lucas setzten sich an einen mit grobgewobenen, senfgelb und braun karierten Tischtüchern bedeckten Tisch.

»Warum hast du mich nicht gewarnt?« Fabio war sauer.

»Ich – ich wollte nicht, dass du dich aufregst.«

»Das hast du prima hingekriegt.«

»Tut mir leid.«

Fabio brauste auf. »Immer tut allen alles leid.«

Lucas war froh, dass in diesem Moment der Wirt nach ihren Wünschen fragte. Er hatte sich vom Kartentisch losgerissen und war an den Tisch geschlurft. Sie bestellten zwei Eistee. Der

Wirt entfernte sich. Er murmelte etwas vor sich hin, das wie »Scheißtee« klang. Seit sie nicht mehr bei ihm aßen, war er nicht gut zu sprechen auf die Leute vom SONNTAG-MORGEN. Schon gar nicht, wenn sie während der Zimmerstunde der Serviertochter kamen.

Lucas saß schuldbewusst auf seinem Stuhl und wartete auf die Fortsetzung des Anpfiffs. Der Anblick stimmte Fabio milder. »Du kannst dir nicht vorstellen, wie das ist, wenn dir plötzlich fünfzig Tage aus deiner Biografie fehlen. Du fühlst dich …«, Fabio suchte nach dem richtigen Ausdruck, »… verloren. Unsicher. Das ist wie nach einem gewaltigen Suff wieder unter die Leute gehen. Alle wissen mehr über dich als du selbst. Da brauchst du jemanden, den du fragen kannst: Was war? Was habe ich gesagt? Was habe ich getan? War es schlimm? War es erträglich? Du brauchst jemanden, der dir hilft, das zu rekonstruieren, woran du dich nicht mehr erinnern kannst. Und auf diese Person musst du dich bedingungslos verlassen können. Für mich bist du diese Person, Lucas.«

Der Wirt stellte zwei Gläser auf den Tisch. »Darf ich gleich kassieren?«

»Das Eis fehlt«, stellte Lucas fest.

»Sie haben nichts von Eis gesagt.«

»Wir dachten, es gehört dazu. Wegen des Namens, verstehen Sie? Eis-tee.«

»Der heißt einfach so.«

»Aber es ist kein Eis drin?«

»Wenn Sie es vorher sagen, schon.«

»Prima«, sagte Fabio.

Der Wirt stand da und wartete.

»Kommst du, Albi!«, tönte es vom Kartentisch.

»Sie wollen also, dass ich Eis bringe«, insistierte der Wirt.

»Richtig. Wenn das jetzt noch möglich ist.«

Der Wirt wollte gehen. »Ach«, rief Fabio ihm nach, »und einen Milchkaffee!«

Der Wirt zog maulend ab.

Fabio nahm den Faden wieder auf. »Nur: Bei mir handelt es sich nicht um einen Abend. Bei mir sind es fünfzig Tage. Fünfzig Tage, in denen ich mein ganzes Leben auf den Kopf gestellt habe.«

Lucas schwieg.

»Ich muss doch wissen, was passiert ist. Ich muss das doch nachvollziehen können.«

Lucas vergaß, dass sie auf Eis warteten, und nahm einen Schluck Tee. »Musst du das wirklich?«

Fabio schaute ihn verständnislos an.

»Du hattest dich nicht unbedingt zu deinem Vorteil verändert. Kannst du es nicht einfach dort lassen, wo es ist?«

Fabio lachte auf. »Die Tage sind aus meinem Gedächtnis gelöscht, nicht aus meinem Leben! Ich habe meine Freundin verloren, meinen Job und eine Menge Sympathien. Ich kann doch jetzt nicht einfach zur Tagesordnung übergehen.«

Lucas drehte an seinem Glas. »Wie willst du vorgehen?«

»Wir setzen uns mit unseren Agenden zusammen und gehen jeden Tag durch.«

»Das wird sehr lückenhaft.«

»Die Lücken schließen wir aus anderen Quellen.«

»Umgekehrt wäre es besser. Wir haben nämlich nicht viel voneinander gesehen in jenen Wochen. Du warst meistens mit anderen Leuten zusammen.«

»Mit wem?«

Lucas zuckte die Schultern. »Du hast in anderen Kreisen verkehrt.«

»Welchen?«

»Ich kenne diese Leute nicht. Frag Marlen.«

Der Wirt kam mit einem Glas voller Eiswürfel

und einer Tasse Milchkaffee und stellte beides auf den Tisch.

»Da ist ja Milch drin«, wunderte sich Fabio.

»Sie haben Milchkaffee bestellt.«

»Ich wusste nicht, dass das mit Milch ist.«

Der Wirt wurde laut. »Drum heißt es ja Milchkaffee!«

Fabio deutete auf die beiden Gläser. »Das heißt ja auch Eistee.«

Der Wirt sah aus, als zählte er innerlich bis drei. »Dreizehn vierzig macht's dann, Klugscheißer.«

Fabio klaubte das Portemonnaie aus der Hosentasche. Es befanden sich nur ein paar Münzen darin. »Typisch«, brummte der Wirt. Lucas übernahm die Rechnung.

Vor dem Lokal trennten sie sich. »Die Acht fährt fast bis zum ›Amsel? Weg!‹«, sagte Lucas zum Abschied.

»Danke. Und falls dir noch etwas einfällt, das ich wissen müsste, gib mir Bescheid.«

Auf dem Weg zur Tramhaltestelle kam Fabio an einem Geldautomaten vorbei. Er steckte seine Karte in den Schlitz und tippte seinen Code ein.

»Falscher Code«, informierte ihn die Maschine. Er musste sich vertippt haben. Er kannte seinen Code im Schlaf und hatte ihn noch nie geändert. Sorgfältig tippte er 110782 ein. Das Datum, an dem Italien das Endspiel gegen Deutschland gewonnen hatte.

»Falscher Code«, behauptete die Maschine wieder. Beim dritten Fehlversuch würde die Karte eingezogen. Er verzichtete.

Der Tramführer beugte sich über ihn und sagte: »Endstation.« Fabio musste aussteigen, seine Mehrfartenkarte am Automat neu abstempeln und bis »Rebenstraße« sechs Stationen zurückfahren. Beinahe wäre er wieder eingeschlafen.

Er fand die Stelle, wo der Amselweg einmündete, ohne Probleme. Aber die Strecke bis zur Nummer 74 kam ihm endlos vor. Er hatte sich wohl zu viel zugemutet für den ersten Tag nach dem Krankenhaus.

Inzwischen kannte Fabio den Duft, von dem er diesmal erwachte: Chanel N° 5. Er lag auf dem kleinen Ledersofa neben seinem Schreibtisch in der fremden Wohnung. Die Frau, die zum Duft gehörte, beugte sich über ihn. Er überlegte. Eine Laterne. Darunter steht sie. Wie einst.

»Hallo, Lili.«

»Marlen«, korrigierte sie nachsichtig. Er fühlte die Hälfte ihres Kusses. »Wie war's?«

»Anstrengend.«

»Wie ist Doktor Vogel?«

»Dick.«

»Und sonst?«

»Okay, soweit ich es beurteilen kann. Ich habe noch wenig Erfahrung mit Neuropsychologen. Wie spät ist es?«

»Kurz nach sieben. Hast du Hunger? Es gibt deine Leibspeise.«

»Was ist meine Leibspeise?«

Die Frage brachte sie kurz aus der Fassung. Dann stand sie auf. »Überraschung.«

Seine Leibspeise stellte sich als Lachs mit Zwiebelringen, Kapern, Meerrettichsauce und Butter auf Toast heraus. »Das Schwein des Meeres« hatte Norina Lachs genannt. In schmutzigen Fischgehegen gezüchtet, mit Überdosen Chemie am Leben gehalten, mit Hormonen aufgepumpt, mit synthetischen Karotinen rosarot gefüttert. Nie hätte sie Lachs auch nur angerührt. Und nie wäre Fabio auf die Idee gekommen, Lachs als seine Leibspeise zu bezeichnen.

Sie aßen auf dem Balkon. Marlen hatte sich umgezogen. Sie trug ein schulterfreies Kleid, das auf rätselhafte Weise knapp über den Brustwarzen festgehalten wurde. Das kurze blonde Haar war mit Gel straff nach hinten gekämmt. Auf dem weiß gedeckten Gartentisch stand ein Halter mit einer roten Kerze. Joni Mitchell sang *You've changed*. Nicht gerade seine Musik.

Fabio wurde den Eindruck nicht los, Marlen sei dabei, ein Bild zu inszenieren, das seiner Erinnerung nachhelfen sollte. Ihren ersten Abend? Den Abend vor dem Ereignis?

»Lass mich nie mehr hineinrasseln«, sagte er. Es klang unfreundlicher als beabsichtigt.

Marlen schaute erschrocken von ihrem Teller auf.

»Du musst doch gewusst haben, dass ich gekündigt habe. Weshalb hast du mir nichts davon gesagt?«

»Ich dachte, das hätte noch Zeit. Ich konnte doch nicht ahnen, dass du gleich am ersten Tag in die Redaktion rennst.«

»Und ich dachte, du kennst mich.«

»Eben. Wie ich dich kenne, hättest du einen weiten Bogen um die Redaktion gemacht.«

Wenn Fabio sich früher mit Norina über etwas

gestritten hatte, dann war es die Rolle, die die Redaktion in seinem Leben spielte. »Wenn du nicht für die Redaktion unterwegs bist oder für die Redaktion zu Hause am Powerbook, dann bist du in der Redaktion«, hatte sie ihm manchmal vorgeworfen. »Wenn nicht physisch, dann in Gedanken.«

»Erzähl mir mehr über mich«, bat Fabio.

Auf der Birke gegenüber begann eine Amsel zu singen.

»Was willst du wissen?«

»Wie haben wir uns kennengelernt?«

Marlen lächelte. »Bei einem Pressefrühstück für die Einführung von BIFIB.«

»BIFIB?«

»Ein ballaststoffangereicherter Bifidus-Drink.«

Fabio schüttelte den Kopf. »So etwas hätte mich nie interessiert.«

»Und ob dich das interessierte. Du hast mich anschließend mit Fragen bestürmt. Und für denselben Abend zum Essen eingeladen.«

»Und?«

»Ich sagte zu. Pressearbeit. Wir gingen ins République.«

»In diesen Spießerladen? Da würde ich nie hin.«

»Du wolltest wohl nicht gesehen werden.«

»Und?«

Marlen lächelte. »Und dann hierher.«

»Und Norina?«

»Eine Norina hast du nicht erwähnt.«

»Ich gab mich als Single aus?«

Marlen hob die schmalen Schultern. »Die Frage haben wir nicht erörtert.«

Es war fast dunkel geworden. Sie nahm ein Feuerzeug vom Tisch und zündete die Kerze an. In diesem Licht – es legte einen matten Glanz auf ihren Ausschnitt und die Schultern – erschien ihm sein Verhalten nicht mehr ganz so unnachvollziehbar.

Die Amsel hörte auf zu singen. Marlen stand auf und räumte den Tisch ab. Als sie zurückkam, hatte sie ein Päckchen Zigaretten in der Hand. Sie setzte sich und hielt es ihm entgegen. Fabio schüttelte den Kopf.

Sie steckte sich eine in den Mund und gab sich Feuer. Sekundenlang warf die Flamme unruhige Schatten auf ihr Gesicht.

»Ich habe also geraucht«, stellte Fabio fest.

»Wie ein Schlot.« Die Glut glimmte auf und verblasste. Ein dünner Strahl Rauch kam aus ihrem Mund und brachte die Kerze zum Flackern.

Fabio streckte die Hand nach der Zigarette aus und nahm einen vorsichtigen Zug. Nichts von dem widerwärtigen Geschmack aus Nikotin und Teer, den er sonst bei den seltenen Gelegenheiten empfunden hatte, bei denen er herausfinden wollte, was die Leute wohl am Rauchen finden. Und kaum etwas von dem Gefühl, dass es ihm den Atem verschlug, als er den Rauch inhalierte.

Er gab Marlen die Zigarette zurück und sah zu, wie der Rauch, den er ausblies, sich im Licht der Kerze gelb verfärbte.

Bilder, hatte Dr. Vogel gesagt, sind das beste Stimulans fürs Hirn. Und was ist mit Gefühlen? Wenn mit der Erinnerung die Gefühle zurückkommen, kommen dann nicht vielleicht mit den Gefühlen die Erinnerungen zurück?

Fabio hob die Hand. Marlen wollte ihm die Zigarette geben. Aber er ignorierte sie und berührte mit dem Zeigefinger den Rand ihres Ausschnitts über der rechten Brust. Sanft zog er ihn herunter, bis der dünne Stoff den leichten Widerstand überwand und die Brustwarze entblößte.

5

Fabio erwachte, weil ihn der Hals schmerzte. Er brauchte einen Moment, um sich zu orientieren. Er lag nackt und schweißbedeckt auf dem Bett, den Kopf am Fußende. Tür und Fenster des Schlafzimmers waren geöffnet, und die Nachtluft, die durch die offene Balkontür durch die kleine Wohnung zog, ließ ihn frösteln.

Dicht neben seinem Kopf konnte er im kalten Licht der Straßenlaterne Marlens Füße erkennen. Sie lag von ihm abgewandt auf der Seite und umarmte ein Kopfkissen. Er berührte sie. Mit seiner Hand konnte er beinahe ihre Pobacke umschließen. Marlen seufzte im Schlaf und drückte ihren Po gegen seine Hand. Ihre Haut fühlte sich auch feucht an.

Leise stand Fabio auf. Zwischen den auf dem Boden verstreuten Kleidungsstücken fand er die weiße, grobmaschige Baumwolldecke, die Marlen als Bettüberwurf und – in Nächten wie diesen – als Bettdecke diente. Damit deckte er sie behutsam zu.

Er schlich ins Bad, schloss vorsichtig die Tür, machte Licht und betrachtete sich im Spiegel. Feuchtes, zerzaustes Haar, Bartschatten, eine Lippenstiftspur am Hals. Fabio hatte im Spital abgenommen. Sein unbehaarter Oberkörper wirkte beinahe mager. Er roch nach Marlens Parfum und nach ihr selbst. Er nahm ein Frottiertuch vom Handtuchhalter, trocknete sich den Schweiß und schlang es um die Hüfte.

Fabio lächelte seinem Spiegelbild zu und löschte das Licht.

Der Tisch auf dem Balkon war nicht abgeräumt. Die Kerze hatte einen roten Wachsfleck auf dem weißen Tischtuch hinterlassen. Herzförmig, wie Fabio amüsiert feststellte. Daneben lagen Marlens Zigaretten. Er steckte sich eine an und stellte sich damit an die Brüstung.

In einem Haus gegenüber ging ein Licht an. Ein kleines Fenster leuchtete in der dunklen Fassade – und verlöschte. Aus der Nähe drang ein unterdrücktes Husten. Fabio lehnte sich über das Geländer. Auf einem Balkon schräg unter ihm glimmte ein anderes rotes Pünktchen.

Ein fast voller Mond warf sein fahles Licht in die stillen Hinterhöfe. Weit weg ein Motorrad, wie ein wütendes Insekt, dann wieder Ruhe.

Fabio schaute in die Nacht hinaus und versuchte, das Gefühl zu beschreiben, das ihn erfüllte.

Es war gut. Wohlig. Angenehm. Schön. Zufrieden. Vielleicht sogar glücklich. Aber das ganz große Gefühl? Das, für das man alles wegwirft, alles stehen- und liegenlässt, von vorn beginnt, ein anderer Mensch wird?

Ein kleiner Windstoß ließ die mondbeschienenen Birkenblätter blinken. Fabio fröstelte. Er löste den Knoten des Frottiertuchs und legte es sich über die Schultern.

Das ganz große Gefühl war es nicht. Und Fabio bezweifelte, dass es das noch werden könnte. Denn das ganz große Gefühl wuchs nicht langsam heran. Das brach über einen herein wie eine Naturkatastrophe. Nach seiner Erfahrung, die keine persönliche war. Er selbst war Spezialist für die langsam wachsenden Gefühle. Und selbst auf diesem Gebiet beschränkten sich seine Erfahrungen auf die Zeit mit Norina.

Sie hatten sich beim dreißigsten Geburtstag eines gemeinsamen Bekannten kennengelernt. Sie hatte zu viel getrunken, er hatte sie nach Hause gebracht, sie hatte gefragt, ob er die Situation ausnützen würde, wenn sie ihn noch auf einen Kaffee heraufbitte, er hatte ja gesagt. »Ein ausgeuferter One-Night-Stand«, so hatte er ihre Beziehung Lucas gegenüber einmal genannt.

Er war nicht verknallt gewesen, keine Regenspaziergänge, keine durchgeküssten Kinobesuche, keine Nächte am Telefon. Aber etwas mehr als üblich war es schon gewesen. Und sie hatten darauf aufgepasst. Nach einem halben Jahr war er zu Norina gezogen. Wenn er auf Reportage war oder sie auf einem Dreh, hatte er sie vermisst. Er hatte sich gefreut, wenn er sie wiedersah, und ihr gesagt, er liebe sie. Und er war ihr treu gewesen, bis auf ein einziges, uneingestandenes Mal.

Natürlich hatte er sich – in letzter Zeit immer öfter – gefragt, ob es das nun gewesen sei. Ob er die Frau gefunden habe, mit der er alt werden würde. Ohne erfahren zu haben, wie es war, wenn man über Nacht Kopf und Herz verlor. Und jetzt, wo es ihm vielleicht widerfahren war, hatte er zu Kopf und Herz auch die Erinnerung daran verloren.

Fabio drückte die Zigarette aus und ging ins Zimmer. Unter seinem Schreibtisch stand ein schwarzer Rollkorpus. In dessen oberster Schublade bewahrte er sein Handheld auf. Einen kleinen Taschencomputer, der ihm als Notiz- und Adressbuch diente. An der üblichen Stelle lag es nicht. Er durchsuchte das ganze Möbel. Die andern Dinge lagen an ihrem gewohnten Platz, das Handheld fehlte.

Er klappte sein Powerbook auf und schaltete es ein. Der Gong, mit dem es startete, klang überlaut durch die Wohnung. Fabio stand auf und warf einen Blick ins Schlafzimmer. Marlen hatte sich wieder freigestrampelt. Sie lag mit gespreizten Armen und Beinen auf dem Rücken und atmete regelmäßig. Er betrachtete sie eine Weile, dann breitete er wieder die Decke über sie.

Der Bildschirm war jetzt hell. Fabio setzte sich davor und startete das Handheld-Programm. Er hatte sich angewöhnt, die Termine, Adressen und Notizen seines Taschencomputers zweimal wöchentlich – an jedem Sonntag und Mittwoch – auf der Festplatte seines Powerbooks zu sichern. Deswegen wunderte er sich, dass die letzte Datensicherung das Datum des sechsten Juni trug. Demnach hatte er über zwei Wochen vor dem Ereignis keine mehr gemacht, fehlten vier Sicherungen. Auch in dieser Beziehung hatte er sich geändert.

Vielleicht lagen die neueren Daten im Computer in der Redaktion. Er nahm sich vor, sie am nächsten Morgen zu übertragen.

Er schaltete sein Powerbook aus und nahm einen Stenoblock aus der Schublade. Davon hatte er immer einen Vorrat. Er konnte nicht stenografieren, aber die Blocks waren handlich für Interviews.

Er notierte, was er am nächsten Tag tun wollte:

Termin mit Lucas (was war alles seit 8. Mai?)
Daten und Sachen von der Redaktion abholen
Marlen wegen Handheld fragen

Er ging ins Schlafzimmer zurück. Marlen war noch immer zugedeckt. Leise und vorsichtig schlüpfte er zu ihr unter die Decke. Er schloss die Augen und versuchte einzuschlafen. Jetzt fiel ihm auf, dass sie nicht mehr tief und regelmäßig atmete. Kurz darauf spürte er ihre Hand, die sich zwischen seine Beine stahl.

Kaffeeduft weckte ihn. Er schlug die Augen auf und sah Marlen. Sie war angekleidet und hielt ein Tablett in der Hand. »Frühstück im Bett«, verkündete sie.

Fabio setzte sich auf und stopfte sich das Kissen hinter den Rücken. Auf dem Tablett waren eine Tasse Milchkaffee, zwei aufgebackene Gipfel, Butter, Honig, ein weiches Ei, Salz und Pfeffer. »Und du?«, fragte er.

»Ich habe schon gefrühstückt.« Sie setzte sich auf den Bettrand. Ihr Kuss schmeckte nach Zahnpasta. »Was willst du mich wegen des Handhelds fragen?« Sie hatte seine Notizen auf dem Schreibtisch gelesen.

»Weißt du, wo es sein könnte? In der Schublade ist es nicht.«

»Vielleicht ging es verloren, als es passierte.«

Fabio nahm einen Schluck Kaffee. Er roch besser, als er schmeckte. »Ich glaube nicht, dass ich es bei mir hatte. Das Handy hatte ich ja auch hiergelassen.«

»Nein, das Handy hattest du dabei. Es war bei deinen Sachen im Krankenhaus. Ich hatte es hierhergebracht, die Batterie war leer.«

»Hast du auch den Rufton verändert?«

»Der *Bolero*? Nein, das warst du.« Marlen lachte. »Du fandest es sexy.«

Fabio schüttelte ungläubig den Kopf.

»Nur wenn *ich* anrufe, spielt es den *Bolero*. Du hast es so programmiert. Du hast gesagt, es mache dich scharf.«

»Mein Gott!«

Sie lachte, gab ihm einen Kuss und stand auf. »Ich komme zu spät. Schönen Tag. Vergiss die Physiotherapie nicht. Zehn Uhr.«

Sie ging aus dem Zimmer und kam noch einmal zurück. »Ich ruf dich an.«

»Nein, besser, ich rufe dich an.«

Nach dem Frühstück rief er Norina an. Nach dem dritten Klingeln meldete sich ihre Stimme. »Norina Kessler. Ich bin unterwegs. Hinterlassen Sie eine Nachricht, oder versuchen Sie es auf meinem Handy.« Dann folgte ihre Handynummer.

»Norina?«, sagte Fabio. »Bist du zu Hause? Falls du zu Hause bist, nimm bitte ab. Norina? Bitte. Ich muss mit dir reden.« Er wartete, aber sie meldete sich nicht.

Er versuchte es auf ihrem Handy. »Norina Kessler«, sagte ihre Stimme, »hinterlassen Sie mir Ihre Nachricht, ich rufe zurück.«

»Stimmt nicht«, sagte Fabio, »du rufst nicht zurück. Ciao.« Er legte auf und wusch das Frühstücksgeschirr ab. Dann wählte er wieder die Nummer ihres Handys.

»Entschuldige«, sagte er nach dem Signalton, »ich wollte nicht vorwurfsvoll klingen. Bitte ruf mich einfach zurück. Es ist wichtig. Bitte.«

Als er aus dem Bad kam, versuchte er es wieder bei ihr zu Hause. Wieder meldete sich ihr Beantworter. Diesmal hinterließ er keine Nachricht.

Er zog seine leichteste Sommerhose an und ein hellblaues Leinenhemd, das er nicht kannte. Dann konsultierte er seinen Stenoblock.

Termin mit Lucas (was war alles seit 8. Mai?)

Daten und Sachen von der Redaktion abholen

Marlen wegen Handheld fragen

Er strich die letzte Notiz. Darunter stand in Marlens Handschrift:

10 Uhr Physiotherapie, Katja Schnell, Kaltbachweg 19.

Fabio gab Lucas' Durchwahl ein. Er wollte schon auflegen, als sich eine unbekannte Stimme meldete. »Berlauer.«

»Rossi. Ich wollte Lucas Jäger«, sagte Fabio.

»Der arbeitet heute zu Hause.«

Erst als Fabio aufgelegt hatte, wurde ihm klar, dass er mit seinem Nachfolger gesprochen hatte. Er rief Lucas zu Hause an. Sein Beantworter meldete sich. Er rief sein Handy an. Seine *voice mail* schaltete sich ein.

Fabio packte sein Powerbook in die Umhängetasche und ging.

Katja Schnell war keine dreißig, höchstens einen Meter sechzig groß und zerbrechlich wie Meissner Porzellan. Aber sie kommandierte ein Therapiezentrum, das eine dreistöckige Villa mit zwölf Therapieräumen ausfüllte und vierzehn Mitarbeiter beschäftigte. Sie inspizierte Fabio, der in Boxershorts vor ihr stand und sie um zwei Köpfe überragte.

»Treiben Sie Sport?«

Fabio hatte vor dem Unfall einmal in der Woche mit ein paar Kollegen (unter anderem Lucas) Fußball gespielt, war regelmäßig geschwommen und bei fast jedem Wetter mit dem Rad zur Arbeit gefahren. Das sagte er der Therapeutin.

»Gut, fangen Sie wieder damit an. Außer mit dem Radfahren. Wir hier werden etwas an Ihrem Gleichgewicht arbeiten. Und ein wenig an Ihrer Kraft. Sie müssen Ihren Körper spüren, das ist das Beste fürs Gedächtnis.«

Sie umkreiste ihn wie ein winziger Militärarzt einen Rekruten bei der Musterung. Dann ging sie zu ihrem Schreibtisch, hantierte an der Schublade und kam mit einem Wattebausch zurück.

»Sie haben Untergewicht; essen Sie viel und gesund. Und sagen Sie Ihrer Freundin, sie soll sich die Nägel schneiden.« Sie betupfte zwei Stellen an seinem Rücken, die sofort zu brennen begannen.

Katja Schnell setzte sich hinter ihren Bildschirm. »Sie können sich wieder anziehen.« Nach ein paar Minuten begann der Drucker zu arbeiten und spuckte ein Formular und einen Terminplan aus.

»Jeden Wochentag eine Stunde«, ordnete sie an, als sie die Papiere in einen Umschlag steckte, »zweimal Bewegung, dreimal Kraft. Erster Termin übermorgen um neun. Turnschuhe, Trainingsanzug, zwei Frottiertücher, Duschutensilien. Kennen Sie ja alles vom Fußball.«

Auf dem Weg zur Tramstation versuchte Fabio vergeblich Norina anzurufen. Auch Lucas erreichte er nicht. Er beschloss, in die Redaktion zu fahren.

Es war schon nach Mittag, als Fabio ankam. Die meisten Schreibtische waren leer. Aber an dem, der bis vor Kurzem sein Arbeitsplatz war, saß sein Nachfolger, mit dessen Namen er sein Gedächtnis nicht belasten wollte. Er schaute kurz vom Bildschirm auf und sagte: »Hallo, was kann ich für dich tun?«

»Falls Sie kurz unterbrechen können, würde ich gerne meine Daten kopieren.« Fabio hatte nicht vor, ihn zu duzen.

Der Jüngling wühlte kurz in einer Schublade und brachte eine CD zum Vorschein, die er Fabio entgegenstreckte. »Schon passiert.«

Fabio machte keine Anstalten, sie ihm abzunehmen. »Woher wollen Sie wissen, welche Daten ich brauche?«

»Lucas hat sie kopiert.«

Fabio nahm jetzt die Disk und zog sie aus ihrem Umschlag. *Fabio Rossi persönlich* hatte Lucas mit wasserfestem Filzstift in seiner säuberlichen Schrift darauf geschrieben.

»Alles da«, murmelte der Nachfolger und wandte sich wieder dem Bildschirm zu.

»Davon würde ich mich lieber selbst überzeugen.«

»Bitte.« Er begann zu tippen.

Fabio begann die Geduld zu verlieren. »Ich meine, ich würde gerne einen Blick in Ihren Computer werfen.«

»Da ist nichts mehr von Ihnen. Alles gelöscht.«

Fabio legte ihm die Hand auf die Schulter. »Genau davon will ich mich selbst überzeugen. Und zwar jetzt.«

Der Nachfolger seufzte und sicherte sein Dokument. Während er Fabio Platz machte, maulte er: »So gut, dass ich dir Ideen klauen würde, habe ich dich nie gefunden.«

Fabio ignorierte die Bemerkung. Er setzte sich vor den Bildschirm. *Berlauer* stand unter dem Symbol der Festplatte, die früher *Rossi* hieß. Fabio ließ das Suchprogramm nach Dokumenten suchen, die vor dem ominösen einundzwanzigsten Juni kreiert oder geändert worden waren. Das Suchresultat bestand aus etwas über zweihundert Dateien. Er ging die Namen durch, einen nach dem andern. Berlauer hatte recht gehabt: Seine Dateien waren alle gelöscht.

»Und der Inhalt der Schubladen?«, fragte Fabio. Berlauer deutete auf eine Kartonschachtel unter Lucas' Schreibtisch. Auch sie war fein säuberlich mit *Rossi persönlich* beschriftet. Er hob sie auf die Tischplatte und durchsuchte sie. Das meiste war Schubladenplunder, der sich im Lauf der Jahre angesammelt hatte. Fabio nahm eine Badehose, ein Frottiertuch, einen Stadtplan, ein Mäppchen mit der Aufschrift *Erledigen!*, eine Sonnenbrille, der eine Bügelscharnierschraube fehlte, einige Kassetten mit Interviews und ein Exemplar vom SONNTAG-MORGEN mit der Lokführergeschichte mit. Er verstaute alles in die Tragetasche der exklusiven Boutique BOX!, die, aus welchem Grund auch immer, sorgfältig gefaltet ebenfalls in der Schachtel lag, schulterte seine Computertasche und ging.

»He!«, rief ihm Berlauer nach. »Und der andere Mist?«

»Für Ihren Fabio-Rossi-Hausaltar.«

An seinem gewohnten Geldautomaten steckte Fabio seine Karte ein und tippte 110782. Der Apparat rasselte und surrte. Dann erschien ein Text am Bildschirm. *Karte eingezogen* stand da. Sonst nichts.

»Scheiße!«, schrie Fabio und hieb mit der Faust gegen den Kasten.

»He, he«, sagte hinter ihm eine Stimme. Fabio drehte sich um. Sie gehörte einem Mann mit einer Krawatte voller Sonnenblumen. »Da kann doch der Apparat nichts dafür, dass Sie kein Geld auf dem Konto haben.«

Seit zwanzig Minuten stand Fabio am Kundendienstschalter seiner Bank. Einer der zwei Plätze war leer bis auf ein verchromtes Schild mit dem Namen Lea Mitrovic. Am anderen hatte die Frau am Schalter – Anna Gartmann stand auf ihrem Schild – einem umständlichen älteren Herrn geholfen, einen Kontoantrag auszufüllen. Danach hatte sie eine Dame in den Tresorraum begleitet und war lange weggeblieben. Jetzt führte sie mit unterdrückter Stimme in defensivem Tonfall ein Telefongespräch. Als sie auflegte, hatte sich ihre Laune weiter verschlechtert.

»Meine Karte wurde eingezogen«, begann Fabio, so gefasst wie möglich, und gab ihr seine Kontonummer.

»Haben Sie einen Ausweis?«

Fabio hatte keinen. »Aber Frau Seiler kennt mich.« Er deutete zu den Bankschaltern.

»Frau Seiler ist nicht mehr bei uns.«

»Ach, das wusste ich nicht, ich war schon länger nicht mehr hier«, erklärte Fabio. Und fügte mit Nachdruck hinzu: »Ich beziehe nämlich normalerweise mein Geld am Automaten.«

»Ich brauche einen Ausweis«, wiederholte Anna Gartmann und ließ ihren Blick gelangweilt durch die Schalterhalle schweifen.

»Ich sage Ihnen doch, ich habe keinen dabei. Herr Wieland, rufen Sie Herrn Wieland, er ist mein Kundenberater.«

Sie seufzte. »Herr Wieland ist noch bis Ende

der Woche in den Ferien.« Sie wandte sich an den Kunden hinter Fabio.

In diesem Moment tauchte eine junge Frau hinter dem Schalter auf und setzte sich hinter das Schild von Lea Mitrovic. Sie lächelte Fabio an. »Guten Tag, Herr Rossi, wie geht's?«

»Gut, jetzt, wo ich Sie sehe«, seufzte er erleichtert. Er hatte keine Ahnung, wer die Frau war.

Eine halbe Stunde später verließ Fabio die Bank mit zwei neuen Erkenntnissen: Er hatte irgendwann in den vergangenen fünfzig Tagen seinen Code geändert. Und: Auf seinem Konto lagen über zehntausend Franken dank einer größeren Überweisung vom SONNTAG-MORGEN, die verdächtig nach Schlussabrechnung aussah. Sie stammte vom achtundzwanzigsten Juni. Rufer hatte also von seinem Angebot, auch vor dem offiziellen Termin auszuscheiden, Gebrauch gemacht, während Fabio bereits im Krankenhaus lag.

Das Trottoir war voller Leute, die von ihrer Mittagspause zurück an die Arbeit gingen. Fabio schlängelte sich zwischen ihnen durch. Er hatte die Computertasche umgehängt, in der Linken trug er die Tragetasche mit dem fluoreszierenden

Schriftzug BOX!, mit der Rechten presste er das Handy an sein Ohr. »Es ist mir scheißegal, ob er Besuch hat oder nicht, als *ich* ihn besuchte, hat er auch telefoniert. Stell mich durch, Sarah!«

Sarah Mathey war Rufers Sekretärin. Eine bald sechzigjährige schwere Frau, die ihr Berufsleben im Verlag verbracht und schon viele Chefredakteure kommen und gehen, viele neue Zeitungstitel entstehen und verschwinden gesehen hatte. »Sei vernünftig, Fabio, ich würde dich verbinden, wenn es irgendwie möglich wäre. Willst du eine Nachricht hinterlassen?«

»Ja«, schnaubte Fabio, »hast du etwas zum Schreiben?«

»Moment – jetzt, ich notiere.«

»Arschloch. Soll ich es buchstabieren?« Fabio beendete das Gespräch. Wie er Sarah kannte, war es nicht ausgeschlossen, dass sie ihrem Chef die Nachricht weiterleitete.

Ohne den Schritt zu verlangsamen, wählte er Lucas' Nummern. Weder zu Hause noch auf dem Handy meldete er sich. Fabio stoppte ein Taxi und stieg ein. »Bergplatz fünf«, sagte er zu dem Fahrer. Dieser drückte auf die Sprechtaste seines Funks und meldete: »Fumfzehn fahre Bergeplatze fumf.«

Der Bergplatz bestand aus einer Kreuzung von drei Straßen und zwei Tramlinien. Wie jemand dort wohnen konnte, hatte Fabio nie begriffen. Aber Lucas hatte behauptet, der Lärm störe ihn nicht, und wo sonst bekomme man noch drei Meter hohe Räume und Parkett zu diesem Preis.

Nach Fabios Meinung machten diese beiden vermeintlichen Vorteile die Sache nur noch schlimmer. Der Straßenlärm hallte nicht nur ungedämpft in den kahlen Räumen, das Parkett diente ihm als Resonanzboden. Lucas' Dreizimmerwohnung verstärkte jedes Geräusch mit Ausnahme der eigenen Stimme. Die schien sie seltsamerweise zu schlucken.

Fabio klingelte zum zweiten Mal bei L. Jäger. Diesmal blieb er eine ganze Weile auf dem Knopf. Er trat ein paar Schritte zurück und schaute zum zweiten Stock hinauf. Alle Zimmer, außer Bad und Küche, gingen auf den Bergplatz hinaus.

Nichts regte sich. Gerade als er wieder auf die Klingel drücken wollte, öffnete sich die Tür. Die alte Frau, die im ersten Stock wohnte, kam heraus. Fabio kannte sie von seinen gelegentlichen Besuchen bei Lucas. Sie besaß einen dicken Kater, den sie, wie auch jetzt, an einer roten Leine spazierenführte. Fabio wusste sogar seinen Namen.

Was nicht schwer war, denn das Tier hieß Mussolini. »Nicht verwandt«, wie seine Besitzerin mit einem Schmunzeln anzufügen pflegte.

»Eine Sauhitze«, stöhnte sie, als sie ihn einließ.

»Eine Sauhitze«, bestätigte Fabio.

Lucas' Wohnungstür bestand zur Hälfte aus verzierten Milchglasscheiben. Wenn er zu Hause wäre, würde seine Anlage laufen. Lucas konnte ohne Musik keine Zeile schreiben. In der Redaktion trug er die Kopfhörer seines Walkmans bei der Arbeit. Ein Auge auf dem Bildschirm, eines auf den Leuchtknöpfen seines Telefons, dessen Klingeln er nicht hören könnte.

Aber aus der Wohnung drang keine Musik in die Stille des Treppenhauses. Nur Straßenlärm.

Fabio klopfte an die Scheibe. Nichts. Er nahm sein Handy und wählte Lucas' Nummer. Jetzt klingelte es hohl durch die Wohnung. Er ließ es klingeln, bis sich der Beantworter meldete. »Nennst du das zu Hause arbeiten«, hinterließ Fabio als Nachricht. Er riss eine Seite aus seinem Stenoblock und schrieb: *So, so, ›zu Hause arbeiten‹. Ruf bitte an. F.*

Als er den Block wieder einsteckte, fiel sein Blick auf Marlens Handschrift. Jetzt erinnerte er sich, dass er versprochen hatte, sie anzurufen. Er wählte ihre Nummer. Ihr Beantworter meldete sich. Er hinterließ keine Nachricht.

Der Neri war ein kleiner Laden mit einem einzigen Schaufenster. Davor stand eine mit Früchten und Gemüsen überladene Auslage, die regelmäßig von der Polizei beanstandet wurde, weil sie zu weit aufs Trottoir reichte. Grazia Neri entschuldigte sich jedes Mal überschwenglich und stellte pro forma ein paar Schachteln und Harasse um.

Bei fast jeder Witterung war die Markise vor dem Schaufenster heruntergelassen. Sie war rot, weil das dem Obst und Gemüse schmeichle, wie Lino Neri behauptet hatte. Vor zweiundzwanzig Jahren war er gestorben, aber auf der Markise stand noch immer in fetten grünen Buchstaben »Pizzicheria Lino Neri«.

Drei Stufen führten zur Ladentür. Über ihr war ein Emailschild mit zwei Weinflaschen angebracht, mit der Inschrift »vini fini e comuni«. Grazia hatte schon manches Angebot für das Schild ausschlagen müssen. In der Gegend wohnten viele Grafiker und Dekorateure.

Der Laden bot Platz für drei Kunden. Wenn es mehr waren, mussten sie draußen warten. Es roch nach Schinken, Mortadella, Salami, Käse und dem Kaffee, den Grazia im Hinterzimmer in einem verbeulten sizilianischen Espressokocher kochte. Seit Jahren drückte sie sich um eine überfällige Hüftoperation und war nicht gut zu Fuß. Aber immer noch sehr gut bei Stimme. Sie saß hinter der gläsernen Verkaufstheke und kommandierte die Verkäuferin herum. Nie blieb eine lange bei ihr.

Lino Neri und Fabios Vater hatten sich vor bald fünfzig Jahren in der Missione Cattolica Italiana kennengelernt. Fabio erinnerte sich an ihn, weil Lino ihn damals, als Italien gegen Holland verlor, mit den Worten getröstet hatte: »In vier Jahren werden wir Weltmeister.«

Als Lino Neris Prophezeiung eintraf, war dieser schon zwei Jahre tot. Von einem bei der Anlieferung rückwärts fahrenden Lastwagen eines Weinlieferanten überrollt.

Mit Linos Witwe hatte Fabio erst wieder Kontakt, als er vor drei Jahren bei Norina einzog. Der Neri lag direkt gegenüber von ihrer Wohnung.

Grazia öffnete bereits um sieben Uhr. Nicht wegen der Kundschaft – vor halb neun kam kaum jemand in den Laden –, sondern weil sie jeden Morgen um vier Uhr erwachte und nicht mehr einschlafen konnte.

Fabio hatte sich angewöhnt, auf dem Weg zur Redaktion im Neri einen von Grazias schwarzen, süßen Kaffees zu trinken. Ein Privileg, das er der Freundschaft zwischen Lino Neri selig und Dario Rossi selig zu verdanken hatte.

Zum Kaffee gab es meistens ein Stück Toast mit einer hauchdünnen Scheibe Parmaschinken oder Salami, wenn sie schön weich war. Das alles kostete nichts außer die unausgesprochene Verpflichtung, nie etwas, was der Neri im Sortiment führte, irgendwann im Leben irgendwo anders einzukaufen. Es hatte dazu geführt, dass Fabio den Inhalt fremder Einkaufstüten jeweils in seine Tasche umpackte, bevor er nach Hause ging.

Von Lucas war Fabio direkt zu Norinas Wohnung gefahren. Er hatte vergeblich geklingelt und war anschließend zu Neri gegangen. Es war ihm nichts anderes übriggeblieben, denn von ihrem Platz aus sah Grazia direkt bis zur Haustür.

Als er den Laden betrat, strahlte sie ihn an. Kein gutes Zeichen, denn Grazia Neri war eine Frau von eher ruppiger Herzlichkeit. Wenn sie lächelte, tat sie es für Polizisten und unangenehme Kunden.

Fabio lächelte zurück. Eine junge Verkäuferin, die er noch nie gesehen hatte, bediente eine ältere

Frau. Sie sprachen italienisch. Normalerweise hätte Grazia mit ihm ein paar Worte gewechselt, bis er an der Reihe war. Aber diesmal zog sie eine Computerliste aus einer Schublade und studierte sie mit äußerster Konzentration. Als die Verkäuferin mit der Kundin zur Auslage vor dem Laden ging, fragte Fabio: »Wie geht's?«

»Schlecht, wen interessiert's?«

»Mich.«

»Seit wann?«

»Was ist los, Grazia?«

»Das weißt du genau.«

»Nein. Ich habe keine Erinnerung an die letzten fünfzig Tage.«

»Wie praktisch.«

»Es ist nicht praktisch, das kannst du mir glauben. Es macht dich verrückt.«

Grazia zuckte die Schultern und vertiefte sich wieder in ihre Aufstellungen.

»Wie geht es Norina?«

»Frag sie selbst.«

»Sie spricht nicht mit mir.«

»Bravo.«

Die Verkäuferin kam mit der Kundin in den Laden zurück. Fabio wartete, bis sie die Einkäufe verpackt und die Beträge addiert hatte.

Auf der gegenüberliegenden Straßenseite sah er den Hauseingang, der während der letzten drei Jahre auch seiner gewesen war. Batteriestraße 38. Eine schwere Eichentür mit einem kleinen, gelb verglasten Fenster, das mit Schmiedeeisen vergittert war. Der Zaun zum Trottoir war bei der letzten, weit zurückliegenden Renovation der Liegenschaft entfernt worden. Bei dieser Gelegenheit hatte man auch den Vorgarten mit Zementplatten ausgelegt und neben dem Eingang einen Aluminiumschrank mit Milch- und Briefkästen angebracht.

Norinas Wohnung lag im vierten Stock. Sie besaß drei Zimmer, zwei davon auf den Hinterhof hinaus, in welchem eine mächtige Rosskastanie stand. Küche, Bad und das dritte Zimmer gingen auf die Batteriestraße hinaus, eine Einbahnstraße mit wenig Nachtverkehr. Das Schönste an der Wohnung war die Dachterrasse. Sie war früher zum Wäscheaufhängen benützt worden. Jetzt rankten sich Zierreben um die Stangen, und in lauen Sommernächten brannten bunte Glühbirnen an den Wäschedrähten. Die Terrasse war allen Mietern zugänglich, aber von Norinas Wohnung führte aus unerfindlichen Gründen eine eigene Holztreppe hinauf. So waren Norina und

Fabio fast die einzigen Benutzer. Und Hans Bauer vom dritten Stock, der dort oben aber nur seine Hanfpflanzen zog.

Als Fabio Norina kennenlernte, wohnte er in einem möblierten Studio. Diese Lebensweise entsprach dem Bild, das er damals von sich hatte: mobiler, unabhängiger Single Ende zwanzig. Er hatte sich damals als Reporter für eine große Tageszeitung seine Sporen verdient, und es sah so aus, als würde er für diese als Italienkorrespondent für ein paar Jahre nach Rom gehen. Dann kamen das Angebot vom SONNTAG-MORGEN und Norina dazwischen. In dieser Reihenfolge, wenn er ehrlich war.

Fast ein halbes Jahr hatte er das Studio nur noch zum Zähneputzen benutzt, bis Norina sagte, falls er sich mit einem Teil der Studiomiete an ihrer Wohnung beteiligen wolle, dürfe auch seine Zahnbürste zu ihr umziehen.

Fabio machte der Kundin Platz, die jetzt mit zwei Tragetaschen den Laden verließ. Als er wieder zum Eingang der Batteriestraße 38 hinüberschaute, war die Tür offen. Norina stand davor.

Sie sah anders aus. Sie hatte ihr schwarzes Haar kurz geschnitten und trug einen Rock und ein Top mit Spaghettiträgern.

Er hatte schon die Ladentür erreicht, als ihn Grazia zurückpfiff. »Fabio, warte!«

Er schaute sie an und dann zurück zu Norina. Jetzt war noch jemand aus dem Haus getreten. Ein Mann. Er zog die Tür zu und drehte sich um.

Lucas.

Norina war schon ein paar Schritte gegangen. Lucas holte sie ein und legte den Arm um sie.

6

Lucas. Den er aus dem Mief des *Oberländer Boten* befreit hatte. Den er Rufer aufgeschwatzt hatte. Den er ihm verkauft hatte als journalistisches Urvieh. Als nicht abzuschüttelnden Rechercheur. Als Mann mit dem unfehlbaren Riecher für den Primeur.

Lucas. Den er aus dem Staub des Provinzjournalismus erschaffen hatte. Lucas, der Hausfreund. Das dritte Gedeck am Tisch. Der nie zu spüren bekam, dass er störte.

Lucas, dem er vertraut hatte. Nistet sich ein. Tröstet seine Witwe. Besucht ihn im Krankenhaus. Isst mit ihm und sagt nichts. Hat nicht den Mumm, ihm in die Augen zu schauen und zu sagen: Übrigens, damit ich es nicht vergesse – ich fick jetzt deine Alte.

»Wie lange geht das schon?«

Grazia stemmte sich aus ihrem Stuhl und kam hinter der Verkaufstheke hervor. »Nicht lange genug und hoffentlich noch lange.« Sie drohte ihm mit der flachen Hand. »Und wehe, du lässt die beiden nicht in Ruhe!«

Fabio ging hinaus.

»Hast du gehört!«, rief Grazia ihm nach. Dann drehte sie sich zur Verkäuferin. »*Uomini*«, schnaubte sie.

Fabio saß vor seinem Powerbook. Er hatte Lucas' CD mit der Datensicherung eingelegt und machte Inventar.

Die Ordner und Dokumente entsprachen im Wesentlichen dem Bestand auf seiner Festplatte. Das überraschte ihn nicht, denn er hatte die Daten jeweils routinemäßig abgeglichen.

Er versuchte sich auf den Bildschirm zu konzentrieren. Aber immer wieder tauchte das Bild von Lucas und Norina vor ihm auf. Die Selbstverständlichkeit, mit der er den Arm um sie gelegt und sie es geduldet hatte. Wie ein altes, vertrautes Paar.

Er hatte beiden eine Nachricht auf dem Beantworter hinterlassen.

Ihr: »Ich habe dich mit Lucas gesehen. Jetzt verstehe ich.«

Ihm: »Sauhund!«

Es war drückend heiß in der Wohnung. Die Balkontür war offen, die Sonne schien auf die Sonnenstore. Vom Spielplatz drang Kindergeschrei herauf. Dort stand seit heute ein aufblasbares Bassin.

Fabio prüfte das Änderungsdatum seiner elektronischen Agenda. Auch die Datei auf der CD trug das Datum des 5. Juni. Mehr als zwei Wochen vor dem Unfall.

Am 21. Juni, an dem Tag, als er ins Krankenhaus eingeliefert wurde, stand kein Eintrag. Auch die Tage davor waren seltsam leer. Die üblichen Fußballtrainings an den Montagen um siebzehn Uhr, zweimal *Kino mit M,* ein paar Sitzungstermine in der Redaktion. Am 21. und am 28. Mai, beides Montage, jeweils um halb eins, stand *Fredi, Bertini.*

Das Bertini war der teuerste Italiener der Stadt, ein Lokal, das sich Fabio nur zu sehr besonderen Gelegenheiten leisten konnte. Einen Fredi kannte er nicht. Außer Fredi Keller, seinen alten Schulfreund. Um ihn konnte es sich nicht handeln. Ihre Wege hatten sich getrennt, als sie etwa siebzehn waren. Fredi hatte das Gymnasium aufgegeben, weil er eines Tages zur Einsicht kam, ein Studium zu absolvieren, um danach einen Beruf zu ergreifen, mit dem man Geld verdienen könne, sei ihm zu umständlich. Es sei effizienter, Geldverdienen zu seinem Beruf zu machen. Den übte er seither aus. Mit beachtlichem Erfolg, wie Fabio gehört hatte. Gesehen hatte er Fredi seit bald zehn Jahren nicht mehr. Ihre Welten waren zu verschieden.

Dass er sich mit Fredi Keller zweimal zum Essen getroffen haben sollte, schien ihm mehr als unwahrscheinlich. Das Einzige, was ihm zu denken gab, war die Wahl des Lokals. Das Bertini könnte auf Fredis Linie liegen.

Das Telefon klingelte. Fabio ließ es lange läuten, bis er auf die Idee kam, der Anruf könnte für ihn sein. So fremd fühlte er sich in Marlens Wohnung. Als er endlich den Hörer abhob und sich meldete – »Ja?« schien ihm die neutralste Form –, war der Anrufer so überrascht, dass es ihm einen Moment die Sprache verschlug. »Herr Rossi?«, fragte er schließlich.

»Ja.«

»Stadtpolizei, Wachtmeister Tanner. Wie geht es Ihnen?«

»Weshalb interessiert das die Stadtpolizei?«

»Ich untersuche Ihren Fall.«

»Ach so. Haben Sie etwas herausgefunden?«

»Ich bräuchte Ihre Aussage. Doktor Berthod meint, Sie seien vernehmungsfähig. Stimmt das?«

»Ich weiß nicht, ob ich Ihnen helfen kann. Ich erinnere mich an nichts.«

»Das ist auch eine Aussage. Hätten Sie morgen Zeit? Ich hätte das gern vom Tisch.«

Hatte er morgen Zeit? Fabio wusste es nicht. »Ich weiß nicht«, sagte Fabio.

»Ob Sie morgen Zeit haben?«

»Ich habe meine Agenda verlegt. Kann ich Sie zurückrufen?«

Der Polizist gab ihm eine Nummer. Fabio notierte sie auf seinem Stenoblock.

Er legte auf und konzentrierte sich wieder auf die Einträge in seiner Agenda. Außer dem geheimnisvollen Fredi gab sie nicht viel her für die Rekonstruktion seiner jüngsten Vergangenheit. Vielleicht war sein E-Mail-Briefkasten ergiebiger.

Die jüngste elektronische Nachricht stammte vom 10. Juni. Sie trug den Betreff »Training« und den Absender lucjaeg@roam.com und lautete: *Entschuldige mich beim Training, bleibe einen Tag länger. Herzlich Lucas.*

Herzlich Lucas!

Davor gab es ein paar Werbesendungen, eine Bestellungsbestätigung einer Buchhandlung, eine elektronische Postkarte und ein paar interne Redaktionsmitteilungen. Die älteste trug das Datum vom 31. Mai. Das war plausibel, denn Fabio hatte sich angewöhnt, an jedem Monatsletzten seine Mails zu löschen.

Das Datum der jüngsten Nachricht hingegen war seltsam. Fabio war zwar kein besonders fleißiger E-Mail-Schreiber, aber dass er zehn Tage kein Mail bekommen hatte, war unmöglich. Er öffnete den Ordner mit den versandten Nachrichten. Die jüngste stammte ebenfalls vom 10. Juni und ging an lucjaeg@roam.com. Sie lautete: *Bei Deiner Technik brauchst Du jedes Training. Herzlich Fabio.*

Herzlich Fabio!

Die einzige Erklärung war, dass er seit dem 10. Juni seine Post nicht mehr heruntergeladen hatte. Das war zwar unwahrscheinlich, aber er hatte auch andere unwahrscheinliche Dinge getan in diesen Wochen. Er zog das Kabel aus dem Telefon, schloss es an sein Powerbook und startete sein Internetprogramm.

Die kurze Folge der Wahltöne, das Krächzen und Rauschen des Trägertons und die plötzliche Stille, die bedeutete, dass die Verbindung zustande gekommen war. Der Computer meldete, dass er mit achtundvierzigtausend Bit pro Sekunde kommuniziere und die Zugangsberechtigung prüfe.

»Prüfung fehlgeschlagen«, stand plötzlich auf dem Bildschirm. Fabio versuchte es erneut. Mit dem gleichen Resultat.

Als die Verbindung beim dritten Mal nicht zustande kam, wusste er: Man hatte seinen Zugang zum Verlagsserver gesperrt. Sein Passwort war nicht mehr gültig. Auch diese Verbindung zu den entscheidendsten Wochen seines Lebens war gekappt.

Fabio schaltete den Computer aus und suchte nach einer Zigarette. Er fand ein Päckchen im Küchenschrank, in einem Fach, das als Hausbar diente. Eine Flasche Campari, ein Gin, ein Whisky und ein Kirsch. Er war versucht, sich einen Campari einzuschenken, begnügte sich aber mit einer Zigarette. Er setzte sich auf den Balkon und versuchte, an nichts zu denken. Aber der Lärm der badenden Kinder ging ihm auf die Nerven. Er ging zurück ins Zimmer und schloss die Balkontür.

Er duschte und schlang, ohne sich abzutrocknen, das Badetuch um die Hüften. Die Nässe auf der Haut brachte etwas Kühlung.

Der Schlüssel drehte sich im Schloss. Marlen betrat die Wohnung. »Uff, was für ein Tag!«, stöhnte sie.

Fabio blieb stumm. Er stand auf, nahm ihr die Tasche aus der Hand, führte sie zum Sofa und hob ihr Kleid.

»Was war das?«, fragte Marlen.

»Sex.« Fabio war dabei, seine Hose anzuziehen. Marlen saß auf dem Sofa, die Beine angezogen, die Arme um die Knie verschränkt, den Kopf auf die rechte Schulter gelegt. Sie trug immer noch ihr Kleid.

»Ist etwas passiert?«

Fabio schüttelte den Kopf. Aber später, als sie frisch geduscht vor einer großen Schüssel Salat, Brot und gekochtem Schinken auf dem Balkon saßen, fragte er: »Wusstest du das von Norina und Lucas?«

Marlen nickte.

»Warum hast du mir nichts gesagt?«

»Es war an Lucas, es dir zu sagen.«

»Dazu war er zu feige«, sagte Fabio verächtlich.

»Für ihn ist es auch nicht einfach. Versetz dich in seine Lage.«

»Ich kann mich nicht in seine Lage versetzen. Frauen von Freunden sind für mich tabu.«

Marlen legte eine Hand auf seinen Arm. »Norina war nicht mehr deine Frau.«

Fabio zog den Arm weg. »Auch Exfrauen sind tabu.« Er stocherte schweigend in seinem Salat.

»Iss etwas Schinken. Ich habe ihn für dich gekauft. Du musst zunehmen.«

Fabio stand auf und schrie: »Ich fresse keinen verdammten gekochten Schinken! Ich habe nie verdammten gekochten Schinken gefressen!«

Marlen verließ den Tisch, rannte ins Schlafzimmer und schloss die Tür. Fabio hörte sie schluchzen. Er stürmte aus der Wohnung und schlug die Tür hinter sich zu.

Der Amselweg lag in der Dämmerung. Es war ein wenig kühler geworden. Zwei Buben kickten einen Ball gegen ein Garagentor. In der Nähe spielten ein paar Mädchen Gummitwist. In den Gärten zischelten die Rasensprenger. Von irgendwoher wehte der Geruch von Holzkohlenanzündern herüber.

Fabio hatte die Fäuste in die Hosentaschen versenkt und den Blick auf seine Tennisschuhe gerichtet. Es begann ihm schon leid zu tun. Er war immer aufbrausend gewesen. Italiener *und* rothaarig, sagte seine Mutter, das gibt keine Lämmer.

Marlen hatte nicht unrecht. Es war bestimmt nicht einfach für die, deren Uhr nicht fünfzig Tage lang stehengeblieben war. Aber bei allem Verständnis für die anderen: Am schwierigsten war es für ihn.

Vor einer Garageneinfahrt spritzte ein dünner Mann in einer kleinen Badehose einen blauen Toyota ab. »Guten Abend«, sagte er nachdrücklich, als Fabio vorbeiging. »Abend«, brummte Fabio.

So weit war es mit ihm gekommen: Er wohnte in einer Straße, in der die Leute abends ihre Autos wuschen.

Wenn er ehrlich war, stimmte die Sache mit den Frauen von Freunden nicht ganz. Es hatte, lange her zwar, Fälle gegeben, in denen diese nicht absolut tabu waren.

Als er in die Wohnung zurückkam, wusch Marlen das Geschirr. Fabio nahm das Küchentuch und trocknete ab. »Es tut mir leid«, sagte er.

»Mir auch.«

Sie legten die Arme umeinander und standen

eine Weile so da. Er mit dem feuchten Küchentuch, sie mit den Gummihandschuhen voller Schaum.

Später, wieder auf dem Balkon, keine Kerze, nur der Vollmond und die Glutpunkte ihrer Zigaretten, fragte Fabio: »Wusste ich es?«

»Norina und Lucas?«

Er nickte.

Marlen hob die Schultern. »Du hast nie mit mir über Norina gesprochen.«

Eine Frauenstimme rief: »E-li-a! Va-ne-ssa!«

»Du führst nicht zufällig Tagebuch?«

»Nur eine Agenda.« Marlen lächelte. »Aber ich erinnere mich ganz gut an die letzten Wochen.«

»Ich muss wissen, was in den fünfzig Tagen passiert ist. Kannst du mir helfen?«

»Natürlich. Gerne. Sehr, sehr gerne.«

Die Stimme rief wieder: »E-li-a! Va-ne-ssa!« Diesmal etwas ungeduldig.

7

An Detektivwachtmeister Tanner war alles groß: seine Hände, seine Schuhe, sein Körper, sein Kopf, seine Nase, sein Mund, sogar seine Frisur. Er begrüßte Fabio mit dem behutsamen Händedruck schüchterner großer Männer und bot ihm einen Stuhl an seinem kleinen Schreibtisch an.

Fabio fragte sich, ob es nicht ein Handicap für einen Detektiv darstellte, aus jeder Menschenansammlung um mindestens einen Kopf herauszuragen. Dazu kam, dass Wachtmeister Tanner an einem nervösen Tick litt. Er zwinkerte mit dem rechten Auge. Zuerst dachte Fabio, es handle sich um das Zwinkern, mit denen furchteinflößende Erscheinungen – Sankt Nikolaus oder der Räuber Hotzenplotz – kleinen Kindern die Angst nehmen wollen. Vielleicht war es das auch einmal gewesen. Aber inzwischen hatte sich das Zwinkern verselbständigt. Es zwinkerte wohl auch, wenn er einen Delinquenten einschüchtern sollte.

Bestimmt war Wachtmeister Tanner zur Schreibtischarbeit verurteilt. Fabio konnte sich nicht vorstellen, dass man ernstzunehmende Kriminelle von einem zwinkernden Riesen beschatten lassen konnte.

»Wie geht es Ihnen, Herr Rossi?«, fragte er. Es klang, als interessierte es ihn wirklich. Jedenfalls gab Fabio erschöpfender Auskunft als sonst.

»Vom rechten Jochbogen bis zu den Zähnen des rechten Oberkiefers habe ich kein Gefühl, meine Erinnerung endet am achten Mai und beginnt erst am fünften Tag meines Krankenhausaufenthaltes wieder. Aber Sie haben bestimmt beruflich oft mit Leuten mit Gedächtnislücken zu tun.«

Jetzt lachte Tanner. »Ja, ja, das kommt vor. Ich bin froh, dass Sie es mit Humor nehmen.« Er blätterte in seinen Unterlagen und wurde dienstlich. »Am einundzwanzigsten Juni um sechzehn Uhr zwölf wurden Sie bei der Endstation Wiesenhalde von einer Streife aufgegriffen. Sie waren am Kopf verletzt und verwirrt. Ein älteres Ehepaar hatte sich um Sie gekümmert und die Streife gerufen. Ich frage Sie jetzt einfach fürs Protokoll: Erinnern Sie sich an den Vorfall?«

»Nein«, antwortete Fabio.

Der Wachtmeister holte die Tastatur vom Bildschirm seines Computers, wo sie aus Platzgründen stand; wenn er sie nicht benutzte. Er tippte mit zwei seiner großen Finger auf die kleinen Tasten. Wahrscheinlich: *Kann sich an den Vorfall nicht erinnern.*

Die Protokollaufnahme dauerte etwa eine Stunde und brachte für Fabio mehr zutage als für Wachtmeister Tanner. Er erfuhr den Namen des Ehepaars, das die Polizei gerufen hatte, und die der beiden Polizisten. Er wusste jetzt, dass die Polizei von einem Raubüberfall ausging, bei dem der oder die Täter gestört wurden, denn Fabio hatte Geld, Wertsachen, Ausweis und Handy noch bei sich. Und er vernahm, dass die Polizei immer noch nach Zeugen suchte.

Wachtmeister Tanner hingegen erfuhr nicht einmal, was Fabio Rossi bei der Endstation Wiesenhalde zu suchen hatte. »In dieser Gegend«, gab er zu Protokoll, »war ich einmal auf einem Waldlehrpfad. In der vierten Klasse.«

Fabio unterschrieb seine Aussage und versprach, sich zu melden, falls ihm etwas einfiel. Wachtmeister Tanner versprach, sich zu melden, wenn er etwas Neues wusste. Die zwei Versprechen, die sich Polizisten und Opfer seit Jahrhunderten gaben.

In einer Papierwarenhandlung kaufte Fabio ein kleines Ringbuch mit einem Nummernregister. Jede Zahl stand für einen vergessenen Tag. Hinter jede ordnete er ein leeres Blatt. Nach der letzten Seite folgte ein Stapel Reserveblätter für die Tage, über die er mehr herausfinden würde, als auf einem Blatt Platz fand. Er hatte die Verkäuferin sogar dazu gebracht, im Lager nachzuschauen, ob dort noch eine Taschenagenda des laufenden Jahres lag.

In einem Straßencafé übertrug er die Termine aus seinem Stenoblock in die Agenda. Dabei merkte er, dass er seit einer halben Stunde bei Dr. Vogel sein sollte. Er rief ihn vom Tisch aus an. Als die Praxishilfe ihn verbunden hatte, eröffnete Vogel das Gespräch mit dem Satz: »Sagen Sie bloß, Sie haben Ihr Gedächtnistraining vergessen.«

Fabio war sich nicht sicher, ob er sich an Dr. Vogels Humor gewöhnen wollte.

Anstatt ins Gedächtnistraining ging er auf den Markt. Er hatte Marlen versprochen, etwas zu kochen. Die Hälfte der Stände war bereits abgeräumt, aber er fand dennoch, was er suchte: ein Kilo reifer sizilianischer Tomaten und einen Strauß Basilikum. Die Marktfrau war gerade dabei, ihm das Wechselgeld über die Auslage zu reichen, als sein Handy fiepte. Fabio steckte das Geld ein, stellte seine Einkaufstüte ab und meldete sich: »Ja?«

Einen Augenblick war es still am anderen Ende. Dann sagte eine Stimme: »Ich bin's, Lucas. Ich glaube, wir sollten reden.«

»Das glaube ich nicht«, antwortete Fabio und beendete das Gespräch.

Er brachte Wasser zum Kochen, warf die Tomaten hinein, fischte sie wieder heraus, zog ihre Haut ab, schnitt sie in grobe Würfel und kippte sie in eine Glasschüssel. Er würzte sie mit Salz und Pfeffer, wusch und zerkleinerte die Basilikumblätter, streute sie darüber, goss etwas Olivenöl dazu, mischte das Ganze und stellte die Schüssel in den Kühlschrank.

Spaghetti mit kalter Tomatensauce war eine von Norinas Leibspeisen gewesen. Ein Sommermenü, das sie oft an warmen Abenden auf der Dachterrasse gegessen hatten.

Das Bild ging ihm nicht aus dem Kopf: wie sie aus der Tür gekommen war. Zögernd und doch zielstrebig. Die kurzen Haare. Der Rock. Das Top mit Spaghettiträgern. Wie verändert sie war. Und wie schön.

Für Marlen waren es die ersten Spaghetti mit kalter Tomatensauce. Sie war begeistert. Aber Fabio wurde das Gefühl nicht los, dass es ihr nicht schmeckte. Sie aßen früh und machten sich an die Rekonstruktion von Fabios jüngster Vergangenheit.

»Am dreiundzwanzigsten Mai, um zehn Uhr, sahen wir uns zum ersten Mal. Du kamst zum LEMIEUX-Pressefrühstück ins Hotel Au Lac.«

Vom Ereignis zurückgerechnet, war der 23. Mai der dreißigste Tag seiner Amnesie.

Fabio schlug das Register dreißig seines Ringhefts auf und machte sich Notizen.

LEMIEUX *veranstaltet ein Pressefrühstück zur Einführung von* BIFIB, *einem mit Ballaststoffen angereicherten Bifidus-Drink. Ich nehme für den* SONNTAG-MORGEN *daran teil (?).*

»Wirklich, Einführungen von Konsumgütern fallen nicht in mein Ressort.«

»Ich war auch überrascht, als du kamst.«

»Was war deine Rolle bei diesem Anlass?«

»Ich schrieb das Pressedossier, verschickte die Einladungen, organisierte den Anlass, betreute die Journalisten.«

»Du schreibst diese Pressetexte?«

»Ich schreibe diese dämlichen Pressetexte, richtig.«

Marlen organisiert den Anlass, verschickt die Einladungen und schreibt diese dämlichen Pressetexte.

»Was braucht man dazu für eine Ausbildung?«

»Machst du dich lustig?«

»Nein, im Ernst. Es interessiert mich.«

»Es ist unterschiedlich. Ich war Journalistin.«

»Wo?«

»Beim *Oberländer Boten.*«

Marlen war ursprünglich Journalistin. Beim Oberländer Boten.

Fabio stutzte. »Da war Lucas auch einmal.«

»Ich weiß. Er ging, kurz nachdem ich dort mein Stage angefangen hatte.«

»Ich hatte keine Ahnung, dass du Lucas von früher kanntest.«

Marlen kannte Lucas aus dieser Zeit (!).

»Hattet ihr noch Kontakt?«

»Natürlich, Kontakt mit Journalisten ist mein Beruf. Ihm habe ich auch die Einladung geschickt.«

»Du hast *ihm* die Einladung geschickt, und *ich* bin gekommen?«

»Ich sage ja, ich war überrascht, als du kamst.«

Sie hat Lucas die Einladung geschickt, aber ich bin gekommen.

»Hast du eine Ahnung, weshalb?«

»Du hattest gesagt, dass du dich für das Produkt interessierst.«

»Für einen Milchdrink?«

»Einen mit Weizenfasern angereicherten Bifidus-Drink. Die probiotischen Mikroorganismen im Bifidus sind gut für die Verdauung, stärken die natürlichen Abwehrkräfte, erhöhen die Aufnahmefähigkeit von Kalzium und verbessern die Schilddrüsenfunktionen, weil sie Jod enthalten. Die Weizenfasern sorgen für den Ballaststoff. *Functional food* nennt sich das.«

Weil ich mich für einen Bifidus-Drink mit Weizenfasern interessierte?

»Je mehr du mir erzählst, desto weniger verstehe ich, dass ich deswegen gekommen sein soll.«

Marlen lächelte. »Vielleicht war es ein Vorwand.«

»Und der wahre Grund?«

Sie lächelte.

»Du meinst du? Ich kannte dich ja gar nicht.«

»Aber Lucas.«

»Du meinst, Lucas hat mir von dir vorgeschwärmt, und ich nichts wie hin ans Bifidus-Pressefrühstück? Ach, Marlen, so läuft das nicht mehr, wenn man einmal die Sechzehn überschritten hat.«

Oder weil Lucas es so arrangiert hat?

»Jedenfalls hast du mich für denselben Abend ins République eingeladen.«

»Und der Vorschlag kam von mir?«

»Essen zu gehen? Selbstverständlich!«

»Ich meine, das République?«

»Klar.«

Abends mit ihr ins République (!).

»Und anschließend zu mir.«

Und dann zu ihr (!).

Das Bild, das er vom Fabio jener Tage gewann, fiel erstaunlich aus: Am nächsten Tag hatten sie sich zum Mittagessen verabredet. Im Greenhouse, einem vegetarischen Lokal in der Nähe von Marlens Arbeitsplatz. Am Abend hatte sie gekocht. Das heißt, sie hatte es vorgehabt. Es war nicht dazu gekommen. Sie waren direkt ins Bett gegangen.

Am nächsten Tag, einem Freitag, hatten sie sich zum Kino verabredet. (Das stimmte mit einem der spärlichen Einträge in Fabios Agenda überein.) Sie musste an diesem Abend länger arbeiten, deswegen hatten sie sich direkt vor dem Kino verabredet. Er hatte die Karten besorgt. Sie befanden sich in Marlens Agenda – unbenutzt.

»An diesem Abend fragte ich dich, warum du nie über Nacht bleibst.«

»Und?«

»Am nächsten Tag hattest du eine Tasche mit ein paar Sachen dabei.«

Das Wochenende hatten sie im Bett verbracht. Am Montag ging er früh arbeiten. Am Nachmittag schwänzte er das Fußballtraining. Sie aßen wieder im République und gingen anschließend zu ihr.

»Und nie ein Wort über Norina?«

»Nein, nie. Im Krankenhaus hast du in meiner Gegenwart zum ersten Mal ihren Namen ausgesprochen.«

»Und du hattest keine Ahnung, dass ich eine feste Beziehung hatte?«

»Erst als du deine Tasche wieder mitnahmst.«

»Wann war das?«

Marlen schaute in ihre Agenda. »Am Dienstag. Ich hatte dir ein Gespräch vermittelt mit Doktor Mark, unserem leitenden Lebensmittelingenieur.«

»Ein Gespräch worüber?«

»Lebensmittel. Doktor Mark kann dir alles über unsere Produktpalette sagen. Die heutige und die zukünftige.«

»Davon steht nichts in meiner Agenda.«

»Dienstag, neun Uhr. Du bist mit mir ins Büro gefahren. Hast deine Sachen gepackt und die Tasche mitgenommen. Am Abend hatten wir uns verabredet. Aber du hast abgesagt.«

»Mit welcher Begründung?«

»Arbeit. Wie am nächsten Tag. Und am übernächsten. Dann dachte ich, jetzt ist es vorbei.«

»War es aber nicht.«

»Nicht vorbei. Aber anders. Ich war deine heimliche Affäre.«

»Habe ich das gesagt?«

»Das war nicht nötig. Wir haben uns nur noch sporadisch getroffen. Nie bist du über Nacht geblieben. Nie gingen wir in Lokale, wo deine Kollegen und Freunde verkehrten. Außer Fredi, natürlich.«

»Fredi?«

Marlen lachte. »An Fredi müsstest du dich eigentlich erinnern. Den hast du lange vor dem achten Mai gekannt. Fredi Keller.«

»Mit Fredi Keller habe ich seit Jahren keinen Kontakt.«

»Als ich dich kennenlernte, wart ihr die dicksten Freunde.«

Kurz nach ein Uhr klappte Fabio sein Ringheft zu und verstaute es in der Korpusschublade. Er hatte mehr Fragen als Antworten gefunden.

Es begann schon zu dämmern, als sie die Versuche aufgaben, dem Fabio jener ersten Nächte wenigstens körperlich etwas näherzukommen.

Am nächsten Morgen holte Fabio sein Rad aus der Tiefgarage. Er hatte sich im letzten Sommer ein englisches Hybrid-Bike geleistet, einen sehr eleganten Kompromiss zwischen einem Mountain- und einem City-Bike. Der Rahmen war aus silberfarbenem Aluminium, Lenker und Sattel hydraulisch gefedert. Es besaß keinen Gepäckträger, weshalb Fabio meistens mit seiner Umhängetasche unterwegs war.

Er fuhr die Rampe zur Garagenausfahrt hinauf

und bog in den Amselweg ein. Nach knapp hundert Metern musste er sich eingestehen, dass er auf die Therapeutin hätte hören sollen. Er fühlte sich unsicher. Er, der auf dem Fahrrad gesessen hatte, bevor er richtig gehen konnte, fuhr plötzlich, als ob er jeden Moment umkippen könnte. Er, der sich früher durch die Kolonnen geschlängelt hatte wie ein Fahrradkurier, zirkelte jetzt übervorsichtig an den geparkten Autos vorbei, als ob sie ihn jederzeit anspringen könnten. Er erwog, umzudrehen und das Tram zu nehmen. Aber das ließ sein Stolz dann doch nicht zu.

Er kam zehn Minuten zu spät zu seinem ersten Krafttraining. Sein persönlicher Trainer nannte sich Jay, ein früherer Wettkampfname, wie Fabio vermutete. »Du nennst mich Jay, ich nenn dich Fabio, im Kraftraum siezt sich niemand.«

Jay hatte einen Körper wie ein junger Gladiator und ein Gesicht wie ein alter Bergbauer. Er überging die Verspätung ostentativ vorwurfslos und begann sofort mit einem leichten Aufwärm- und Stretchingprogramm. »Die Übungen findest du auf deinem persönlichen Kontrollblatt. Du kommst ein wenig früher und machst sie selbständig, so beginnen wir das Training warm und gewinnen Zeit.«

Danach befahl er Fabio, sich bis auf die Unterhose auszuziehen und auf die Waage zu stellen. Er vermaß ihn mit der Routine eines Herrenschneiders und übertrug die Daten auf ein Formular mit der Skizze eines nackten Mannes. »Schwimmer?«, fragte er kennerhaft.

»Ein wenig«, antwortete Fabio.

Den Rest der Stunde verbrachte Fabio an Kraftgeräten, Hantelbänken, Bauch- und Rückentrainern. Jay notierte sich Gewichte und Anzahl der geschafften Übungen. Bis zum nächsten Termin würde er ihm sein persönliches Trainingsprogramm zusammenstellen, kündigte er an.

Er entließ Fabio mit der Bemerkung: »Habe schon Schlimmeres gesehen.«

Fabios Kugelschreiber zitterte in der Hand. Leute, die schreiben, sollten keine Hanteln stemmen, dachte er. Er saß an einem Tischchen vor dem Café Hauser. Alle anderen Tische waren schon für das Mittagessen gedeckt. Die Serviertochter hatte Fabio den Platz nur überlassen, weil er ihr versprochen hatte, ihn Punkt halb zwölf zu räumen. Es blieben ihm noch zehn Minuten.

Er hatte seine neue Agenda vor sich aufgeschlagen und notierte sich die Quellen, aus denen er mehr über die fünfzig Tage erfahren könnte.

Norina. Fredi Keller. Er hatte ihn bereits angerufen, und seine Sekretärin hatte ihm versprochen, dass er zurückrufen würde.

Doktor Mark, der leitende Lebensmittelingenieur von LEMIEUX, mit dem er ein Gespräch geführt hatte. Er könnte ihm sagen, worüber er recherchiert hatte.

Stefan Rufer, sein Chefredakteur, falls er sich bei ihm für das Arschloch entschuldigt.

Sarah Mathey, Rufers Sekretärin, falls er sich nicht bei ihm entschuldigt.

Lucas Jäger nicht.

Die Lokführer.

Die Witwe des Selbstmörders.

Das Ehepaar, das ihn gefunden und die Polizei gerufen hatte.

Die Bankauszüge.

Die Telefonrechnung.

Die Kreditkartenabrechnung.

Als Fabio den Eistee bezahlte, klingelte sein Handy. Er erkannte die Stimme, als ob er sie erst gestern gehört hätte: Fredi.

»Setz dich in ein Taxi, und fahr ins Bertini«, befahl der. »In einer Viertelstunde bin ich dort.«

»Ins Bertini? Bei dieser Hitze?«

»Das Bertini ist klimatisiert.«

Die Klimaanlage schaffte es nicht, im Bertini eine sommerliche Atmosphäre zu erzeugen. Das Lokal sah aus wie im Winter, roch wie im Winter und führte eine Speisekarte wie im Winter. Das einzig Unwinterliche war die Raumtemperatur. Im Winter war es im Bertini wärmer.

Fabio hatte sich verspätet. Er hatte natürlich kein Taxi genommen, sondern war vorsichtig durch den Stoßverkehr geradelt. Als er das Bertini betrat, saß Fredi allein an einem Vierertisch und hatte einen fast leeren Campari vor sich stehen.

Im Gymnasium war Fredi ein großgewachsener, kräftiger Junge gewesen. Und in der Fußballmannschaft ein guter, wenn auch manchmal etwas allzu lässiger Libero. Seither hatte er bestimmt dreißig Kilo zugenommen. Seine Figur hatte sich nicht groß verändert, das Übergewicht war gleichmäßig auf seinen Körper verteilt. Aber das Gesicht war kaum wiederzuerkennen. Nase, Backen, Augen, Lippen – alles sah aus, als würde es von etwas nach außen gedrückt.

Fredi trug einen leichten, dunkelgrauen Anzug, dessen Ärmel bis zur Hälfte seiner dicken, behaarten Unterarme zurückgeschoben waren. Er hatte die Ellbogen aufgestützt und ließ die Hände baumeln. Ab und zu angelten sie ihm das Glas oder ein Grissini, ohne dass sich die Arme dabei groß bewegten.

»Ciao«, sagte er nur. Kein Wort über die Verspätung.

Kaum hatte sich Fabio gesetzt, begann der Kellner den Tisch mit kleinen Tellerchen auszulegen. Gegrillte Zucchetti und Auberginenscheiben, Schinken, Salami, Sardinen, Oliven, eingelegte Tomaten, Artischockenböden. In die Mitte stellte er einen beschlagenen Halbliterkrug Frascati. Fabio bestellte einen Liter San Pellegrino.

»Deswegen?«, fragte Fredi und ließ seine schlaffe Rechte einen Schlenker in Richtung seines schütteren Haarwuchses machen.

»Ich trinke auch sonst nichts am Mittag.«

»Seit wann das?«

»Ich habe eine Gedächtnislücke.«

»Das habe ich gehört. Wie ist das?« Fredis Hand ließ jetzt eine Gabel über den Tellerchen kreisen. Ab und zu stach sie auf eines hinunter und holte sich ein Häppchen. Fredi sprach nicht mit vollem Mund, deshalb kaute er kaum und hielt seine Sätze kurz.

»Wie wenn du mit einem Kater aufwachst und statt ein paar Stunden ein paar Wochen vergessen hast.«

»Aber es fällt dir wieder ein?«

Fabio legte sich jetzt auch ein paar Antipasti auf den Teller. »Bis jetzt ist mir noch nichts eingefallen.«

»Und das?« Fredi zeigte mit der Gabel auf Fabios Kopf. Der hatte die Mütze abgezogen und neben sich auf die Bank gelegt. Die rasierte Stelle war zu sehen. »Tut das weh?«

Fabio schüttelte den Kopf. Fredis Gabel deutete etwas tiefer, auf die gelbgrüne Stelle unter seinem rechten Auge. »Und das?«

Fabio zeichnete mit dem Finger einen Kreis auf seine rechte Gesichtshälfte. »Im Gegenteil. Das alles ist gefühllos.«

Die Tellerchen waren fast leer. Fredi hob die Hand und winkte den Kellner heran. »Nimmst du etwas vor dem Brasato?«

Der Manzo Brasato war eine Spezialität des Bertini. Er wurde mit einem Kartoffelpüree serviert, das fast zur Hälfte aus Butter bestand. Fabio winkte ab. Fredi bestellte eine Portion Fettuccine und danach den Manzo Brasato. Fabio ließ die Vorspeise aus und bestellte Spaghetti alle Vongole als Hauptgang.

»Was willst du wissen?« erkundigte sich Fredi. Als er sah, dass Fabio die Frage zu überraschen schien, erklärte er: »Wenn man besoffen war, fragt man ja auch die Leute, die dabei waren, was man getan hat.«

»Wie haben wir uns wieder getroffen, nach zehn Jahren?«, war Fabios erste Frage.

»Im Landegg.«

Das Landegg war eine Badeanstalt am See, die in den letzten zwei Jahren zu einem Szenetreff geworden war. Das dazugehörige Restaurant war vom Mief der letzten fünfzig Jahre befreit und um eine Bar ergänzt worden, die auch außerhalb des Badebetriebs geöffnet war.

»Ein zufälliges Treffen?«, wollte Fabio wissen.

»Natürlich. Ich verkehre sonst nicht in der alternativen Prosecco-Szene. Mein Boot hatte eine Panne. Du warst dort mit – wie hieß sie?«

»Marlen?«

»Nein, die Schwarzhaarige.«

»Norina?«

»Ja, du warst mit Norina zusammen, ich mit Libellula.«

»Deine Frau?«

»Mein Motorboot.«

Der Kellner brachte Fredis Fettuccine. Einen großen Teller Nudeln mit gewürfeltem Gemüse und viel Rahm.

»Ich habe mich zu euch an die Bar gesetzt, bis der Werftmechaniker eintraf, und wir haben uns unterhalten. Solange es Norina zuließ.«

Fabio konnte sich gut vorstellen, wie Norina auf Fredi reagiert hatte.

»Ein paar Tage später hast du mich angerufen, und von da an haben wir uns ab und zu getroffen.«

»Zum Essen?«

»Essen, Trinken, Reden.«

»Worüber?«

»Über das Leben.« Fredi aß, die Ellbogen aufgestützt, in der Rechten die Gabel, in der Linken die Serviette, mit der er sich nach jedem Bissen den Mund abwischte. »Über Dinge, die dich früher nie interessierten.«

»Was für Dinge?«

»Geld, zum Beispiel.«

»Ich habe über Geld gesprochen?«

»Nicht direkt.« Fredi kaute, schluckte, wischte sich den Mund.

»Ich habe indirekt über Geld gesprochen?«

»Es hat dich nicht gestört, wenn ich darüber sprach. Im Gegenteil.«

»Im Gegenteil?«

Kauen, Schlucken, Mundabwischen. »Du hast Fragen gestellt.«

»Fragen übers Geldverdienen?«

Fredi schüttelte den Kopf. »Geldausgeben. Essen, Trinken, Wohnen, Reisen, teure Dinge. Frauen.«

»Frauen?«

»Frauen, Frauen, Frauen, Frauen.« Fredis Hand schob eine weitere Gabel Fettuccine in Fredis Mund.

»Du meinst Marlen?«

»Marlen im Speziellen. Frauen im Allgemeinen.« Fredi hatte den Teller leer. Er wischte sich noch einmal über den Mund und lehnte sich zurück. »Wenn du mich fragst: Du hattest die Nase voll von deiner Welt und suchtest jemanden, der dir eine andere zeigte.«

»Und fand dich?« Die Frage musste ironisch geklungen haben, denn Fredis Antwort fiel etwas gehässig aus: »Als wir uns wiedersahen, warst du ein dreiunddreißigjähriger Spießer.«

Fabio wartete, bis der Kellner Fredis Teller abgeräumt und sein Glas nachgefüllt hatte. Dann fragte er: »Und danach, war ich da kein Spießer mehr?«

»Du warst auf dem Weg der Besserung.«

Nach dem Essen legte Fredi seine Agenda auf den Tisch und nannte Fabio die Daten, an denen sie sich getroffen hatten.

Zwei Einträge stimmten mit Fabios überein: Am 21. und am 28. Mai hatten sie sich hier im Bertini getroffen. Fabio hatte am Tag zuvor angerufen.

Aber danach fanden sich bei Fredi Einträge, die bei Fabio fehlten: Am 6. Juni hatten sie sich um achtzehn Uhr im Blue Nile getroffen, einem etwas halbseidenen Cocktail-Club, in dem man nur in Begleitung eines Mitglieds bedient wurde.

Am folgenden Samstagvormittag stand *Fabio, Libellula*. Am 14. Juni, genau eine Woche vor dem Ereignis, hatte Fredi um neunzehn Uhr dreißig geschrieben: *Fabio, Marlen, Patrizia, Maison Rouge.*

Das Maison Rouge war ein Viersternelokal etwas außerhalb der Stadt. Fabio war vorher noch nie dort gewesen. »Wer ist Patrizia?«, hatte er gefragt.

Fredi lachte und antwortete: »Sie wird nicht glauben, dass ein Mann einen Schlag auf den Kopf überleben konnte, der so stark war, dass er sich danach nicht einmal mehr an sie erinnert.«

Das Bertini hatte sich langsam geleert. Fredi war nach dem Dessert, dem Ristretto und dem Grappa zum Bier übergegangen und hatte detailliert von Bootsausflügen, Herrenabenden im Blue Nile (die in Nightclubs geendet haben sollten) und von kulinarischen Höhenflügen in den Fresstempeln der näheren und weiteren Umgebung erzählt. Manchmal habe Fabio Marlen mitgenommen. »Und Norina?«, hatte Fabio gefragt.

»Zum Glück nie«, hatte Fredi geantwortet.

Um drei Uhr hatte Fabio es aufgegeben, sich Notizen zu machen. Kurz vor fünf traten sie vom kühlen Bertini in die Hitze der Stadt.

Fabio war sich wieder ein Stück fremder geworden.

8

Am Wochenende stieg das Thermometer auf über dreißig Grad. Über dem Teer des Amselwegs flimmerte die Luft. In den Gärten war es still. Die Leute suchten Zuflucht in den abgedunkelten Zimmern ihrer Häuser.

In Marlens kleiner Wohnung gab es keine Zuflucht. Egal, ob Sonnenstore und Jalousien unten waren oder Fenster und Türen offen, die Hitze hatte sich in allen Ecken und Winkeln festgesetzt.

Fabio störte sich daran, dass Marlen nackt herumlief. Die Vorstellung, dass in den Wohnungen über, unter, rechts und links von ihnen andere schwitzende Paare nackt oder halbnackt herumliefen, lenkte ihn von seinen Versuchen ab, ihrem Zauber wieder zu verfallen.

Am Sonntag ging er früh zum Briefkasten und holte den SONNTAG-MORGEN. Es war ein seltsames Gefühl, die Zeitung, bei der er von Anfang an dabei gewesen war, wie ein Außenstehender zu lesen. Rufer hatte einen Leitartikel zur Hitzewelle geschrieben. Sogar bei diesem Thema brachte er es fertig, dass man sich am Ende fragte: Ist er nun dafür oder dagegen?

Lucas Jäger war mit einer Chronologie des Scheiterns der Klimakonferenz und einem Kommentar (mit Porträt) vertreten. Fabio überblätterte beides rasch.

Reto Berlauers erste Reportage im SONNTAGMORGEN ging gleich über drei Seiten. Er hatte mehrere japanische Reisegruppen begleitet und beschrieben, wie militärisch diese organisiert und geführt wurden. Fabio zwang sich, die Geschichte zu lesen. Er würde es zwar nie zugeben, aber sie war gar nicht mal so verdammt schlecht geschrieben.

Der Kulturteil brachte einen Bericht über die Dreharbeiten zum *Tee der drei alten Damen,* der Verfilmung des als unverfilmbar geltenden ersten Kriminalromans von Friedrich Glauser. In diesen Tagen wurde in einer Villa am See gedreht. Ein Bild zeigte das Set: eine Art Altar, davor eine Gestalt, die in so etwas wie eine gelbglänzende Ku-Klux-Klan-Robe gekleidet war. Im Hintergrund ein paar Mitglieder der Filmcrew.

Etwas abseits stand eine junge Frau mit kurzen, schwarzen Haaren, die in ein Walkie-talkie sprach.

Norina.

Fabio legte die Zeitung beiseite und ging leise ins Schlafzimmer. Marlen lag auf der Seite, das untere Bein gestreckt, das obere angezogen. Er setzte sich ans Fußende und betrachtete sie.

»Schaust du dorthin, wo ich denke, dass du hinschaust?« murmelte sie verschlafen.

Als er das bestätigte, zog Marlen das Bein noch mehr an.

»Versuch dir vorzustellen, wir wären in der Karibik. So ist es leichter auszuhalten.« Sie lagen schweißglänzend auf dem Rücken, sorgfältig darauf bedacht, einander nicht zu berühren.

Fabio gab keine Antwort. Er stellte sich schon lange vor, er wäre woanders.

Jemand schaltete ein Radio an. Ländlermusik. Fabio lachte. »Karibik!«

»Wollen wir ins Landegg gehen?«, fragte Marlen.

Fabio wusste sofort, dass er mit Marlen nicht im Landegg gesehen werden wollte.

»Heute sind alle im Landegg«, antwortete er.

»Und?«

»Ich will nicht hundertmal erklären müssen, was passiert ist.«

»Dann nicht ins Landegg. Aber sonst irgendwohin. Ich muss hier raus.«

Sie gingen in die Nachmittagsvorstellung des Palazzo. *Titanic* wurde gezeigt. Nicht gerade der neueste Film und nicht gerade Fabios Geschmack. Aber das Kino war klimatisiert, der Film dauerte über drei Stunden, und Leonardo diCaprio erfror im eiskalten Atlantik.

Als sie aus dem Kino traten, stießen sie auf eine Wand aus heißer Luft. Marlen hatte Tränen in den Augen. »Entschuldige«, schluchzte sie, »so idiotisch.«

Keine hundert Meter vom Palazzo lag das Outcast. Eine große Bar, in der man auch essen konnte. Sie war vor nicht allzu langer Zeit unter anderer Führung neu eröffnet worden und von Anfang an ein Erfolg gewesen. Auch dort wollte sich Fabio nicht mit Marlen zeigen.

Stattdessen führte er sie ein paar Häuser weiter in die Rebschere. Ein getäfeltes Weinlokal mit grünen Butzenscheiben, an dessen Tür »Klimatisiert!« stand.

Trotz des Schildes waren sie die einzigen Gäste. Sie setzten sich an einen Tisch in einer Nische. Eine dünne, grauhaarige Bedienung brachte die Nachmittagskarte. Sie trug ein hellblaues Wolljäckchen, so gut funktionierte die Klimaanlage. Marlen bestellte einen gespritzten Féchy, Fabio ein Mineralwasser.

»Wie heißt euer Lebensmittelingenieur, mit dem ich das Gespräch hatte?«

»Doktor Mark.«

»Glaubst du, du kannst mir noch einen Termin bei ihm vermitteln?«

»Ich denke schon.«

Die Frau brachte die Getränke.

»Er wird wissen wollen, zu welchem Thema.«

»Das will ich auch. Sag ihm, ich hätte noch ein paar Zusatzfragen zum Gespräch vom letzten Mal.«

Marlen nickte und trank einen Schluck.

»Ab wann warst du nicht mehr meine heimliche Affäre?«, fragte Fabio.

»Ab Freitag, dem achten Juni, zirka dreiundzwanzig Uhr.«

»Was war da passiert?«

»Das Telefon hat geklingelt, eine Frau Kessler war am Apparat und wollte Herrn Rossi sprechen. Es sei dringend. Ich hab dir den Hörer gegeben. Du lagst neben mir im Bett.«

»Du hast mir den Hörer gegeben?«

»Ich konnte ja nicht wissen, wer Frau Kessler war. Ich dachte, es sei jemand aus der Redaktion.«

»An einem Freitag? Um dreiundzwanzig Uhr? Quatsch!«

Marlen nahm einen Schluck Wein. Als sie das Glas abstellte, hatte sie Tränen in den Augen.

Fabio ignorierte sie und hoffte, dass sie von selbst wieder trockneten. Aber als er wieder hinschaute, war Marlens Gesicht tränennass. »Entschuldige«, schluchzte sie und verließ den Tisch in Richtung Toilette.

Er wartete. Jedes Mal, wenn er aufsah, fing er einen vorwurfsvollen Blick der Bedienung ein. Nach fünf Minuten stand er auf. »Jetzt wäre dann gleich ich nachsehen gegangen«, murrte die Frau, als er an ihr vorbeiging.

Als er die Damentoilette gefunden hatte, kam Marlen gerade aus der Tür. Sie weinte nicht mehr, aber sie sah aus, als sei dies ein labiler Zustand. »Können wir ein Taxi nehmen?«, fragte sie.

Kaum saßen sie im Fond, fing Marlen wieder an.

»Der Film?«, fragte Fabio.
»Auch«, schluchzte sie.

Er brachte Marlen ins Bett, hielt sie, bis sie sich in den Schlaf geweint hatte, und dachte an Norina.

Montags schieben die Mitarbeiter von Sonntagszeitungen eine ruhige Kugel. Sarah Mathey war sofort einverstanden gewesen, als Fabio sie fragte, ob sie sich zum Mittagessen treffen könnten.

Fabio hatte um neun Uhr Krafttraining. Jay quälte ihn ohne Rücksicht auf die Hitze und verbot ihm, nach dem Training kalt zu duschen. »Es sei denn, du willst eine Muskelzerrung.«

Schon auf dem Weg zum Biotop versuchte Fabio, sich den Namen der Kellnerin in Erinnerung zu rufen. Macht nichts, war sein Stichwort. Fa niente. Dolcefarniente. Nackt am Pool mit einem Himbeereis. Yvonne Dolcefarniente? Genau. So hieß sie.

Er war eine halbe Stunde zu früh. Yvonne Dolcefarniente hatte ihren freien Tag. Ein junger Mann bediente ihn. »Ciao«, sagte er, »heiß.« Fabio wusste nicht, ob er ihn kennen müsste. Im Biotop wurde man rasch geduzt.

Er trank ein Tonic und versuchte, sich nicht zu bewegen. Die Hitze und die Nachwirkungen des Krafttrainings ließen ihn immer wieder in Schweiß ausbrechen.

Er sah Sarah Mathey von Weitem kommen. Sie trug ein übergroßes weiß-blau gestreiftes Herrenhemd über einer zu eng gewordenen Khakihose. Sie schleppte ihre abgewetzte, ausgebeulte Handtasche mit sich, ohne die er sie noch nie gesehen hatte. Als sie ihn entdeckte, steckte sie ihre brennende Zigarette zwischen die Lippen und winkte ihm zu. Sarah war eine der letzten Frauen um die sechzig, die auf der Straße rauchten.

»Wie fühlst du dich?«, erkundigte sie sich mit ihrer tiefen Stimme, als sie sich gesetzt hatte.

»Beschissen«, antwortete Fabio.

»Erzähl.«

Fabio versuchte in Worte zu fassen, wie er sich fühlte. Orientierungslos. Betrogen. Bestohlen. Verraten. Fremd. Heimatlos. Allein. Im Stich gelassen. Ausgestoßen.

Der Bericht geriet ihm ausführlicher als vorgesehen. Das ging allen so mit Sarah Mathey. Sie brachte die Leute zum Reden, indem sie zuhörte.

Sie hatten beide ihre großen Salatteller leer gegessen, als Fabio zum Schluss kam: »Ich taste mich wie ein Blinder durch die Finsternis meines Gedächtnisses«, sagte er. »Und keiner der Sehenden hilft mir, mich zurechtzufinden. Kannst du mir erklären, warum?«

»Willst du eine ehrliche Antwort?«, fragte Sarah.

»Sonst hätte ich jemand anderen gefragt.«

Sarah kramte ihre Zigaretten aus der Tasche. »Dem Fabio, an den du dich erinnerst, hätten alle geholfen. Aber der, den du vergessen hast, war ein ziemliches Arschloch – entschuldige den Ausdruck.«

»Inwiefern?« Es glückte Fabio einigermaßen, nicht pikiert zu klingen.

»Der vergessene Fabio kam nach der Arbeit nicht noch auf ein Glas mit den Kollegen. Er war im Bootsclub verabredet oder im Blue Nile. Er kam nur noch in die Redaktion, wenn es absolut nötig war, und ließ uns seine Herablassung spüren. Er brauchte Wochen für eine mittelmäßige Geschichte über Lokführer, wollte jedoch gefeiert werden wie ein großer Star. Er sprang nie mehr ein, wenn Not am Mann war, und versteckte sich hinter einem Projekt, von dem niemand mehr wusste, als dass es eine ›ganz große Sache‹ sei. Er betrog seine Freundin mit einer kleinen

PR-Blondine und kaufte seine Hemden bei BOX!. Der vergessene Fabio war ein kleiner Möchtegern. Wir haben alle applaudiert, als Norina dich rauswarf.«

Fabio blieb still. Sarah bot ihm eine Zigarette an. »Der vergessene Fabio rauchte.«

»Ich weiß«, erwiderte Fabio und nahm keine.

Sarah zündete sich eine an. »Sorry. Du wolltest die Wahrheit wissen.«

»Das war, bevor ich sie kannte.« Er versuchte zu lächeln. »Und du weißt bis heute nicht, was die große Sache war?«

»Niemand weiß es.«

»Außer Rufer.«

»Auch er nicht. Deswegen hat er dich ja rausgeschmissen.«

»Er hat mich nicht rausgeschmissen. Ich habe gekündigt. Er hat mir den Brief gezeigt.«

»Es war gegenseitiges Einvernehmen.«

Fabio schüttelte den Kopf. Er war an einer großen Sache gewesen und hatte nicht einmal seinen Chefredakteur eingeweiht. »Und Lucas? Dem hätte ich es doch gesagt.«

»Lucas sagte, nein. Aber du kennst ja Lucas, der würde dich nicht verraten.«

Fabio setzte sein spöttischstes Lächeln auf.

»Ach, komm, Fabio. Lucas hat dich nicht verraten.«

Fabio ging nicht darauf ein.

»Falls dir einer helfen kann, dann er.«

»Frag ihn doch«, schlug Fabio vor.

»Das habe ich schon getan. Er sagte, es habe keine große Sache gegeben.«

Fabio spürte, wie die Wut in ihm aufstieg. »Will er behaupten, ich hätte sie vorgetäuscht?«

»Er war nicht der Einzige, der das sagte, Fabio. Aber vielleicht der Einzige, der es aus Loyalität tat.«

»Ha!«, stieß Fabio aus. So laut, dass der Kellner glaubte, er habe ihn gerufen.

»Und du? Was glaubst du? Gab es die große Sache?«

Sarah zuckte die Schultern.

»Komm, sag schon.«

Sie strich sich mit der flachen Hand über das widerspenstige, blondgefärbte Haar und zog an ihrer Zigarette. »Ich glaube, dass es die große Sache gab. Aber dann …« Sie machte eine vage Handbewegung.

»Dann?«

»Hat sie sich zerschlagen, in Luft aufgelöst, was weiß ich. Auf jeden Fall hast du am Anfang daran geglaubt. Das hab ich dir angesehen. So gut hab ich den alten Fabio gekannt.«

»Wann war ›am Anfang‹?«

Sarah wühlte in ihrer Tasche und brachte ihre Agenda zum Vorschein. Ein kleines Ringbuch aus speckigem Leder, das von einem Gummiband zusammengehalten wurde. »So gegen Ende der Lokführergeschichte. So Mitte Mai.«

»Bist du sicher?«

»Ja. Ich dachte damals nämlich, die neue Sache hänge damit zusammen.«

Fabio stellte die leeren Teller zusammen, schob sie zur Seite, legte sein Ringbuch auf den Tisch und notierte sich alle Termine ihrer Agenda, die mit ihm zu tun hatten. Die Schlussredaktion seiner letzten Reportage, die Redaktionskonferenzen, die er geschwänzt hatte, die Themensitzungen, an denen er nicht aufgetaucht war. Kurz vor zwei bestellte er die Rechnung. Sarah musste zurück in die Redaktion.

Während sie auf das Wechselgeld warteten, fragte Fabio: »Hast du eine Ahnung, weshalb ich einen Lebensmittelingenieur von LEMIEUX interviewen wollte?«

»Weil du die Blonde von der LEMIEUX-Presseabteilung beeindrucken wolltest – wie heißt sie?«

(Unter der Laterne – wie einst Lili ...) »Marlen«, antwortete Fabio, »war die Folge meiner Lebensmittelrecherchen, nicht die Ursache. Ich kannte sie vorher nicht.«

»Lucas kannte sie. Du hast sie mit ihm zusammen gesehen. Daraufhin hast du ihm die Einladung für das Pressefrühstück abgeschwatzt.«

»Erzählt er das?«

»Stimmt es nicht?«

»Woher soll ich das denn wissen«, antwortete Fabio gereizt.

»Entschuldige.«

Der Kellner brachte das Wechselgeld. Sarah steckte sich eine Zigarette für den Weg an.

Fabio schob sein Fahrrad neben ihr her. Ein artiger Sohn, der seine Mutter begleitete. An der Bushaltestelle fragte er: »Und das mit Norina und Lucas, wann hat das angefangen?«

Sarah winkte ab. »Ich bin mir nicht einmal sicher, ob es überhaupt angefangen hat.«

Kaum war der Bus außer Sichtweite, begann sein Handy Marlens *Bolero* zu spielen. Fabio nahm sich vor, noch am selben Abend die Gebrauchsanweisung zu suchen.

Marlen sagte, sie habe Dr. Mark um einen Termin für Fabio gebeten. Zur Überprüfung einiger Fakten zum gleichen Thema wie beim letzten Mal. »Er hat gefragt, ob es dringend sei, und, als ich ja gesagt habe, seinen frühesten Termin genannt. Dienstag in zwei Wochen.«

»Und das Thema?«, wollte Fabio wissen. »Hast du darüber etwas herausgefunden?«

»Nein«, sagte Marlen, »aber ihn scheint es nicht sonderlich zu interessieren.«

»Hast du seine Durchwahl?«

Marlen gab ihm die Nummer. »Aber von mir hast du sie nicht.«

Fabio stellte sie ein. Nach dem vierten Klingeln wurde er mit Dr. Marks Sekretärin verbunden. Sie ließ sich seine Nummer geben und versprach, Dr. Mark würde zurückrufen.

9

Vor der Villa Tuskulum stand ein uniformierter Sicherheitsmann. Fabio zeigte ihm seinen Presseausweis und wurde anstandslos eingelassen.

Die Auffahrt war verstellt von Fahrzeugen. Transporter voller Kabel, Scheinwerfer, Gerüststangen, Requisiten, Kostüme; Firmenwagen mit dem Logo MYSTIC Productions; Privatfahrzeuge der Crew. Hinter dem Fahrzeugpark war ein Zelt aufgebaut. CINEFOOD stand in großen Lettern über dem Eingang.

Vor der Villa wachte ein junger Mann mit einem Ohrhörer. Als Fabio näher kam, legte er den Finger auf die Lippen. Fabio verließ den knirschenden Kiesweg und ging um das Gebäude herum.

Hinter der Villa lag ein Rasenteppich bis zum Seeufer. Ein paar alte Bäume, englische Ulmen, Platanen, Sandbirken und Rosskastanien säumten das Grün. Am Ufer stand ein Bootshaus mit rot-weiß gestreiften Fensterläden. Daneben drei schlanke Pyramidenpappeln. Im Norden begrenzte eine mächtige Trauerweide den Strand.

Ein paar Fenster im Erdgeschoss der Villa waren mit schwarzen Tüchern verhängt. Drei Beleuchter mit nacktem Oberkörper standen davor und rauchten. Als Fabio näher kam, legte einer von ihnen den Zeigefinger an die Lippen.

Fabio blieb stehen und wartete. Auf dem See dümpelten ein paar Boote mit schlaffen Segeln. Jemand sprang vom Badefloß, das vor dem Ufer verankert war. Vielleicht ein Statist, der erst später gebraucht wurde.

Der Himmel war von einem milchigen Blau. Über den Hügelzügen am anderen Ufer baute sich eine Wolkenbank auf. Hoffentlich gab es endlich Regen. Zwei Punkte lösten sich vom Hellgrau der Wolken und wurden rasch größer. Sie kamen genau auf die Villa zu. Es waren zwei Kampfjets. Jetzt hörte er auch den Düsenlärm, leise noch und aus einer Richtung, in der sich die beiden Flieger längst nicht mehr befanden. Bevor sie das Ufer erreichten, drehten sie gegen Norden ab. Sekunden später dröhnte der Lärm der Aggregate über die stille Villa.

»Scheiße!«, schrie eine Stimme hinter den verhängten Fenstern. Kurz darauf ging eine Terrassentür auf. Alte Damen in schwarzseidenen Kleidern der zwanziger Jahre, schwarz gekleidete Herren mit steifen Kragen und ein Mann in einer Ku-Klux-Klan-Robe aus gelbem Satin strömten heraus, gefolgt von einer Schar von Technikern und Crewmitgliedern in hochsommerlicher Kleidung.

Fabio kannte ein paar von ihnen. Von der jungen Kostümassistentin mit dem Stecknadelkissen am Arm, die gerade den steifen Kragen eines Schauspielers mit einer Papierkrause vor der Hitze und der Schminke schützte, wusste er sogar den Namen: Regula. Er ging auf sie zu. »Hast du Norina gesehen?«

Regula schien überrascht, ihn hier zu sehen. »Sie ist noch drin.«

Durch die Terrassentür gelangte man in eine Art Wintergarten, vollgestellt mit den Möbeln, die nicht für den Dreh gebraucht wurden. Aus einer Tür, deren zwei Flügel weit offenstanden, drang Weihrauchgeruch. Feiner Qualm floss heraus und zog an die Decke des Wintergartens.

Fabio trat ein. Der Salon lag im Halbdunkel. Er war bestuhlt wie ein Vortragsraum. Überall standen Scheinwerfer, Aufheller, Stative. Die Kamera war vor einem Altar aufgebaut. In dessen Mitte stand die Skulptur einer großen Fliege. Ein Meer von Kerzen brannte. Jede Flamme besaß einen Hof aus Rauch, der aus zwei im Raum verteilten Rauchmaschinen gedrungen war und jetzt von einem jungen Mann mit einer Styroporplatte hinausgewedelt wurde.

Norina hatte einen Kerzenlöscher in der Hand und ging von Kerze zu Kerze. Sie war so in ihre Tätigkeit vertieft, dass sie Fabios Kommen nicht bemerkte. Mit großem Ernst stülpte sie das Messinghütchen über die Flamme, wartete, bis sie erstickt war, ließ die dünne Rauchsäule des Dochts an die Decke steigen und wandte sich dem nächsten Flämmchen zu.

Jedes Mal, wenn eine Kerze verlöschte, veränderte sich die Beleuchtung ihres Gesichts, wurden die Konturen weicher, die Schattierungen tiefer. Sie sah jung und fromm aus, wie die Mädchen mit den geweihten Kerzen, zu denen er an seiner Erstkommunion hinübergeschielt hatte.

Sie musste seine Blicke gespürt haben, denn plötzlich wandte sie den Kopf und schaute ihm direkt in die Augen. Sie ließ eine Sekunde vergehen, dann schüttelte sie stumm den Kopf.

Fabio ging auf sie zu. Sie wandte sich wieder den Kerzen zu und fuhr fort, eine nach der anderen auszulöschen. »Scheißjets«, sagte Fabio.

»Das ist heute schon das vierte Mal«, stöhnte Norina. »Sonst fliegen die hier nie.«

Er stand jetzt dicht vor ihr. »Wie stehen wir zueinander: Geben wir uns einen Kuss oder nur die Hand?«

Sie ging nicht darauf ein. »Wie geht es dir?«

»Ein bisschen … seltsam. Und dir?«

»Gut.« Die Antwort kam schnell.

Fabio nickte. Der junge Mann mit der Styroporplatte verließ den Salon.

»Ich muss mich abscheulich benommen haben. Keine Ahnung, was in mich gefahren war.«

»Ich weiß. Du hast alles vergessen.«

»Stimmt leider. Ab dem achten Mai.«

Norina verwandelte Flamme um Flamme in grazile Rauchsäulen. »Ich hingegen erinnere mich genau, Fabio.«

»Jetzt fragt es sich, was schlimmer ist: erinnern oder vergessen.«

»Am besten, jeder versucht das zu tun, was ihm mehr hilft.«

Nur noch wenige Kerzen brannten. Norinas Gesicht wurde immer dunkler.

»Vielleicht nicht. Vielleicht sollten wir miteinander reden. Vielleicht hilft das beiden.«

Norina hatte die letzte Flamme erstickt und stand jetzt reglos und schemenhaft am Altar. »Also, reden wir.«

»Hier?«

Er konnte ein schwaches Nicken erahnen.

»Womit sollen wir anfangen? Mit Marlen?«

»Mit Fredi.«

»Warum mit ihm?«

»Als er auftauchte, fing es an.«

»Was?«

»Deine Veränderung.«

»Fredis schlechter Einfluss also.«

Norina musste sein Lächeln erraten haben. »Das ist nicht komisch. Fredi hat dich beeindruckt. Du wolltest sein wie er.«

»Ich? Wie Fredi?« Fabio lachte auf.

Norina blieb sachlich. »Vielleicht nicht nur. Aber auch. Du wolltest zwischen Fredis Welt und unserer hin und her flanieren. Das war das Problem. Nicht Marlen. Sie war nur eine Nebenerscheinung.«

Eine Stimme rief von der Tür: »Norina? Renato sucht dich.«

»Sag ihm, ich komme gleich«, antwortete sie.

»Wegen einer Nebenerscheinung hast du mich rausgeschmissen?«

»Du hast gesagt, du seist auf Reportage am Genfersee, hast mich sogar von dort angerufen und bist mit Marlen im République gesehen worden. Wir haben uns nächtelang gestritten und versöhnt. Ein paar Tage später habe ich dich bei ihr erreicht, als du angeblich auf Recherche warst.«

Fabio schwieg betroffen.

»Und weißt du, was? Nicht, dass du mich nach so kurzer Zeit wieder belogen hast, war der Grund, dass ich mich trennen musste. Der Grund war, dass ich das getan habe: sie anzurufen und dich zu verlangen. Das war der Beweis, dass ich das Vertrauen verloren hatte. Ich kann nicht mit einem Mann zusammenleben, dem ich nicht vertraue.«

Das Licht ging an, und ein Mann in Kochkleidung stürmte herein. »Norina?«, rief er. Es klang wütend.

»Ja?«

»Laut Drehplan ist Essen um fünf. Jetzt ist es vier.«

»Was kann ich dafür, wenn die da oben Krieg spielen?« Auch Norina klang gereizt.

»Und was mach ich jetzt? Die stürmen mir die Bude, Scheiße!«

Norina explodierte. »Improvisieren«, schrie sie ihn an, »Scheißescheißescheiße!«

Vor dem Catering-Zelt drängte sich eine seltsame Gesellschaft in verschiedenen Stadien der Verkleidung. Ein Sattelschlepper voller Oldtimer versperrte die Einfahrt. Fabio musste eine Viertelstunde warten, bis er sich aufs Fahrrad schwingen und losfahren konnte.

Erhitzt und ausgepumpt kam er in der Wohnung an. Das bisschen Höhenunterschied zwischen See und Amselweg hatte ihn Kraft gekostet. Es war schwül. Am Himmel hatten sich gewaltige Wolkentürme aufgebaut. Hoffentlich die Vorzeichen eines Gewitters.

Er duschte kalt, zog frische Sachen an und setzte sich mit Ringbuch und Agenda an den Schreibtisch.

An welcher großen Sache war er gewesen? Sarah dachte, sie hänge mit der Lokführergeschichte zusammen.

Er holte die BOX!-Tragetasche mit den Sachen, die er aus der Redaktion mitgebracht hatte, unter dem Schreibtisch hervor und packte ihren Inhalt auf den Schreibtisch. In der alten Nummer vom SONNTAG-MORGEN las er die Lokführergeschichte noch einmal aufmerksam durch.

Er war offensichtlich auf Erwin Stoll, den jungen Lokführer, hereingefallen. Er hatte ihm viel Platz gewidmet und dessen Standpunkt, dass es eine Rücksichtslosigkeit gegenüber dem Lokführer sei, sich vor den Zug zu werfen, zum Aufhänger gemacht. Unter diesem Aspekt hatte er auch die anderen Lokführer interviewt. Sarah hatte recht: nicht seine beste Geschichte.

Unter den Dingen aus der Redaktion befanden sich auch ein paar Tonbandkassetten. Auf einer stand: »E. Stoll«. Fabio legte sie in sein kleines Gerät.

Stolls helle Stimme ertönte. Er sprach schnell und aufgeregt und ließ Fabio nie seine bedächtigen Fragen zu Ende formulieren.

Sofort war wieder alles da: die Dreizimmerwohnung in einer Siedlung am Stadtrand; die zweijährige Tochter, die neben Stoll auf dem Sofa hockte und Biskuits vermanschte; seine Frau, die Hauswartin im Nebenamt, die in Jeans und einem über dem Bauchnabel verknoteten T-Shirt die Treppe nass aufwischte; die Posters von Willie Nelson, Jim Reeves, Stonewall Jackson und anderen Nashville-Sound-Country-Stars; die Lizard-Cowboystiefel an Stolls ausgestreckten, übereinandergeschlagenen Füßen.

Fabio versuchte, sich auf den Monolog von Erwin Stoll zu konzentrieren. Aber immer wieder kam ihm das Bild von Norina dazwischen, wie sie in diesem Meer von Flämmchen stand und andächtig eines nach dem anderen löschte.

Wenn Sarah nicht gesagt hätte: »Ich bin mir nicht einmal sicher, ob es überhaupt angefangen hat«, wäre er nicht an den Drehort gegangen. Er hatte die Bemerkung als Aufmunterung verstanden, noch nicht aufzugeben. Aber worauf auch immer sie beruht haben mochte, an Norinas Verhalten war nichts davon zu entdecken gewesen. Er hatte sie noch nie so schön gesehen. Aber auch noch nie so kühl.

Fabio versuchte, sich Norina mit Lucas zusammen vorzustellen. Taten sie die gleichen Dinge, die sie getan hatten? Oder andere? Ausgefallenere? Tabulosere? Taten sie es öfter? War es für Norina schöner? War Lucas … war Lucas besser?

Fabio hatte Lucas in der Garderobe beim Training oft nackt gesehen. Er war vielleicht etwas zu drahtig, aber gut gebaut. Und er besaß, daran gab es leider nichts zu deuteln, einen ziemlich großen

Schwanz. Nicht rekordverdächtig, aber größer als beim Rest der Mannschaft, Karl Wetter ausgenommen. Fabio Rossi eingeschlossen.

Er hatte nicht bemerkt, wann das Gespräch mit Erwin Stoll zu Ende war. Jetzt sprach eine andere Stimme. Ruhiger, tiefer, überlegter. Ein viel älterer Mann.

Die Stimme sagte: »Wenn man jung ist, sagt man viel. Ich kann das nicht so ernst nehmen. Was glauben Sie, was jemand durchmacht, bis er sich vor einen herannahenden Zug stellt? Und dann noch in der Feldauerkurve, wo er weiß, dass der Lokführer keine Chance hat.«

Fabio stoppte das Band und spulte es im Schnelllauf zurück, bis sich die Höhe der Mäusestimmen veränderte. Er schaltete wieder auf *Play* und hörte seine eigene Stimme sagen: »Hans Gubler, vierzehnter Mai.«

Der Name sagte ihm nichts. Er war auch im Artikel nicht erwähnt. Wahrscheinlich hatte er Gubler nicht zitiert, weil seine Aussage nicht in sein Konzept passte. Gubler war ein Lokführer kurz vor dem Ruhestand. Vier Mal in seinem Berufsleben hatten sich Selbstmörder vor seine Lok geworfen. Zwei Frauen, zwei Männer, er kannte ihre Namen, er hatte sogar mit den Angehörigen gesprochen. »Wenn Ihnen einer sagt, er hätte eine Wut auf die armen Teufel, dann ist das seine Art, damit fertigzuwerden. Ich hatte nie eine Wut. Nur Mitleid.«

Hans Gublers letzter Selbstmörder lag knapp zwei Monate zurück: Dr. Andreas Barth, ein etwas über fünfzigjähriger Lebensmittelchemiker. Gubler hatte die Witwe besucht. Sie konnte sich nicht erklären, weshalb er es getan hatte.

Jacqueline Barth war die Frau, die im Bericht mit einem Kurzinterview vertreten war. Von ihr stammte der lakonische Satz: »Sagen Sie ihm, es wäre mir auch lieber, er hätte es nicht getan.«

Auch ihr Gespräch hatte er auf Band. Fabio konfrontierte sie darin mit der Wut des Lokführers auf den Selbstmörder, ohne deutlich zu machen, dass es sich dabei um Erwin Stolls Wut auf einen anderen Selbstmörder handelte. Das Gespräch dauerte über vierzig Minuten. Frau Barth war offenbar dankbar, mit jemandem über die Sache reden zu können. Sie gab zu, dass sie die Wut nachvollziehen könne. Sie selbst sei manchmal auch wütend. Wütend und verletzt. Ohne ein Wort des Abschieds, ohne Erklärung. Eine Rücksichtslosigkeit, die ihm so gar nicht ähnlich sah.

Sie ließ auch ihre finanzielle Lage nicht unerwähnt. Die Lebensversicherung zahlte bei Selbstmord nicht. Sie saß mit einer Rente da, die sie dazu zwang, wieder zu arbeiten. Sie war gelernte Floristin. Kein Beruf, mit dem man sich ein solches Haus leisten konnte.

Im vollen Wortlaut klang der Schlusssatz, an dem Fabio das Kurzinterview aufgehängt hatte, überhaupt nicht sarkastisch. »Bitte sagen Sie dem Lokführer, ich verstünde ihn gut und es tue mir leid. Mir wäre auch lieber, er hätte es nicht getan.« Fabio hatte ihn gekürzt, damit er griffiger klang.

Eine weitere Kassette enthielt Gespräche mit anderen Lokführern. Auch in ihnen fand er keinen Hinweis auf die ganz große Sache. Die restlichen Bänder stammten von älteren Reportagen.

Als Fabio den Schreibtisch aufzuräumen begann, kam Marlen zur Tür herein. »Es will regnen, aber es kann nicht«, stöhnte sie, legte von hinten die Arme um Fabio, beugte sich über ihn und küsste ihn auf die Stirn.

Dann verschwand sie im Bad. Er hörte die Dusche. Nach einer Weile ging die Tür auf. Marlen ging in ihrem blassroten seidenen Schlafrock durch den Raum ins Schlafzimmer. Es dauerte lange, bis sie wieder herauskam. Sie war geschminkt und trug einen Hüftgürtel, Strümpfe, String-Tanga und BH, alles in Weiß.

Für jemanden, der nie viel für Strapse und Mieder übrig gehabt hatte, ließ er sich jetzt viel Zeit, um Marlen davon zu befreien.

Vor dem Einschlafen fragte er sich, ob Norina für Lucas wohl auch manchmal den mausgrauen durchsichtigen Body anzog, mit den zwei Druckknöpfen im Schritt.

Das Gewitter war nicht ausgebrochen. Am Morgen war der Himmel wolkenlos. In den Nachrichten wurde zum sparsamen Umgang mit Wasser aufgerufen. Rasensprengen und Autowaschen seien zu unterlassen.

Bevor Fabio aus dem Haus ging, rief er Dr. Mark an. Wieder meldete sich die Sekretärin, wieder versprach sie, er würde zurückrufen.

In der Physiotherapie kümmerte sich diesmal Katja Schnell persönlich um ihn. Gleichgewichts- und Koordinationstraining standen auf dem Programm. Fabio erhielt ein rundes Brett, auf dessen Unterseite eine Halbkugel befestigt war. Er musste sich darauf stellen und es in der Waage halten. Es gelang ihm nur mit großer Mühe.

Die kleine Frau beobachtete ihn eine Weile

schweigend. »Hatten Sie mir nicht gesagt, Sie seien früher mit dem Rad zur Arbeit gefahren?«

Fabio verließ die wacklige Unterlage. »Ich bin mit dem Rad hier.«

»Lassen Sie das vorläufig bleiben. Schon von Tai Chi gehört?«

»Dieser Zeitlupenkampfsport? Doch, schon gesehen. Sieht ziemlich doof aus.«

»Nicht so doof wie Vom-Rad-Fallen.«

Als Fabio das Therapiezentrum am Kaltbachweg 19 verließ, hatte er einen Tai-Chi-Termin für den nächsten Mittwoch.

Dr. Vogel sah an diesem Vormittag tatsächlich aus wie ein Nilpferd. Eines, das soeben das Wasser verlassen hatte. Sein weites Batikhemd klebte trotz der Klimaanlage an seinem Torso. »Das hier«, keuchte er und zeigte mit einem dicken Zeigefinger auf seinen Körper wie auf einen fremden Gegenstand, »speichert auf den paar Metern zwischen klimatisiertem Auto und klimatisiertem Sprechzimmer genug Hitze, um mich den Rest des Tages am Schwitzen zu halten. Wie geht es Ihnen?«

»Gleichgewichtsstörungen. Ist das normal?«

»Wie äußert sich das?«

»Unsicher auf dem Rad.«

»Seit wann?«

»Seit ich wieder Rad fahre.«

»Lassen Sie es bleiben, es ist sowieso zu heiß.«

»Die Therapeutin will mich ins Tai Chi schicken.«

»Kann nichts schaden. Sie müssen Ihre Mitte wiederfinden. Und sonst?«

Fabio berichtete dem reglos in seinem Spezialsessel sitzenden Fettberg vom zweifachen Verlust seiner Erinnerungen. Den im Kopf gespeicherten und den aufgezeichneten.

Plötzlich hörte er sich erzählen. Von Marlen, der Fremden, für die er alles aufgegeben hatte und mit der er zusammenlebte. Und von Norina, die er verlassen hatte. Norina, die nichts mehr von ihm wissen wollte. Norina, an die er immer denken musste. Norina, die ihn mit seinem besten Freund betrog. Norina, seine große Liebe.

Zweimal schaute Dr. Vogel demonstrativ auf die Uhr, ohne dass Fabio Anstalten machte, sein Klagelied abzubrechen. Erst als der Doktor die Klingel unter der Tischplatte ertastete und kurz darauf die Praxishilfe unter einem Vorwand hereinkam, merkte Fabio, dass seine Sprechzeit abgelaufen war.

Auf dem Trottoir herrschte ein Gedränge wie auf der Passeggiata von Rimini abends um zehn im August. Die Berufstätigen hatten Mittagspause und flanierten wie Touristen. Jedes Restaurant, jedes Café, jede Bäckerei, jeder Kiosk hatte ein paar Tische hinausgestellt.

Vielleicht, dachte Fabio, sollte er ein paar Tage nach Urbino zu seiner Mutter. Er hatte Dr. Vogels Rat befolgt, sein Rad in den Keller unter der Praxis abgestellt und sich zu Fuß auf den Weg gemacht.

Der Strom der Promenierenden spülte ihn an den Landungssteg. Er kaufte sich eine Karte für eine Seerundfahrt und fand sich wenig später an einem Tisch auf dem Oberdeck der *Möwe* wieder. Als einziger Europäer in einer Gruppe lächelnder Japaner aß er einen Seeteller: in Streifen geschnittenen Kopfsalat an einer weißen Fertigsoße, mit drei Sorten Käse garniert.

Der Mann, der Fabio gegenübersaß, sah aus wie ein alter Samurai. Er hatte den Salat gegessen und machte sich jetzt am Käse zu schaffen. Er zog die Folie von der Butterportion, schnitt mit Messer und Gabel ein Stück Butter heraus, strich es auf den Emmentaler, schnitt davon ein Stück ab, spießte es auf die Gabel und kaute es gründlich.

Die Frau neben ihm trug ein Kopftuch mit Sonnenschild und einen Mundschutz wie ein Chirurg. Zum Essen streifte sie ihn kurz ab, danach zog sie ihn wieder hoch.

Aus den Lautsprechern erklang eine Polka, unterbrochen von mehrsprachigen Durchsagen zu den wenigen Sehenswürdigkeiten am Ufer.

Fabio ließ die Landschaft vorbeiziehen und fragte sich, was ihn hierher verschlagen hatte.

Erst als die *Möwe* gewendet hatte und am rechten Seeufer entlang zurück zur Stadt dampfte, wusste er die Antwort. Er stand auf und löste damit bei seinen Tischgenossen viel Nicken und Lächeln aus. Er ging zum Heck und lehnte sich an die Reling.

Sie fuhren keine fünfzig Meter an der Villa Tuskulum vorbei. Das Floß war leer. Am Ufer lagen drei bunte Badetücher. Aus der Terrassentür strömten Leute und gingen auf das Catering-Zelt zu. Einen Moment lang glaubte er, Norina zu erkennen, aber er war sich nicht sicher.

Er konzentrierte sich auf eine Bugwelle und schaute ihr nach, bis sie an die moosige Ufermauer vor dem Tuskulum schwappte. Kurz darauf verschwand die Villa hinter der großen Trauerweide.

Fabio nahm das Tram zum Amselweg und ging durch die fremde Straße, die fremde Haustür, das fremde Treppenhaus in die fremde Wohnung. Er zog sich aus bis auf die Boxershorts, schenkte sich ein Mineralwasser ein und trank es halb sitzend, halb liegend auf dem fremden Sofa.

Er tauchte den Finger ins Glas, ließ einen kühlen Tropfen auf die Brust fallen und schaute zu, wie er sich seinen Weg über die Haut suchte. Sobald er im Bauchnabel versickert war, fischte er einen frischen aus dem Glas und verfolgte dessen Weg auf seinem Körper. Er fühlte sich wie ein Fremder im eigenen Leben.

Fabio raffte sich auf und trat auf den Balkon. Er schaute auf den Rasen hinunter.

Dem obersten Ring des Kinderbassins war die Luft ausgegangen. Der Wasserspiegel reichte bis an den Rand des zweitobersten. Eine gelbe Plastikschaufel trieb im Wasser. Niemand war zu sehen. Und nichts zu hören außer der dünnen Stimme eines kleinen Kindes, das sich in den Schlaf weinte.

Fabio hatte Lust auf eine Zigarette. Auf dem Schreibtisch, dem Beistelltisch, der Frühstückstheke und dem Schminktisch fand er keine. Er öffnete die Küchenschublade, in der Marlen ihren

Vorrat aufbewahrte. Nur die leere Hülle einer Stange lag noch da.

Er ging zurück auf den Balkon und lehnte sich an die Brüstung. Wie vor kurzer Zeit an die Reling der *Möwe,* als sie unaufhaltsam und mit schlaffer Fahne an Norina vorbeiglitt.

Der Gedanke an die Zigarette hatte sich festgesetzt. Fabio ging wieder hinein und begann systematisch zu suchen.

Weder in der Wohnküche noch im Bad fand er etwas. Er ging ins Schlafzimmer und arbeitete sich durch seine Kleider. Wenn er tatsächlich in den fünfzig Tagen geraucht hatte, war es möglich, dass er in einer Jackentasche ein Päckchen vergessen hatte. Er fand nichts außer einer zerknitterten Quittung in der Brusttasche eines gefütterten Baumwolljacketts. Eine Taxifahrt im Mai.

Er klopfte Marlens Kleider ab, die an den Bügeln hingen, danach nahm er sich die Wäscheschubladen vor, zuerst seine, dann ihre. Er fand nichts. Außer der Erkenntnis, dass er gestern nacht längst nicht alles gesehen hatte, was Marlen an Reizwäsche zu bieten hatte.

In der rechten Schublade ihres Schminktisches fand er endlich, wonach er suchte. Ein angebrochenes Päckchen ihrer extraleichten Zigaretten lag zwischen allerlei Stiften, Tiegeln, Pinseln, Töpfchen und Quasten. Ein Ort, auf den er früher hätte kommen können. Marlen rauchte beim Schminken wie ein Musicalstar.

Als er das Päckchen herausnahm, wurde dahinter etwas sichtbar, das aussah wie eine Taschenlampe. Er zog die Schublade weiter heraus. Es war ein verchromter Dildo. Fabio schaltete ihn ein. Ein diskretes Summen ertönte. Die Vibrationsintensität war stufenlos regulierbar. Selbst auf der Klimax war der Kunstpenis leiser als Fabios Rasierapparat. Bestimmt der Rolls-Royce unter den Dildos.

Fabio legte das Spielzeug zurück und schob die Schublade zu. Aber eine alte Schminkschatulle hatte sich quer gelegt. Er musste sie herausnehmen und neu plazieren. Darunter kam sein Handheld zum Vorschein.

Fabio stand vor seinem Schreibtisch und wog den kleinen, grauen Taschencomputer in der Hand. Hier drin musste ein Teil der Daten gespeichert sein, die in seinem Hirn gelöscht oder unzugänglich waren. Er zögerte, das Gerät einzuschalten, als fürchte er sich vor den neuen Erkenntnissen. Oder davor, auf keine zu stoßen.

Es war die zweite Befürchtung, die sich bestätigte. Die Termine, die an dem kleinen Bildschirm aufschienen, waren genauso dünn gesät wie in der Datensicherung. Und alle kamen ihm bekannt vor.

Er schaltete sein Powerbook ein und startete das Handheld-Programm. Die Termine stimmten überein. Auch die Daten in den anderen Programmen. Keine neuen Adressen, keine neuen Notizen, keine neuen Spesen, keine Textdokumente. Entweder hatte er das Handheld seit der letzten Datensicherung nicht mehr benutzt. Oder er hatte die alten Daten der Sicherung vom 5. Juni auf den Taschencomputer kopiert. Etwas, das nicht aus Versehen passieren konnte. Er musste es mit voller Absicht getan haben.

Er selbst. Oder jemand anders.

Er tippte auf das Synchronisationsprogramm des kleinen Geräts. »Letzter Synchronisationsvorgang 5. Juni …« erschien auf dem Bildschirm. Das hatte nichts zu bedeuten. Man brauchte vor der Synchronisation nur kurz das Datum des Powerbooks zu verstellen, und schon trug die Sicherung des Handhelds das gewünschte Datum.

Er schaltete das Gerät aus und verstaute es wieder unter der flachen Schmuckschatulle in der

Schublade. Er nahm zwei Zigaretten aus der Packung und achtete darauf, dass er alles so zurückließ, wie er es angetroffen hatte. Er setzte sich wieder an den Schreibtisch und ordnete seine Gedanken.

Fabio öffnete auf seiner Festplatte einen Ordner namens Backups. Er enthielt eine Kopie der Daten seines Handheld-Programms, wie er sie für alle Fälle in unregelmäßigen Abständen herstellte. Sie trug das Datum des 5. Juni.

Jemand hatte sein Handheld und sein Powerbook manipuliert. Jemand hatte, als er im Krankenhaus lag, die aktuellen Daten durch diese Sicherung ersetzt, alle Daten auf seinem Handheld gelöscht und dann die alten Daten übertragen.

Dass es in Marlens Schminktisch versteckt war, konnte nur bedeuten, dass sie etwas mit der Manipulation zu tun hatte. Er wusste nicht, wie gut sie sich mit Computern auskannte, aber für diese Art von Manipulation brauchte es kein Computergenie.

Fabio steckte sich eine Zigarette an, inhalierte und blies den Rauch an die Decke.

Wenn es Marlen war, wie kam es dann, dass die Datensicherung in der Redaktion auch vom 5. Juni stammte?

Sie musste einen Komplizen in der Redaktion haben. Er brauchte nicht lange zu überlegen, wen.

Fabio drückte die Zigarette aus, schaltete das Powerbook ab und räumte den Schreibtisch auf. Die zerknüllte Taxiquittung fiel ihm in die Hände. Er strich sie glatt.

Die Adresse der Redaktion stand da und als Fahrziel: Auweg 12. Die Adresse sagte ihm nichts. Er rief die Auskunft an und erfuhr, dass dort ein Dr. Andreas Barth gemeldet sei. Er hatte die Quittung der Fahrt zum Interview mit Dr. Barths Witwe gefunden. Er blätterte in seinem Ringbuch und heftete den Zettel auf den 16. Mai.

Er hatte das Buch schon geschlossen, als ihm bewusst wurde, dass die Daten nicht übereinstimmten. Die Quittung war auf den 18. Mai ausgestellt.

10

Der drückende Tag wurde von einem schwülen Abend abgelöst. Fabio stand auf dem Balkon und schaute auf den Rasen hinunter. Der Hauswart war dabei, zwei Gartenschläuche auszulegen. Er hieß Anselmo. Wie die Amsel, die abends am Amselweg auf der Birke sang. So hatte Fabio sich den Namen gemerkt.

Marlen hatte angerufen. Sie müsse sich mit einem Journalisten im Outcast treffen, es werde später. Fabio war froh über den Aufschub. Er wusste noch nicht, wie er sich ihr gegenüber verhalten sollte.

Weshalb stimmten die Daten seines Besuches bei Jacqueline Barth nicht überein? Hatte er das Datum falsch eingetragen? Hatte sich der Taxifahrer verschrieben? War der Besuch verschoben worden? Oder war er ein zweites Mal hingefahren?

Anselmo setzte zwei Rasensprenger in Betrieb,

trotz der behördlichen Wassersparaufrufe. Er schaute zu Fabio herauf und rief: »Causio, Rossi, Bettega!«

»Ciao!«, antwortete Fabio.

»Ciao«, brummte Anselmo. Er klang enttäuscht wie ein kleiner Junge, mit dem niemand spielen will.

Fabio verließ den Balkon. Weshalb rief er nicht einfach Jacqueline Barth an und fragte sie?

Er stellte ihre Nummer ein. Lange meldete sich niemand. Vielleicht war sie ausgezogen. Sie hatte ja gesagt, sie könne sich das Haus nach dem Tod ihres Mannes nicht mehr leisten.

Gerade als er auflegen wollte, meldete sich eine Frauenstimme. »Ja?«

»Frau Doktor Barth?«

»Nein«, sagte eine Stimme mit slawischem Akzent, »ich bin die Haushaltshilfe. Frau Doktor Barth ist in den Ferien.«

»Bis wann?«

»Bis Ende des Monats.«

»Kann man sie erreichen?«

»Sie ist in Italien. Sie ruft manchmal an. Sie können ihr eine Nachricht hinterlassen.«

»Sagen Sie ihr, ich hätte angerufen, Fabio Rossi vom SONNTAG-MORGEN. Sie soll mich bitte zurückrufen, ich hätte eine wichtige Frage.« Er gab ihr die Nummer von Marlens Wohnung und die von seinem Handy.

Es war schon dunkel, als Marlen kam. Sie war aufgekratzt und roch nach den Getränken, die ihre Pressearbeit begleitet hatten. Sie küsste ihn, ließ eine Hand in seine Boxershorts gleiten und setzte Fabios Vorsatz, Distanz zu wahren, außer Kraft.

»Tai Chi ist eine Methode, das innere und äußere Gleichgewicht wiederzuerlangen und zu sich selbst und zur inneren Zentrierung zurückzufinden.« Fabio stand mit den anderen Mitgliedern des Anfängerkurses im Halbkreis um den Tai-Chi-Lehrer und hörte sich dessen einführende Worte an. »Tai Chi reguliert aber auch den Stoffwechsel, stabilisiert das Herz-Kreislauf-System, senkt den Blutdruck, erweitert die Herzkranzgefäße, hilft gegen vegetative Störungen, beseitigt Schlafstörungen und reguliert die Funktionsaktivitäten des Zentralnervensystems.«

Fabios Mitschüler waren alle in einem Alter, in welchem man an jeder einzelnen dieser Wirkungen persönlich interessiert ist. Er selbst versprach sich mehr vom inneren und äußeren Gleichgewicht.

»Der sichere Stand und das stabile Gleichgewicht fördern die innere Stabilität und das Gefühl, mit beiden Beinen auf der Erde zu stehen«, fuhr der Lehrer fort. Weiß Gott, das konnte Fabio brauchen.

Der Mann war Mitte fünfzig. Seine Augendeckel, Backen, Lippen, Mundwinkel und Ohrläppchen strebten nach unten. Vielleicht eine Berufskrankheit, die Folge permanenter Entspannung. Er hieß Horst Weber. Fabio merkte sich den Namen mitmilfe der »Jadeprinzessin am Webstuhl«. So hieß eines der Tai-Chi-Bilder, das sie gegen Schluss des Grundkurses darstellen würden.

Als sie endlich damit begannen, die ersten der dreizehn Hauptbewegungsbilder zu üben, erwies sich Fabio, was die ruhigen, weichen, fließenden Bewegungen betraf, rasch als Klassenbester. In Sachen Gleichgewicht hingegen war er das Schlusslicht.

Kurz vor Mittag hatte Fabio einen Termin in der Uniklinik. Er wählte den Eingang durch die Grünanlage und die Cafeteria. Sie war bis auf den letzten Platz besetzt. Geschirrgeklapper und gedämpfte Stimmen, der vertraute Geruch nach Krankenhaus und Milchkaffee. Ein paar der Patienten kannte er. Einem Mann mit einem Pflaster auf dem zur Hälfte kahlrasierten Schädel nickte er zu. Er grüßte nicht zurück. Vielleicht erkannte er Fabio nicht ohne Bademantel. Oder er konnte sich nicht an ihn erinnern.

Eine Schwester führte ihn ins Wartezimmer der Neurologie. Kaum hatte er sich gesetzt und die beiden anderen Wartenden, ein älteres Ehepaar, gegrüßt, klingelte sein Handy. Die Frau warf ihm einen indignierten Blick zu.

Fabio stand auf, stellte sich mit dem Rücken zum Raum ans offene Fenster und meldete sich. Eine fremde Frauenstimme antwortete. »Barth, man sagte mir, Sie hätten noch eine Frage. Ich dachte, die Sache sei erledigt.« Es klang beunruhigt.

Fabio brauchte einen Moment, bis ihm klar wurde, mit wem er sprach. »Danke für den Rückruf, Frau Doktor. Doch, die Sache ist erledigt, meine Frage ist privater Natur: Ich habe meine Agenda verloren und bin dabei, meine Termine zu rekonstruieren. Ich wollte Sie fragen, ob Sie sich erinnern, wann unser Gespräch stattfand.«

»Und deshalb muss ich Sie aus den Ferien anrufen?« Der Vorwurf geriet ihr eine Spur zu erleichtert.

»Verzeihen Sie. Die Buchhaltung liegt mir mit der Spesenabrechnung in den Ohren.«

»Moment, bleiben Sie dran.« Sie ließ ihn warten, bis sie ihre Agenda geholt hatte. Dann fragte sie: »Das erste oder das zweite Gespräch?«

»Beide«, antwortete Fabio nur.

»Mittwoch, den sechzehnten Mai um fünfzehn Uhr. Und Freitag, den achtzehnten, um siebzehn Uhr. Hilft Ihnen das?«

»Das hilft mir sehr, danke.« Er wünschte ihr schöne Ferien und erkundigte sich, wo sie sei. Sie war in Amalfi.

Das Ehepaar wurde ins Sprechzimmer gebeten. Die Frau warf Fabio einen triumphierenden Blick zu. Er schaltete sein Handy aus, steckte es ein und setzte sich.

Weshalb ein zweiter Besuch? Für die vierzig Zeilen Interview war schon das erste Gespräch zu lang gewesen. Worum ging es im zweiten? Und warum hatte sie sein Anruf beunruhigt? »Ich dachte, die Sache sei erledigt.«

Welche Sache? Die große?

Fabio wurde ins Sprechzimmer gerufen. Dr. Berthod erwartete ihn. Er bat ihn, sich auf den Untersuchungstisch zu legen. Sofort begann er, sein Gesicht zu betasten. »Irgendeine Veränderung?«

Fabio verneinte.

»Und sonst?«

»Gleichgewichtsstörungen.«

»Tun Sie etwas dagegen?«

»Tai Chi.«

»Gut. Es wird vorbeigehen. Kommt oft vor. Kein Grund zur Sorge. Wie ist es mit den Erinnerungen.«

»Ich arbeite daran. Bisher ohne Erfolg.«

»Waren Sie schon einmal dort, wo man Sie aufgegriffen hat?«

Fabio schüttelte den Kopf.

»Versuchen Sie es einmal. Manchmal bringt das etwas. Schauplätze. Bilder. Gerüche.«

Dr. Berthod entfernte die Fäden an Fabios Kopf, wünschte ihm viel Glück und bat ihn, sich im Vorzimmer einen Termin in vier Wochen geben zu lassen.

Das Wagenmaterial, das auf der Neunzehnerlinie fuhr, war alt. Die Strecke führte durch eines der schlechteren Quartiere der Stadt. Die Wagen waren voller Graffiti, gesprayte, aus wasserfestem Filzstift gemalte oder mit Messern in die Sitze und Lehnen geritzte.

Fabio Rossi saß im Anhänger. Dieser war halb voll. Ältere Leute, Schüler, Hausfrauen.

An einer Station stiegen drei junge Leute zu, zwei Frauen und ein Mann. Sie gehörten zusammen, aber sobald sie eingestiegen waren, verteilten sie sich über den ganzen Anhänger. Fabio fand das seltsam. Er ließ die drei nicht aus den Augen.

Als das Tram anfuhr, sagte eine der jungen Frauen laut in die Stille: »Die Nacht.«

Niemand schaute sich um. Jetzt machte sich der junge Mann beim mittleren Eingang bemerkbar.

»Wie schön, hier zu verträumen
Die Nacht im stillen Wald,
Wenn in den dunklen Bäumen
Das alte Märchen hallt.«

Die Fahrgäste verschlossen ihre Gesichter und hofften, der wolle kein Geld. Die erste junge Frau fuhr fort:

»Die Berg im Mondesschimmer
Wie in Gedanken stehn,
Und durch verworrne Trümmer
Die Quellen klagend gehn.«

Von ganz vorn ertönte die hohe Stimme der dritten, jüngsten Frau, im gleichen geschulten Bühnendeutsch.

»Denn müd ging auf den Matten
Die Schönheit nun zur Ruh,
Es deckt mit kühlen Schatten
Die Nacht das Liebchen zu.«

Das Neunzehnertram ratterte an den abgasgeschwärzten Fassaden vorbei. Kiosk, Kneipe, Sexshop, türkische Spezialitäten, Fahrradgeschäft. Fabio kämpfte mit den Tränen. Das Bild der ersten Frau verschwamm. Ihre Stimme fuhr fort.

»Das ist das irre Klagen
In stiller Waldespracht,
Die Nachtigallen schlagen
Von ihr die ganze Nacht.«

»Gussofenstraße, umsteigen Aufeld«, kündigte die Lautsprecherstimme des Tramfahrers an. Der junge Mann übernahm.

»Die Stern gehn auf und nieder –
Wann kommst du, Morgenwind,
Und hebst die Schatten wieder
Von dem verträumten Kind?«

»Wir sind Schüler der Schauspielakademie und wollen Sie mit dieser Aktion auf unseren Tag der offenen Tür am kommenden Samstag aufmerksam machen«, verkündete die erste Frau. Die drei machten sich zum Aussteigen bereit.

Fabio ging zu dem jungen Mann. »Von wem war das, bitte?«

»Joseph von Eichendorff«, antwortete der. Die Tür öffnete sich, und er stieg aus.

»Danke«, rief ihm Fabio nach, »war schön.«

In der Schlaufe der Endstation Wiesenhalde stand noch der Neunzehner des früheren Kurses. Ein offenes Tramhäuschen mit zwei Sitzbänken und einem Papierkorb, ein geschlossener Kiosk, ein vollgesprayter Fahrscheinautomat. Dahinter eine Vorortsstraße, von der eine Abzweigung in den überbauten Hügel führte. »Friedhof« stand auf einem Wegweiser.

Fabio hatte die Reihenhäuser hinter sich gelassen und ging jetzt im Schatten des Buchenwäldchens, das die Straße begrenzte. Sein verschwitztes weißes Polohemd klebte an seinem Körper. Außer ihm war niemand unterwegs.

Das Wäldchen endete an der Friedhofsmauer. Fabio ging weiter bis zum schmiedeeisernen Tor. Zwei Verbotsschilder, eines für Hunde, eines für Hupen, und ein Schild mit den Öffnungszeiten waren daran angebracht. Ein geteertes Sträßchen führte zu einer Kapelle aus Sichtbeton und von dort aus weiter in die Friedhofsanlage. Sie bestand aus einem Raster von Wegen, dessen Zwischenräume mit ordentlichen, genormten Gräbern begrünt waren. An jeder Grabreihe stand eine Nummer, wie an den Sitzreihen im Kino.

An einer Kreuzung mit zwei Bänklein, vier Papierkörben und einer Friedhofsordnung kehrte er um. Was immer an jenem 21. Juni passiert war, hier war es bestimmt nicht passiert. Auf solchen Friedhöfen hatte er nichts verloren. Solche Friedhöfe waren ein Grund, weshalb er seinen italienischen Pass behalten hatte. Sein Vater hatte immer gesagt: »Hier kannst du leben und sterben, aber begraben sein kannst du hier nicht.«

Das nächste Mal, wenn er nach Urbino ging, würde er das verwilderte Grab seines Vaters besuchen. Und den Marmorengel, der seine Mutter damals über acht Millionen Lire gekostet hatte.

Er verließ den Friedhof durch einen kleinen Seitenausgang und ging weiter den Weg hinauf. Zu seiner Linken lag eine große Wiese mit hohem Gras und ein paar Obstbäumen. Dahinter die Stadt unter einer gelblichen Dunstglocke.

Nach zweihundert Metern brach der Asphaltbelag in einer sauberen Linie ab. Eine Fahrverbotstafel stand dort. »Zubringerdienst gestattet.«

Der Ort kam Fabio bekannt vor. Er ging weiter. Der Weg gabelte sich. Rechts führte er in den Wald hinein, geradeaus folgte er dem Waldrand. Fabio ging geradeaus. Nach der ersten Biegung war der Weg durch eine dichte Hecke begrenzt. Fabio folgte ihr bis zu einem Lattengatter. Auf einem emaillierten Schild stand: »Gartengenossenschaft Waldfrieden, nur Mitglieder und Gäste.« Über das Gatter konnte man einen Teil der Anlage überblicken. Von Geißblatt, Glyzinien und Reben überwucherte Gartenhäuschen; Büsche, Hecken, Beete, Obstbäume, Regenfässer, Komposthaufen. Vielleicht gab es ein paar Fahnenstangen und Wagenräder zu viel, aber im Vergleich zum Friedhof Wiesenhalde herrschte hier das nackte Chaos.

Fabio wusste jetzt, wo er war. Er öffnete das Gatter und betrat das Grundstück. Er ging ein Stück auf dem Hauptweg und bog dann in einen Seitenweg ein. Unter dem Vordach eines Häuschens mit gelben Läden saßen drei ältere Männer in Unterhemden und spielten Karten. Fabio grüßte zu ihnen hinüber. Misstrauisch erwiderten sie den Gruß.

Ganz am Ende des Wegs lag ein Grundstück, das etwas größer war als die andern und weniger gepflegt. »Gourrama« stand auf einem verwitterten Schild beim Gartentor. Die Brombeer- und Himbeerhecken waren überwuchert von den Auslegern eines Kürbisses, der aus dem Kompost wuchs; eines der Beete hatte sich in eine sommerliche Magerwiese verwandelt; vor der Haselhecke, die das Grundstück gegen den Waldrand abgrenzte, wuchs mannshoher Bärenklau im Gemüsebeet stielten ein paar Kopfsalate.

Auch das Häuschen unterschied sich von den meisten anderen. Es war an die Waldböschung gebaut, seine Vorderfront stand auf Pfählen. So entstand darunter ein auf drei Seiten offener Kellerraum für Holz, Gartengeräte, Fässer, Leitern und allerlei Plunder. Das Haus selbst besaß ein Pultdach aus Dachpappe, eine Holzveranda, ein Zimmer mit einem Fenster. Von der Veranda bot sich ein schöner Blick über die Stadt. Im Zimmer standen zwei Kajütenbetten. Sie waren schmal, kurz, unbequem und knarrten.

Fabio wusste das. Er hatte von dieser Terrasse aus an einem Nationalfeiertag das große Feuerwerk über der Stadt bewundert. Und spätnachts versucht, mit Norina zu schlafen, ohne Lucas zu wecken. Das Gourrama gehörte dessen Großonkel.

Manchmal muss man seinen ersten Impulsen folgen. Fabios erster Impuls war: Lucas anzurufen und zu sagen: »Rate mal, wo ich gerade bin.« Und dann würde er ja hören, wie der reagierte.

Er nahm sein Handy aus der Tasche und versuchte vergeblich, die Nummer der Redaktion zu wählen. »Kein Netz« stand auf dem Display. Richtig: Der Schrebergarten befand sich an einer der wenigen Stellen der Stadt, die außerhalb der Reichweite lagen. Sie hatten diese Erfahrung am Morgen nach dem Nationalfeiertag gemacht, als sie alle drei verpennt hatten und ein Taxi bestellen wollten. Lucas musste weiter als bis zur Wegbiegung gehen, ehe er ein Signal empfing.

Fabio ging zurück. Auf halbem Weg kam ihm ein Mann im Unterhemd entgegen. Er sah aus wie einer der Kartenspieler. »Wen suchen Sie?«, fragte er herausfordernd.

»Ich bin ein Freund von Lucas Jäger. Ich dachte, er sei vielleicht hier.«

Der Mann wurde zugänglicher. »Ein Freund von Lucas, ach so. Nein. Den habe ich nicht gesehen. Aber am Wochenende waren sie hier, er und seine Neue. Die gärtnern mehr im Haus als draußen«, fügte er augenzwinkernd hinzu.

Fabio ging rasch weiter. Er versuchte nicht an Norina und Lucas im Kajütenbett zu denken.

Er erreichte die Wegbiegung. Die Signalanzeige des Handys füllte sich mit kleinen Vierecken. Er stellte die Nummer der Redaktion ein, ließ es zweimal läuten und unterbrach die Verbindung.

Manchmal muss man seinem ersten Impuls folgen. Aber manchmal tut man das besser nicht.

Zwei Stunden später stieß Fabio auf den entscheidenden Hinweis.

Er war für eine Fahrt in einem stickigen Tram zu aufgewühlt gewesen und hatte ein Taxi zu Marlens Wohnung genommen. Mehr, um sich abzulenken, als mit einem bestimmten Ziel blätterte er in seinen Aufzeichnungen, klickte er sich durch seine Datensicherung und spulte er sich durch die Tonkassetten, die er aus der Redaktion gerettet hatte.

Eine davon war seltsam. Sie trug den Titel »Diverses« und war leer. Das heißt, sie war nicht besprochen, aber sie enthielt Geräusche. Die Geräusche eines leeren Raumes, dann Schritte, dann eine Tür, dann die Geräusche des Raumes. Wenn er die Lautstärke aufdrehte, war manchmal ein vorbeifahrendes Auto zu hören, wie durch ein geschlossenes Fenster. Fabio schaltete das Gerät auf Schnellgang. Die gleichen Geräusche, zwei Oktaven höher.

Und dann, plötzlich, beinahe am Schluss der fünfundvierzig Minuten der A-Seite, eine Stimme.

Fabio spulte zurück.

Wieder die laute Stille des Raumes, dann, unvermittelt, eine Frauenstimme: »... einfach alles mit. Tun Sie damit, was Sie für richtig halten, aber tun Sie es in seinem Sinn. Ich kann mich doch darauf verlassen?«

Die Stimme kannte er. Es war Jacqueline Barth. Und die Stimme, die antwortete: »Ich verspreche es Ihnen«, kannte er auch. Es war seine eigene.

11

Jacqueline Barths Nummer war leicht zu finden. Der Speicher der eingegangenen Gespräche seines Handys enthielt nur eine einzige italieische Vorwahl.

»Santa Caterina, buona sera«, meldete sich eine Frauenstimme. Fabio verlangte Frau Barth und wurde verbunden. Nach fünfmaligem Klingeln meldete sich wieder die Frau. La Signora Barth sei nicht im Zimmer. Sie versuche es auf der Terrasse.

Fabio wartete.

»Barth?« Im Hintergrund war Musik zu hören.

»Fabio Rossi vom SONNTAG-MORGEN, entschuldigen Sie, dass ich Sie schon wieder störe.«

Sie schwieg.

»Hallo?«

»Ich bin noch da, was wollen Sie?«

»Ich habe eine seltsame Frage.«

Wieder schwieg sie.

»Was ich Ihnen über meine verlorene Agenda sagte, entsprach nicht ganz der Wahrheit. Ich hatte einen Unfall und habe ein Blackout von fünfzig Tagen. Ich kann mich an nichts erinnern. Auch nicht an unsere Begegnungen.«

Die Musik hörte auf, ein dünner Applaus war zu hören. »Fahren Sie fort«, sagte Frau Barth.

»Können Sie mir etwas über die Unterlagen sagen, die Sie mir bei meinem zweiten Besuch mitgaben? Ich kann nichts dazu finden.«

Die Musik fing wieder an zu spielen. »Unterlagen?«

»Unterlagen oder Dokumente. Auf dem Band von unserem Gespräch bitten Sie mich, sie im Sinne Ihres Mannes zu verwenden. Können Sie mir sagen, worum es sich handelte?«

»Geht es nicht aus dem Band hervor?«

»Es ist leider zum größten Teil gelöscht.«

»Unterlagen«, murmelte sie. »Ach so, der Lebenslauf. Ich gab Ihnen den Lebenslauf meines Mannes mit. Ein paar biografische Angaben. Sie können sie behalten, ich habe Kopien.«

»Sind Sie sicher? Es klang nach etwas Wichtigerem.«

»Wichtiger als der Lebenslauf meines Mannes?«

»Verzeihen Sie.«

»Sonst noch etwas?«

»Nein. Doch: Das zweite Gespräch, worum ging es da?«

Wieder ihr Schweigen und die Klänge des Hotelorchesters in Amalfi. »Um das Gleiche wie beim ersten Mal«, antwortete sie schließlich.

»Weshalb ein zweites Gespräch?«

»Das hatte ich mich auch gefragt. – Wenn Sie nichts dagegen haben, würde ich jetzt gerne meine Ferien fortsetzen.«

»Natürlich, vielen Dank, schöne Ferien noch.«

»Danke. Und – tut mir leid, das mit Ihrem Unfall.«

Fabio legte sein Handy vor sich auf den Schreibtisch. Die Balkonstore tauchte den Raum in orangefarbenes Licht. Fabio hatte ein Frottiertuch um den Hals gelegt, wie ein Boxer nach dem Training. Und wie ein solcher schwitzte er auch. Er nahm einen Schluck Eistee.

Er war jetzt sicher, dass die große Sache mit Dr. Barth zu tun hatte. Und mit den Unterlagen, die ihm dessen Witwe mitgegeben hatte.

Draußen fing ein Hund an zu bellen. »Jaspers!«, schrie eine Frauenstimme. Das Bellen verstummte.

Fabio stellte Dr. Marks Durchwahl ein. Es war nach Büroschluss. Keine schlechte Zeit, um einen Manager zu erreichen, wie er aus Erfahrung wusste.

Tatsächlich: Nach dem dritten Klingeln meldete sich eine Männerstimme. »Ja.«

»Doktor Mark?«

»Wer spricht?«

»Ich bin froh, dass ich Sie endlich erreiche. Mein Name ist Rossi, vom SONNTAG-MORGEN. Ich hatte Sie interviewt.«

Dr. Mark schien überrumpelt. Er sagte ein paar Augenblicke nichts.

Fabio nutzte das Überraschungsmoment. »Ihr Sekretariat hat mir einen Termin in zwei Wochen gegeben. Das ist zu spät. Geht es nicht früher? Es ist dringend.«

»Worum handelt es sich?«

»Um ein paar Fragen, die bei der Arbeit noch aufgetaucht sind. Haben Sie morgen irgendwann eine halbe Stunde?«

»Moment.« Fabio hörte, wie der Hörer abgelegt wurde. Der Hund fing wieder an zu bellen. Die Frau rief: »Jaspers!«

Als Dr. Mark sich wieder meldete, klang er etwas selbstsicherer.

»Ich habe meine Agenda vor mir. Mein Sekretariat hatte recht, es gibt keinen früheren Termin.«

»Ich könnte auch in einer Randstunde kommen. Oder außerhalb der Bürozeiten, ich bin flexibel. Wie sieht es zum Beispiel morgen aus?«

Dr. Mark wehrte sich tapfer. Aber Fabio nötigte ihm einen Termin auf. Am nächsten Montag um achtzehn Uhr. In fünf Tagen.

Marlen kam herein, ließ sich aufs Sofa fallen und streifte ihre Sandalen ab. »Dass du es hier aushältst«, war ihr erster Satz.

»Wo soll ich sonst hin?«

Marlen antwortete nicht. »Was war das?« Sie zeigte auf sein leeres Glas.

»Eistee.«

»Bringst du mir auch einen?«

Bin ich hier jetzt der arbeitslose Hausmann?, wollte Fabio fragen. Aber dann stand er wortlos auf und brachte ihr ein Glas.

Marlen trank es in einem Zug leer und hielt es ihm wieder hin. »Wann hast du im Sinn, wieder unter die Leute zu gehen?«

»Ich bin ständig unter Leuten.«

»Aber nie mit mir. Früher sind wir immer ausgegangen.«

Fabio zuckte die Schultern. Was wusste er, was sie früher taten.

»Vielleicht solltest du wieder ein normales Leben führen. Vielleicht kommt dann die Erinnerung zurück.«

Fabio nahm ihr das Glas ab und füllte es wieder. Als er es ihr brachte, lächelte sie. »Danke. Ich bin etwas kaputt. Die Hitze, der Job, die halbe Abteilung in den Ferien – tut mir leid.«

Sie trank einen Schluck. »Wir führen ein Leben wie ein spießiges Ehepaar«, stellte sie fest.

Wir wohnen auch wie ein spießiges Ehepaar, wollte Fabio sagen. Er sagte: »Morgen. Morgen abend gehen wir aus. Okay?«

»Okay«, antwortete Marlen. Sie streckte die Hand aus und zog ihn aufs Sofa. »Steht dir gut, das Frottiertuch.« Sie küsste ihn.

Er sah ihr nach, als sie ins Badezimmer ging. Auf Zehenspitzen. Jemand musste ihr gesagt haben, dass nackte Frauen auf Zehenspitzen gehen sollten, weil es der Figur schmeichle. Das tat es auch. Und es ging Fabio auf die Nerven.

Marlen ging ihm auf die Nerven. Seit sie die Wohnung betreten hatte. Jeder Satz, jede Geste war ihm auf den Wecker gefallen. Und er hatte sich nichts anmerken lassen. Wie ein spießiger Ehemann in einer spießigen Zweizimmerwohnung hatte er den Mund gehalten, damit ihn ja kein Streit um seine Feierabendnummer brachte.

Als Marlen aus dem Bad kam, war sie abgeschminkt, eingecremt und trug ein übergroßes T-Shirt mit Garfield, dem Kater, auf dem Rücken. Sie öffnete den Kühlschrank und nahm ein paar Sachen heraus. »Und du? Wie war dein Tag?«

Wie war dein Tag, Schatz? »Ich habe Doktor Mark erreicht und einen früheren Termin bekommen. Montag um sechs.«

Marlen wandte sich um und schaute Fabio an. Sie schien irritiert. »Du hast ihn auf seiner Durchwahl erreicht?«

»Nach Büroschluss. Alter Trick.«

»Erzähl ja niemandem, dass ich dir die Nummer gegeben habe. Wir dürfen Journalisten keine Durchwahl geben.« Marlen war verärgert. Sie versuchte, sich nichts anmerken zu lassen, aber es gelang ihr nicht.

Sie aßen die Reste, die der Kühlschrank hergab, und verbrachten einen wortkargen Abend vor dem Fernseher.

Weiterhin heiß, keine Aussicht auf Regen, meldete die Wetterfee.

Schlecht gelaunt kam Fabio ins Tai Chi und wäre am liebsten wieder umgekehrt, als er Horst Webers Einleitung hörte: »Vor Beginn der Tai-Chi-Übung soll eine ruhige, harmonische Gefühlsstimmung angestrebt und allmählich etabliert werden. Der Körper sollte gereinigt sein, Blase und Darm, wenn nötig, entleert.«

»Wenn möglich«, rief Kari, vierundsiebzig, dazwischen. Ein paar lachten. Der erste Teil der Übungen hieß »Erde«, weil man in ihm erfuhr, wie man sich auf die Erde stützen und innere Stabilität aufbauen kann. »Es ist wichtig, dass Ihre Bewegungen gleichmäßig, sanft-elastisch, rund-spiralförmig und weit ausgedehnt sind und Ihre Körperhaltung natürlich und aufrecht«, dozierte Horst Weber. »Der Atem wird mit der Körperbewegung synchronisiert und fließt natürlich und sanft, um die physiologischen Funktionen der inneren Organe sinnlich zu aktivieren. Der Geist ist zentriert und ruhig, um so eine wirkungsvolle sinnliche Wahrnehmung der Wirkungen des inneren Trainings zu entfalten.«

Sie übten »Wecke das Chi« und »Fasse den Vogel beim Schwanz« und »Storch breitet die Flügel aus« und »Tiger umarmen und zum Berg«.

Sie sahen aus wie ein Schwarm arthritischer

Kraniche beim Balztanz. Und mitten unter ihnen, bei Weitem nicht der Agilste: Fabio Rossi, dreiunddreißig.

Wie ein Unfallwagen, der nach Monaten aus dem See geborgen wurde, ein triefendes Gebilde aus Wasser, Schlick, Tang, Treibgut und Müll, dessen Konturen langsam sichtbar wurden und plötzlich deutlich und scharfkantig vor ihm lagen, tauchte vor Fabio eine Erinnerungsinsel auf.

Er kam aus der Dusche und zog sich vor seinem Garderobenschrank an. Neben ihm stand einer seiner Mitschüler, ein älterer Herr, und kämmte seine noch nassen, schütteren Haare. Er trug nichts als eine, für sein Alter und Fabios Geschmack etwas zu knappe, rote Unterhose und ein Kupferarmband. Fabio achtete nicht weiter auf ihn, bis ihm plötzlich ein frischer, scharfer Geruch in die Nase stieg. Der alte Herr hatte ein Flakon in der Linken und tätschelte sich mit der Rechten Rasierwasser ins Gesicht.

Der Geruch weckte eine Erinnerung: Leute, viele Leute, ältere, jüngere, Kinder. Ein See. Ein Restaurant am See. Eine gedeckte Terrasse. Regen. Musik. Ein Einmannorchester. Tischreden. Darbietungen. Norina. Norinas Eltern. Norinas

Vater, Kurt. Kurt hat Geburtstag. Einen runden Geburtstag. Kurt wird fünfundsechzig.

Plötzlich war alles da. Norinas Vater feierte seinen Fünfundsechzigsten im Seerestaurant Hecht. Fünfundsechzig Leute waren eingeladen. Die große Seeterrasse war reserviert. Norina war nicht gerne gekommen, sie verstand sich nicht gut mit ihrem Vater. Aber dann amüsierte sie sich doch. Vor allem, weil es regnete. Kurz nach dem Aperitif mussten die Markisen ausgefahren werden. Während des ganzen Festes löcherte der Regen den bleigrauen Seespiegel und trommelte mit der Rhythmusmaschine des Einmannorchesters um die Wette. Kurt ignorierte das Wetter und verordnete, dass jede Erwähnung des Wetters mit einem Kirsch bestraft werde. Nach kurzer Zeit war die halbe Geburtstagsgesellschaft betrunken. Auch Norina, die zehnmal gesagt hatte: »Jeder bekommt das Geburtstagswetter, das er verdient, Papi.«

Papi benützte das gleiche Altherrenrasierwasser wie der Mann im roten Tanga. Pitralon, wenn Fabio sich nicht irrte.

Noch im Korridor des Therapiezentrums stellte Fabio Norinas Nummer ein. Er musste wissen, wann ihr Vater Geburtstag hatte und ob er dieses Jahr fünfundsechzig geworden war.

Bei ihr zu Hause meldete sich niemand. Der Beantworter ihres Handys sagte: »Norina Kessler, ich bin auf dem Set und kann Ihren Anruf nicht beantworten, rufe Sie aber in der nächsten Drehpause zurück.« Fabio fand den neuen Text ein wenig prätentiös.

Er rief die Auskunft an und ließ sich mit Norinas Eltern verbinden. Niemand meldete sich. Natürlich – falls es stimmte, dass Kurt fünfundsechzig geworden war, waren sie jetzt in ihrem Rustico im Maggiatal. Sie wollten dort nach seiner Pensionierung die meiste Zeit verbringen. Wie oft hatte er das gesagt. »Wenn einer von uns beiden einmal nicht mehr da ist, ziehe ich ins Maggiatal« war einer seiner Lieblingssprüche gewesen.

Fabio fand die Nummer und ließ sich verbinden. Norinas Vater meldete sich.

»Hallo, Kurt, ich bin's, Fabio. Wie geht's?«

»Gut, bevor du anriefst.« Ein anderer von Kurts Lieblingssprüchen. Aber diesmal schien er es ernst zu meinen. Er war sehr kurz angebunden. Immerhin gelang es Fabio, die Bestätigung zu bekommen, dass Kurt Kessler am 12. Mai im

Hecht seinen Fünfundsechzigsten gefeiert hatte. Über das Wetter an jenem Tag verweigerte er jede Auskunft.

»Eine Gedächtnisinsel«, sagte Dr. Vogel. »Im Ozean des Vergessens taucht plötzlich eine Erinnerung auf. Hat mir immer gefallen, das Bild. Gratuliere.«

Fabio war nach seinen Anrufen verspätet, erhitzt und euphorisch bei Dr. Vogel eingetroffen und saß jetzt fröstelnd im unterkühlten Sprechzimmer.

Dr. Vogel hatte die obersten drei Knöpfe seines Hemdes geöffnet. Sein Doppelkinn war gepudert, eine Bartflechte oder ein Hitzeausschlag.

»Ein Geruch, sagen Sie. Nicht ungewöhnlich. Gerüche. Bilder und Gerüche sind die stärksten Stimulanzien für das Gedächtnis.«

»Bedeutet das, dass ich mit weiteren Gedächtnisinseln rechnen kann?«, wollte Fabio wissen.

»Tun Sie das. Rechnen Sie damit. Aber seien Sie nicht enttäuscht, wenn sie ausbleiben.«

»Ach, das kommt auch vor?«

»Ja, beides kommt vor. Alles kommt vor. Das Gehirn ist eine Wundertüte. Aber seien Sie zuversichtlich. Zuversicht ist Teil der Therapie.«

Fabio musste lachen. »Sie sind wenigstens ehrlich.«

»Verzeihung, das wollte ich nicht.«

Seit einer halben Stunde lehnte Fabio an einer Hauswand und beobachtete einen Eingang auf der gegenüberliegenden Straßenseite. Es war halb neun. Vor einer Viertelstunde hatte es zu dämmern begonnen. Es war immer noch stickig heiß. Manchmal schaute er zu einer Reihe offener Fenster im zweiten Stock hinauf.

Das Haus war ein Gewerbebau aus den dreißiger Jahren. Früher waren dort Werkstätten für Schneider, Setzer, Drucker und Buchbinder untergebracht gewesen. Jetzt waren es Ateliers für Fotografen, Grafiker, Webdesigner, Künstler. Im Keller und im ersten Stock befand sich ein Fitnesscenter, im zweiten ein Tanzstudio und eine Jogaschule. Dorthin ging Norina, wenn es der Job erlaubte, jeden Donnerstagabend.

Vor Kurzem war in dem Raum mit den offenen Fenstern Bewegung entstanden. Er hatte ein paar Köpfe gesehen, ein paar Arme, die sich reckten. Die Stunde war vorbei, die Klasse ging in die Garderobe, bald würden die Ersten aus dem Hauseingang kommen.

Fabio hatte den ganzen Nachmittag versucht, seine Gedächtnisinsel zu vergrößern. Wie waren sie zum Hecht gekommen? Hatte sie jemand mitgenommen? Oder hatten sie ein Taxi genommen? Hatte sich Norina angesichts der Bedeutung des Anlasses klaglos in die Sache geschickt? Oder hatte er sie, wie immer, wenn es um Familienanlässe ging, überreden müssen?

Und danach? Wie waren sie nach Hause gekommen? Norina hatte zehn Kirsch getrunken. Sie musste sturzbetrunken gewesen sein. Wie hatte sie die Nacht überstanden? Und wie den nächsten Tag?

Sosehr er sich auch anstrengte, die Ränder der Gedächtnisinsel blieben scharf. Sie reichten exakt vom Apéro – Blanc Cassis – bis zur Polonaise. Er kam nicht weiter ohne Norina. Nicht in dieser Frage, und auch sonst nicht.

Dann war ihm die Jogastunde eingefallen. Er hatte MYSTIC Productions angerufen und herausgefunden, dass sie heute abend nicht drehten.

Jetzt kamen zwei junge Frauen heraus, überquerten die Straße und gingen in ein Gespräch vertieft an ihm vorbei. Er hörte die eine sagen: »Vor dem Meniskus konnte ich den Lotussitz wie du.«

Norina war die Vierte, die aus der Tür kam. Auch sie musste die Fahrbahn überqueren, um in die Seitenstraße zu gelangen, die zu ihrer Wohnung führte.

Als sie Fabio erkannte, blieb sie mitten auf der Straße stehen. Ein Auto näherte sich, und Fabio sah ihr an, dass sie kurz davor war, umzudrehen. Dann überlegte sie es sich und kam auf ihn zu.

»Was willst du?«

»Mir ist etwas eingefallen. Der Geburtstag deines Vaters. Aber ich bin nicht sicher, ob meine Erinnerungen stimmen. Ich dachte, du könntest mir helfen, sie zu überprüfen.«

»Der Geburtstag meines Vaters gehört zu den Dingen, die *ich* vergessen möchte«, gab sie zur Antwort. Aber sie ließ ihn an ihrer Seite gehen, hörte sich seine Erinnerungen an und nickte oder schüttelte den Kopf. Meistens nickte sie.

Bei der Polonaise sagte er: »Und hier hört es auf.«

»Bei mir auch.« Er glaubte, den Anflug eines Lächelns zu entdecken. »Ich erinnere mich erst wieder an den Sonntag. Mir war hundeelend.«

Sie gingen schweigend weiter. »Und ich?«, fragte er schließlich.

»Du warst nett. Hast mich gepflegt.«

Sie bogen in eine Spielstraße. Große Pflanzeninseln beruhigten den Durchgangsverkehr. An einem großen Holztisch saßen ein paar junge Eltern, schwatzten, tranken Bier und hatten ein Auge auf die Kinder, die in ein undurchschaubares, lautes Spiel vertieft waren.

Norina hatte die Arme verschränkt und schaute vor sich auf die Straße. Als ob ihr kalt wäre. Sie roch gut nach dem Puder, den sie sich an heißen Tagen unter die Arme, zwischen die Brüste und auf die Innenseite der Schenkel stäubte.

Er legte den Arm um ihre Schultern. Sie blieb stehen und schüttelte ihn ab. Wortlos ging sie weiter.

»Norina, ich liebe dich«, brach es aus Fabio heraus.

Sie beschleunigte ihren Schritt.

»Ich weiß, es klingt blöd. Aber ich liebe dich. Ich wusste gar nicht, wie wahnsinnig ich dich liebe. Scheiße. Ich kann ohne dich nicht leben.«

Norina stoppte, drehte sich zu ihm um und schüttelte den Kopf. »Ich glaub's nicht«, sagte sie nur. »Ich glaub's einfach nicht.« Dann ging sie weiter.

Im vierten Stock Batteriestraße 38 brannte Licht. »Er wartet«, sagte Fabio.

Norina gab keine Antwort. Sie erreichten das Haus.

»Gestern war ich in der Gartengenossenschaft Waldfrieden. Man erzählt dort, ihr bumst in unserem Kajütenbett.«

Fabio hatte das nicht sagen wollen. Es war ihm rausgerutscht. Norina löste die verschränkten Arme und stemmte die Hände in die Hüften.

»Und was tust du mit Marlen? Fachsimpeln?«

»Das mit Marlen ist vorbei. Ich ziehe aus. Bin schon dabei.«

Wieder schüttelte sie den Kopf. Dann ging sie die letzten Schritte zu ihrem Hauseingang. Fabio folgte ihr. Sie schloss die Tür auf.

»Ich liebe dich, hörst du?«

In seiner Tasche begann das Handy den *Bolero* zu spielen.

Norina ließ ihn stehen. Bevor sich die Tür ganz schloss, hörte er sie etwas sagen. Es klang wie: »Italiener!«

Fabio nahm das Handy aus der Tasche und meldete sich.

»Ich dachte, wir gehen heute aus«, sagte Marlens Stimme.

Es war halb zehn, als er das Treppenhaus zu Marlens Wohnung betrat. In der Wohnungstür steckte der Schlüssel von innen. Fabio musste klingeln.

Nach einer Weile drehte sich der Schlüssel. Marlen war zum Ausgehen gekleidet. Sie trug das kurze, schulterfreie schwarze Kleid, das aussah, als würde es nur durch ihre Brustwarzen am Herunterrutschen gehindert.

»Wow«, machte Fabio.

»Gehst du so?«, fragte sie.

Fabio trug eine Khakihose und ein weißes, kurzärmeliges Hemd. Sein Standard-Outfit für den Sommer. »Wo gehen wir hin?«

»Zuerst ins Outcast, auf ein Glas und ein paar Tapas. Danach ins Kühlhaus. Dancehall-Reggae-Night.« Marlen war fest entschlossen, sich den Abend nicht verderben zu lassen.

»Habe ich Zeit zum Duschen?«

»Aber beeil dich.«

Zehn Minuten später kam Fabio aus dem Bad. Geduscht, rasiert, gekämmt und nackt. Marlen lehnte an der Frühstückstheke und rauchte. Er nahm ihr die Zigarette aus der Hand und drückte sie aus.

»He«, protestierte sie.

Er nahm ihr Gesicht zwischen die Hände und wollte sie küssen. Sie drehte den Kopf weg. »Achtung, frisch gestrichen.«

Er ließ seine Hände über ihre Schultern gleiten, über ihren Rücken, über ihre Hüften, über ihren Po.

»Lass uns gehen, die Nacht ist noch lang«, bat sie.

»Lass uns bleiben, die Nacht ist noch lang«, flüsterte er.

Seine Hände hatten den Saum ihres Kleides erreicht und schoben ihn langsam nach oben. Darunter trug sie etwas sehr Kleines, Seidenes aus ihrem Fundus für besondere Gelegenheiten. Wieder versuchte er sie zu küssen. Diesmal hatte sie nichts dagegen.

»Fabio?«, sagte Marlen leise. Er stellte sich schlafend, wie damals, als sie ihn im Spital besuchte.

Er hatte gehört, wie sie ins Bad gegangen war, sich geduscht hatte und ins Schlafzimmer zurückgekommen war.

Sie beugte sich zu ihm herunter und küsste ihn auf die gefühllose Wange. »Fabio?«

Fabio ließ das leise Stöhnen eines Schläfers in der Tiefschlafphase vernehmen. Er hörte, wie sich Marlen an den Schminktisch setzte, Schubladen öffnete und wieder schloss und – absichtlich laut – mit Schminkutensilien klimperte. Offenbar war sie dabei, ihr Make-up zu erneuern.

»Faabioo, auf-stee-hen!«, sang sie.

Fabio stöhnte wieder im Schlaf.

»Ich bestelle jetzt ein Taxi, und wenn es kommt, gehe ich. Mit oder ohne Fabio Rossi.«

Fabio atmete tief und gleichmäßig. Er hörte, wie sie aufstand, ein Taxi bestellte und wieder ins Schlafzimmer kam. »Das Taxi ist bestellt«, meldete sie.

Sie machte sich wieder am Schminktisch zu schaffen. Es roch nach Zigarettenrauch und Chanel N° 5. Er wartete auf ihre nächste Bemerkung. Aber Marlen schwieg.

Erst als der Taxifahrer geklingelt und Marlen in die Gegensprechanlage »Sofort!« gerufen hatte, kam sie noch einmal ins Zimmer. »Ciao, Fabio«, sagte sie geschäftsmäßig.

Er hörte die Wohnungstür und kurz darauf ihre Absätze auf dem Plattenweg vor dem Haus. Dann die Wagentüren und den Motor des Taxis, das sich rasch entfernte.

»Ciao, Marlen«, murmelte Fabio.

12

Er lag auf der Drückerbank und hatte vierzig Kilo aufgelegt, acht Kilo mehr als beim letzten Mal.

Er fühlte sich gut. Die Dinge waren wieder in Bewegung. Seit gestern besaß er eine Gedächtnisinsel, Norina hatte immerhin mit ihm gesprochen, und die Geschichte mit Marlen ging ihrem natürlichen Ende zu. Sie war letzte Nacht gegen fünf Uhr nach Hause gekommen, hatte nach Rauch und Alkohol gerochen und versucht, ihn zu einer Versöhnungsnummer zu animieren. Er bildete sich etwas darauf ein, dass es ihr nicht gelungen war.

Als er aufstand, saß sie angezogen an der Frühstückstheke mit einem Glas Wasser und einer Tasse Kaffee. Sie hatte vergeblich versucht, drei Schlafnarben, die diagonal über ihr Gesicht liefen, zuzuschminken. Und als sie ihn anlächelte, sah es aus, als täte ihr das weh. Er hatte ihr im

Vorbeigehen einen aufmunternden Klaps auf den Hintern gegeben. Als er aus dem Bad kam, war sie weg.

All das hatte ihn ermutigt, vierzig Kilo aufzulegen.

Er packte die Hantelstange, atmete tief durch, hielt die Luft an, stieß sie aus und stemmte dabei die Hantel aus der Halterung. Kein Problem.

Er ließ sie langsam sinken, stoppte sie, atmete ein, stieß die Luft aus und mit ihr die Hantel hoch. Einmal.

Er schaffte es ein zweites Mal, eine drittes Mal, ein viertes Mal. Beim fünften merkte er, dass vierzig Kilo zu viel waren. Er füllte die Lungen mit Luft, presste sie aus und quälte die Hantel bis ein paar Zentimeter unter die Halterung. Er bäumte sich mit allem, was er hatte, gegen das Eisen, aber er schaffte es nicht. Es blieb ihm nichts anderes übrig, als die Hantel auf den Brustkorb zu senken.

Da lag er nun, eingeklemmt zwischen einer schweißnassen Drückerbank und vierzig Kilo Eisenguss. Als er versuchen wollte, die Hantel seitwärts wegzukippen und sich aus seiner Falle zu winden, kam Jay. Der schüttelte mitleidig den Kopf, stellte sich rittlings über ihn und hob die Hantel in die Verankerung zurück.

»Die meisten Unfälle passieren, weil man sich überschätzt«, belehrte er ihn.

»Danke«, keuchte Fabio. Und als Jay außer Hörweite war: »Auch für die Lebenshilfe, Arschloch.«

Die LABAG war ein zweistöckiges Gebäude aus den Achtzigerjahren. Große Fensterfronten zwischen kunststoffverkleideten Fassaden. Es lag in der Industriezone von Neubach, einem Dorf außerhalb der Stadt, das durch einen großzügigen Zonenplan etwas Industrie und Gewerbe angelockt hatte.

Fabio hatte das Gebäude von der S-Bahn aus gesehen und war den knappen Kilometer am Bahndamm entlang zurückgegangen. Jetzt stand er in der Eingangshalle und betrachtete die ausgebleichten Farbfotos. Sie zeigten Laborpersonal vor Reagenzgläsern und Apparaten.

Die Empfangsdame hatte ihn schon zweimal aufgefordert, Platz zu nehmen, der Herr Doktor Schnell werde gleich frei.

Die LABAG war ein privates Labor für chemische, chemisch-physikalische und mikrobiologische Analyse. Dr. Barth war dort Ressortleiter gewesen.

Dr. Schnell war der Geschäftsführer. Fabio hatte ihn am Morgen angerufen und war darauf gefasst gewesen, abgewimmelt zu werden, sobald er seinen Namen nannte. Aber Schnell schien ihn nicht zu kennen. Als Fabio sagte, er sei freier Mitarbeiter vom SONNTAG-MORGEN und recherchiere über Lebensmittelkontrolle, hatte er ihm gleich einen Termin für den Nachmittag gegeben. Er hatte jung und dynamisch geklungen.

So sah er auch aus, als er mit großen Schritten die Treppe herunter und auf Fabio zukam. Nicht viel älter als er und um einiges dynamischer.

»Das kommt alles weg, ich hätte Sie lieber nächste Woche empfangen, dann wird der ganze Empfangsbereich neu gestaltet, aber Sie schienen es eilig zu haben.« Dr. Schnell gab ihm eine harte, kräftige Hand.

»Wir gehen zuerst zu mir.«

Er führte Fabio in ein helles Büro im ersten Stock. Es roch nach Farbe. Der Boden war mit Parkett ausgelegt, das Möbelprogramm entsprach dem neuesten Stand. Chrom, Glas, Metall, Leder, Farbakzente.

Bevor er Fabio zu Wort kommen ließ, machte er eine kleine Tour d'horizon, wie er es nannte. Daraus ging hervor, dass die LABAG ein Vertrauenslabor für Behörden und Privatunternehmen war. Sie machten Untersuchungen, betrieben Forschung, entwickelten Qualitätsprogramme, machten Analysen, stellten Qualitätsstandards auf und überprüften deren Einhaltung. Momentan waren sie in einer Restrukturierungs- und Innovationsphase.

Schnell hatte vor zweieinhalb Monaten den Firmengründer als Geschäftsführer abgelöst und war jetzt dabei, »den Laden für die Herausforderungen der Zukunft auf Vordermann zu bringen«.

»Denken Sie nur an den Nachweis von gentechnisch verändertem Material in Lebensmitteln. Oder was da auf dem Gebiet der Prionen noch alles auf uns zukommt. Sie wissen, was Prionen sind?«

»Die Ursache von BSE.«

»Und höchstwahrscheinlich auch der neuen Form von Creutzfeldt-Jakob. Prionen sind – wenn Sie so wollen – falsch gewickelte Eiweiße. Sie überstehen Temperaturen von über sechshundert Grad.«

Fabio machte artig Notizen. Erst als ihm Dr. Schnell eine Pressemappe übergeben hatte – sie enthielt vor allem die Meldung über den

Wechsel an der Spitze der LABAG, drei Fotos von Dr. Schnell und eine kurze und lange Fassung von dessen Lebenslauf –, lehnte sich der Laborchef in seinem Drehstuhl zurück und sagte: »Schießen Sie los.«

Fabio begann mit ein paar Präzisierungen zu seinen Notizen und stellte dann Fragen zu Dr. Schnells Karriere, die dieser gerne und ausführlich beantwortete. Er machte einen Umweg über das Organigramm und fragte dann beiläufig: »Kannten Sie Doktor Barth?«

Schnell zögerte kurz. »Nur von Weitem. Es passierte ein paar Tage, bevor ich hier anfing. Weshalb fragen Sie?«

»Aus persönlichem Interesse. Ich hatte seine Witwe im Zusammenhang mit einer anderen Geschichte kennengelernt. Was war seine Aufgabe?«

»Er leitete die Lebensmittelkontrolle. Und daneben tüftelte er an neuen Laborverfahren. An sich richtig. Nur – er war nicht der richtige Mann dafür. Wir werden in Zukunft Spezialisten beschäftigen.«

Der Rundgang durch die Laborräume, wie sie waren, und die Laborräume, wie sie bald sein würden, dauerte anderthalb Stunden. Bevor er gehen durfte, musste Fabio versprechen, dass Dr. Schnell den Bericht gegenlesen dürfe. Mit Mühe gelang es ihm, sich nicht auf ein Datum festlegen zu lassen.

Fabio ging gemächlich den Weg am Bahndamm entlang. Gerade als er die LABAG verlassen hatte, war eine S-Bahn vorbeigedonnert. Die nächste würde erst in fünfundzwanzig Minuten kommen.

Es war nach fünf, aber die Sonne brannte immer noch unbarmherzig auf das schmale Teersträßchen. Am Bahndamm summten Bienen zwischen Malven, Storchenschnabel, Klatschmohn und Gänsefuß.

Hinter sich hörte er Schritte. Er drehte sich um. Es war eine Frau in seinem Alter. Sie war ihm in einem der Labors aufgefallen, weil sie an der rechten Augenbraue eine dichte Reihe Goldringe trug.

Sie überholte ihn und murmelte einen Gruß.

Als er die kleine Bahnstation erreichte, sah er sie wieder. Sie hatte sich am Automaten eine Cola gekauft und öffnete die Dose mit weit von sich gestreckten Armen. Es gelang ihr, sich nicht vollzuspritzen, aber Fabio bekam etwas davon ab.

»Entschuldigen Sie«, sagte sie, klaubte ein Papiertaschentuch aus der Handtasche und hielt es Fabio hin. Sie schaute zu, wie er damit an seiner Hose herumrieb. »Cola. Das geht nie mehr raus«, stellte sie fest.

»Sprechen Sie als Lebensmittellaborantin?«, fragte Fabio.

»Ich spreche aus Erfahrung«, sagte sie.

Sie hieß Bianca Monti, und ihre Eltern stammten aus Pesaro, der Hauptstadt der Provinz Pesaro e Urbino.

Als die Bahn kam, setzten sie sich gegenüber und versuchten herauszufinden, ob sie gemeinsame Bekannte hatten. Erst kurz bevor sie ihre Station erreicht hatte, kam er dazu zu fragen: »Hattest du« (sie duzten sich, seit sie italienisch sprachen) »Doktor Barth gekannt?«

»Ich war seine Assistentin. Warum?«

»Ich habe seine Frau kennengelernt. Kennst du sie?«

»Nur von Weitem. Auf der Beerdigung.«

»Wie war er?«

»Nett. Nett und traurig.«

»Traurig?«

»In letzter Zeit schon.«

»Hast du eine Ahnung, weshalb er es getan hat?«

»Es ist nur eine Vermutung. Aber ich glaube, es hat mit Schnell zu tun. Er wollte ihm die Entwicklungsabteilung wegnehmen.«

»Deshalb bringt sich doch niemand um.«

»Wenn es einem sonst nicht so gut geht, braucht es manchmal wenig.«

Biancas Station wurde ausgerufen. Die Bahn wurde langsamer. »Woran arbeitete er?«, fragte Fabio, als sie aufstand.

»An einem Nachweisverfahren für Prionen in Lebensmitteln.«

Die Bahn kam zum Stehen, Bianca stand auf, Fabio begleitete sie bis zum Ausgang. Sie öffnete die Tür und trat auf den Bahnsteig. »Vielleicht einmal in Pesaro«, sagte sie.

»Oder in Urbino«, antwortete er.

»Oder hier?«, rief sie noch, als die Tür schon zuging.

Als Fabio gegen Abend in die Wohnung kam, lag Marlen im Bett und schlief. Er schloss leise die Tür zum Schlafzimmer, setzte sich an das Powerbook und schrieb.

Am 2. Mai soll Schnell die LABAG *übernehmen. Er hat unter anderem im Sinn, die Entwicklungsabteilung in neue Hände zu geben.*

Am 27. April nimmt sich der Lebensmittelkontrolleur Barth, der bisherige Verantwortliche für die Entwicklung, das Leben.

Knapp drei Wochen später interviewe ich Barths Witwe. Die Aufzeichnung des Gesprächs enthält keine Hinweise auf einen Zusammenhang des Selbstmords mit Barths beruflicher Situation.

Zwei Tage darauf kommt es zu einem zweiten Gespräch mit Barths Witwe. Auf meinen Wunsch, wie sie sagt. Die Aufzeichnung dieses Gesprächs ist gelöscht. Bis auf den Schluss, aus dem hervorgeht, dass Frau Barth mir etwas mitgegeben hat, mit dem Auftrag, es in seinem Sinn zu verwenden. Sie behauptet heute, es habe sich um biografische Daten gehandelt.

Fünf Tage nach dem zweiten Gespräch gehe ich freiwillig an die Lancierung eines Milchgetränks von LEMIEUX *und schmeiße mich an die* PR-*Assistentin ran. Aus Interesse an der Lebensmittelbranche oder aus Interesse an der* PR-*Assistentin?*

Eine Woche später vermittelt sie mir ein Gespräch mit dem obersten Lebensmittelingenieur von LEMIEUX.

In der Redaktion lasse ich durchblicken, ich sei an einer großen Sache.

Die nächsten vier Wochen benehme ich mich geheimnisvoll. Dann bekomme ich eins auf den Schädel und erwache im Spital. Meine Erinnerungen an die letzten fünfzig Tage sind gelöscht. Alle Hinweise auf die große Sache sind ebenfalls gelöscht.

Und heute erfahre ich, dass Dr. Barth an einem Nachweisverfahren für BSE-*Erreger in Lebensmitteln forschte.*

Fabio stand auf, fand eine Zigarette und steckte sie an. Die Hand mit dem Feuerzeug zitterte. Nicht vom Krafttraining.

Er stellte sich an die Balkonbrüstung. Auf dem Rasenstück unter ihm liefen die letzten Vorbereitungen für eine Grillparty. Zwei Männer in Bermudas und Schürzen machten sich an einem Gartengrill zu schaffen. An der Birke hingen Leuchtgirlanden. Zwei Frauen in Shorts und Bikinioberteilen deckten einen Gartentisch. Vier Kinder halfen dabei.

Hatte Barth etwas entdeckt, das mit LEMIEUX zu tun hatte, und seine Witwe hatte Fabio die Aufzeichnungen darüber hinterlassen?

Er ging zurück zum Schreibtisch, legte das mysteriöse Band in den Rekorder und spielte die Stelle einige Male. »… einfach alles mit. Tun Sie damit, was Sie für richtig halten, aber tun Sie es in seinem Sinn. Ich kann mich doch darauf verlassen?«

»Nehmen Sie einfach alles mit«, sollte das wohl heißen. Das klang nach viel. Nicht nach ein paar biografischen Daten.

»Tun Sie damit, was Sie für richtig halten, aber tun Sie es in seinem Sinn. Ich kann mich doch darauf verlassen?«

Das klang nicht nach etwas, von dem sie, wie sie behauptete, Kopien besaß. Das klang nach Dokumenten. Nach etwas, das ihrem verstorbenen Mann wichtig war. Etwas, das man jemandem anvertraut. Und wenn dieser Jemand ein Journalist war, klang es auch nach etwas, das an die Öffentlichkeit sollte.

Er hatte versprochen, es zu tun. Aber jemand hatte das verhindert. Warum? Wer?

Beide Fragen hingen miteinander zusammen. Weil es dem Unternehmen schaden würde, hatte es LEMIEUX verhindert. Weil es den Kunden schaden würde, hatte es LABAG verhindert. Weil er die Sache selbst bringen wollte, hatte es ein Kollege verhindert.

Es musste ein Eingeweihter gewesen sein. Und davon gab es nur einen.

Einer der Barbecue-Chefs auf dem Rasen kam mit einem Eimer Wasser und stellte ihn neben den Grill. Bestimmt eine Sicherheitsmaßnahme aus dem Handbuch für Gartenpartys.

Der andere goss eine Flüssigkeit aus einer schwarz-roten Flasche auf die Holzkohle, verschraubte sie sorgfältig und stellte sie in sicherer Entfernung auf den Boden. Er zündete ein Streichholz an und warf es in den Grill. Eine träge Flamme ergriff die Holzkohle. Der Mann in der Schürze schaute stolz um sich, als hätte er soeben das Feuer erfunden.

Fabio steckte sich eine neue Zigarette an. Die dritte Theorie gewann immer mehr an Wahrscheinlichkeit: Lucas hatte ihm die Geschichte geklaut. Das erklärte auch, dass Jacqueline Barth ihn anlog. Sie arbeitete jetzt exklusiv mit Lucas zusammen.

»*Cazzo!*«

»Was ist los?«, fragte Marlens Stimme hinter ihm.

Fabio drehte sich um. Sie trug wieder ein übergroßes T-Shirt, diesmal mit einer Ente, der fünf Junge nachwatschelten. »Nichts«, antwortete er. »Es ist mir nur etwas eingefallen. – Und du? Wie geht's?«

»Nicht schlechter als allen Frauen einmal im Monat.«

»Verstehe.«

»Im Kühlschrank hat's Aufschnitt, falls du Hunger hast.«

»Danke.«

»Morgen gehe ich zu meinen Eltern. Ich bleibe über Nacht. Ich nehme nicht an, dass du mitkommen willst.«

»Kenne ich sie?«

»Nein.«

»Dann besser nicht.«

Sie wussten beide nichts mehr zu sagen.

»Dann geh ich jetzt wieder, okay?«

»Okay.«

Marlen gab ihm einen Kuss auf die Wange. Er schaute ihr nach. Auf dem Rücken des T-Shirts stand ein sechstes Entchen, das den Anschluss verpasst hatte. Ein großes Fragezeichen schwebte über seinem Kopf.

Fabio blieb bis spät auf dem Balkon und ließ sich vom Anblick der Grillparty deprimieren.

Am Morgen meldete das Radio höchste Waldbrandgefahr. Die Behörden riefen die Bevölkerung dazu auf, im Wald kein Feuer zu entfachen.

Sobald Marlen aus dem Haus war, versuchte Fabio Dr. Vogel zu erreichen. Er rief zuerst in der Praxis an. Nicht, weil er annahm, dass Neuropsychologen auch samstags arbeiten, sondern weil er vermutete, dass Vogel zu Hause keine Klimaanlage besaß. So war es wohl auch. Vogel meldete sich nach kurzer Zeit mit einem privaten: »Jaaa?«

Fabio entschuldigte sich für die Störung an einem Wochenende und kam zu seiner Frage: »Ist es möglich, einen genau definierten Zeitraum aus dem Gedächtnis zu löschen?«

»Ja, das kommt vor. Zum Beispiel bei Leuten, die traumatische Erlebnisse hatten, Kriegserlebnisse, Schocks, Folter, Vergewaltigung, Unfälle. Oder bei Leuten, die als Kinder missbraucht wurden.«

»Aber diese Leute löschen diese Erinnerungen selbst.«

»Darüber kann man geteilter Meinung sein.«

»Dann stelle ich die Frage anders: Kann eine Person einer anderen die Erinnerung an einen bestimmten Zeitraum löschen?«

»Ja. Zum Beispiel durch Suggestion. Hypnose. Es gibt auch Medikamente, die kurze retrograde Amnesien bewirken. Man verwendet sie in der Anästhesie. Oder Elektroschocks, die man immer noch zum Teil in der Psychiatrie verwendet. Weshalb interessiert Sie das an einem heißen Samstag, wo Leute Ihres Alters und Körperbaus sich im See treiben lassen sollten?«

»Aber fünfzig Tage? Ist es möglich, dass jemand sagt: Radieren wir dem die letzten fünfzig Tage des Gedächtnisses aus? Gibt es Methoden, Wirkstoffe, kaum sichtbare Eingriffe – was weiß ich –, die das können?«

Fabio hörte Dr. Vogel schnaufen, so gut es jemandem mit hundertsechzig Kilo Lebendgewicht während einer Hitzewelle möglich war.

»Nein, das gibt es bisher noch nicht, soviel ich weiß. Und das ist viel. Jedenfalls auf diesem Gebiet.«

Den Rest des Samstags verbrachte Fabio im Internet. Am Abend wusste er so viel über BSE und Creutzfeldt-Jakob, wie der Öffentlichkeit zugemutet wurde. Unter anderem, dass die Wissenschaft es inzwischen als erwiesen betrachtete, dass die Prionen, die den Rinderwahnsinn auslösten, bei Menschen die neue Form der Creutzfeldt-Jakob-Krankheit hervorriefen.

Oder dass es zwar Laborverfahren gab, mit denen man Risikomaterial wie Hirn und Rückenmark in Lebensmitteln nachweisen konnte, aber noch keine, die bewiesen, dass dieses mit Prionen verseucht war. Weil es keine Tests gab, die empfindlich genug waren, kleinste Mengen Prionen nachzuweisen.

Oder auch dass eine Kristallisationstheorie existierte, nach welcher bereits geringste Mengen an Prionen genügen, um Creutzfeldt-Jakob auszulösen.

Die Krankheit begann mit Depressionen, Schlafstörungen, Wahnvorstellungen. Die Patienten wurden aggressiv, schreckhaft, unsicher beim Gehen. Sie litten unter Koordinationsstörungen, Taubheitsgefühlen, Kribbeln, später unter Gedächtnisverlust und Einschränkung des normalen Denkens. Je nachdem, welche Gehirnareale betroffen waren, wurden die Kranken von Lähmungen geplagt; vom Zittern der Arme, Beine oder des Kopfs; von Zuckungen in der Muskulatur; von epileptischen Anfällen und Muskelkrämpfen. In geistiger Umnachtung starben sie nach durchschnittlich zweiundzwanzig Monaten.

Fast alle Opfer dieser neuen Variante der Creutzfeld-Jakob-Krankheit waren jung, Teenager oder Twens. Die meisten von ihnen starben in England. Etwas über hundert bisher. Nicht genug, als dass es sich für die Pharmaindustrie lohnen würde, intensiv nach einem Heilmittel zu forschen.

Dabei gab es ernstzunehmende Forscher, die davon ausgingen, dass bis zu hundert Millionen mit dem Erreger in Berührung gekommen waren. Und bis zu zehn Millionen von ihnen daran erkranken könnten.

Am Abend machte er sich ein belegtes Brot mit Fleischkäse und setzte sich damit vor den Fernseher. Nach dem ersten Bissen legte er es auf den Teller zurück.

13

Das Sonntagsgeläut der Kirchen weckte ihn. Er hatte eine unruhige Nacht hinter sich. Immer wieder war er erwacht und hatte einen Moment gebraucht, um sich in der Wohnung zu orientieren, die ohne Marlen noch fremder war. Er hatte lange wach gelegen und versucht, sein Hirn daran zu hindern, immer die gleichen diffusen Gedankengänge zu repetieren. Er hatte gespürt, wie die Nacht endlich etwas Kühle brachte, und gesehen, wie sich langsam die Hausdächer abzuzeichnen begannen. Dann musste er eingeschlafen sein. Nun läuteten die Glocken den Sonntag ein.

Als Kind war er jeden Sonntag in die Kirche gegangen. Es war für ihn eine Selbstverständlichkeit gewesen. Alle, die er kannte, gingen in die Kirche. Und anschließend in die Sonne, etwas trinken.

Auch als er erwachsen wurde, hatte er sich ein

unverkrampftes Verhältnis zur Kirche bewahrt. Er war nicht besonders fromm, er war sich nicht einmal sicher, ob er gläubig war, aber es wäre ihm nie in den Sinn gekommen, auszutreten. Es kam selten vor, dass er eine Kirche betrat, aber dann bekreuzigte er sich und küsste den Daumen.

Fabio stand auf, machte sich einen Espresso, setzte sich auf den Balkon und lauschte den feierlichen Glockenklängen.

Ein unbestimmtes Heimweh überkam ihn. Nach früher. Nach Italien. Nach richtigen Sonntagen. Nach Norina.

Die Glocken klangen aus. Zuerst die in der Nähe, dann nach und nach die anderen. Es wurde still. In den Kirchen begannen die Gottesdienste.

Vielleicht sollte er wieder einmal in eine Messe gehen, dachte Fabio. Möglicherweise auch ein Weg, um seine Mitte wiederzufinden.

Er trödelte bei der Morgentoilette und zog eine neue Hose an und sein letztes gebügeltes weißes Hemd. »Wäscherei!«, notierte er für Montag in seiner Agenda.

Er rief seine Mutter an. »Ist etwas?«, fragte sie erschrocken, als sie seine Stimme hörte. Er nahm sich vor, sie öfter anzurufen.

Die ersten Glocken läuteten bereits den Gottesdienst aus, als Fabio das Haus verließ. Er hatte kein bestimmtes Ziel, außer dass er sich irgendwo in der Nähe Zigaretten kaufen wollte. Das erste eigene Päckchen, seit er sich erinnern konnte.

Wo der Amselweg in die Rebenstraße mündete, stand ein Mehrfamilienhaus aus den Siebzigerjahren. Im Erdgeschoss befanden sich eine chemische Reinigung und das Restaurant Amselgarten. Fabio ging hinein, setzte sich an einen kleinen Tisch und bestellte einen Milchkaffee und Zigaretten.

Er hatte absichtlich den SONNTAG-MORGEN in Marlens Briefkasten gelassen. Aber jetzt, als er ihn an einem Zeitungshalter bei der Garderobe hängen sah, konnte er doch nicht widerstehen.

Die Zeitung war dünn. In Umfang und Inhalt. Eine richtige Sommerlochnummer mit gesuchten Themen. Ein paar Hintergründe zu den Meldungen von gestern, Ferieninterviews mit Politikern, ein Führer durch die Badeanstalten des Landes, Prominente verrieten ihre Hitzerezepte.

Das Lokal füllte sich jetzt schnell mit Kirchgängern, die zum Aperitif in den Amselgarten kamen. Er war eines der drei Restaurants in der Nähe der katholischen Kirche.

Fabio hatte keine Lust, sein Tischchen mit Fremden zu teilen, und verkroch sich hinter der Zeitung.

Sein Nachfolger, Reto Berlauer, machte sich auf einer Doppelseite mit einer Reportage über den ersten tamilischen Bergführer breit. Bestimmt ein Abfallprodukt seiner Geschichte über japanische Reisegruppen.

Rufer war offenbar in den Ferien, denn das *editorial* stammte von Lucas Jäger.

Fabio brachte es nicht über sich, es zu lesen. Aber das Foto musste er anschauen. Es war neu. Lucas blickte über die Schulter, als ob es seine Zeit nicht erlaubt hätte, für das Foto kurz den Arbeitsplatz zu verlassen. Sein Haar war frisch getrimmt, sein Gesichtsausdruck eine Mischung aus seriös und sarkastisch. Er sah gut aus. Besser als in natura, fand Fabio.

Der Wirt brachte den Kaffee und die Zigaretten. Fabio rollte die Zeitung um ihren Halter und legte sie auf den Tisch. Lucas durfte also ein *editorial* schreiben. Das war zu seiner Zeit (und soviel er wusste) noch nie vorgekommen. Was steckte hinter diesem Karriereschritt? Die große Sache?

»Causio, Rossi, Bettega«, sagte eine Stimme

über ihm. Es war der Hauswart, die Amsel vom Amselweg, Anselmo.

»Tardelli!«, antwortete Fabio.

»Benetti, Zaccarelli!«, fuhr Anselmo fort.

»Gentile, Cuccureddu, Scirea, Cabrini!«

Und beide zusammen: »Zoff!«

Anselmo strahlte und setzte sich. Fabio hatte nichts dagegen. Ehrlich gesagt: Er war sogar froh über etwas Gesellschaft.

»Ich habe dich noch nie hier gesehen«, stellte Anselmo fest.

»Ich bin zum ersten Mal hier. Soviel ich weiß.«

Der Wirt brachte einen Punt e Mes. Anselmo stellte sie einander vor. »Fabrizio, das ist Fabio aus Urbino.« Sie nickten einander zu. »Fabrizio kommt aus Monza«, erklärte er Fabio. Und zum Wirt: »Was gibt's?«

»Coniglio.«

Als der Wirt gegangen war, fragte Anselmo: »Isst du, oder musst du heim?«

Fabio aß. Kaninchen war zwar nicht seine Leibspeise, schon gar nicht an einem heißen Sonntag in einem lauten, verrauchten Quartierlokal. Aber er musste zugeben: Es war hervorragend. Er ließ sich sogar dazu überreden, bei der Flasche Barolo mitzumachen, die Anselmo bestellte. Selbst die angeblich legendäre Zabaglione versuchte er, er hätte selbst einen Grappa nicht abgelehnt, wenn Anselmo nicht abgewinkt hätte. »Grappa gibt's bei mir den besseren.«

So kam es, dass Fabio vollgefressen und angesäuselt in der Hauswartswohnung des Amselwegs 74 landete. Er saß auf einem Balkon, wie der von Marlen, an einem Gartentisch, fast wie der von Marlen, und verkostete Grappa.

Anselmo hatte zwei Kristallgläser gebracht und füllte sie feierlich. »Zuerst nur die Farbe«, dozierte er. »Wir haben zehn Minuten Zeit, um uns nur auf die Farbe zu konzentrieren. So lange braucht ein Grappa, um zu erwachen. Trink nie einen Grappa, bevor du ihn nicht mindestens zehn Minuten hast atmen lassen. Darin unterscheidet sich der Kenner vom Trinker.«

Anselmo hatte zwei Blatt liniertes Schreibpapier. Eines reichte er Fabio, das andere nahm er selbst. Er fasste das Glas am Stiel und hielt es vor das Blatt. Fabio musste es ihm nachtun.

»Was siehst du?«, fragte Anselmo.

»Nichts.«

»Ich sehe Linien auf einem Papier.«

»Das sehe ich auch.«

»Siehst du sie klar?«

»Noch.«

»Das Wichtigste bei einem jungen Grappa ist die Farbe. Er darf keine haben. Hörst du? Null Farbe. Absolut null.« Anselmo machte eine Pause. »Und?«

»Keine Farbe«, bestätigte Fabio.

»Auch keine Unreinheiten? Trübungen? Schlieren?«

»Nichts«, bestätigte Fabio.

»Klar wie Quellwasser?«

»Wie Quellwasser.«

»Gut. Jetzt die Nase. Drei Sekunden. Mit der Zeit hast du das im Gefühl. Einundzwanzig, zweiundzwanzig, dreiundzwanzig. Aber du darfst nicht zählen. Du konzentrierst dich auf nichts als auf deine Nase. Bereit?«

Beide hielten das Glas unter die Nase.

»Und?«, fragte Anselmo nach drei Sekunden.

»Riecht gut.«

»Schimmel, Rauch, Sauerkraut, Ziege, faule Eier oder Schweiß?«

Fabio wollte noch einmal riechen. Anselmo winkte ab. »Das brauchst du nicht. So was gibt's bei mir nicht. Wenn du bei einem Grappa Schimmel, Rauch, Sauerkraut, Ziege, faule Eier oder

Schweiß riechst, kannst du ihn wegschütten. Ein Grappa riecht bei mir nach Nüssen, Erdbeeren, Hyazinthen, Pfirsichen, Rosen, Salbei, Tabak, Lakritze, Vanille, Gewürzen, exotischen Früchten und Äpfeln. Noch einmal drei Sekunden. Bereit?«

Sie hielten wieder die Nasen über die Gläser. »Und jetzt ein ganz winziges Schlückchen. Aber nicht runterschlucken, in der Mundhöhle zirkulieren lassen, auf die Geschmacksknospen achten: Da darf nichts stechen, da darf nichts fettig schmecken oder langweilig oder bitter. Jetzt!«

Sie nahmen einen kleinen Schluck und behielten ihn im Mund, bis Anselmo das Zeichen zum Runterschlucken gab.

»Und?«

»Wunderbar«, sagte Fabio.

Anselmo war nicht zufrieden. »Wunderbar, wunderbar, ich dachte, du bist Journalist, da arbeitet man doch mit Wörtern. Wunderbar! *Körperlos* ist das Wort. Ein guter junger Grappa ist *körperlos.*«

»Ich habe kein Gefühl rechts oben.«

»Wie, kein Gefühl?«

»Vom Unfall. Zwischen hier und hier ist es taub.« Fabio zeigte ihm die Stelle. »Auch die Lippen. Auch der Gaumen. Auch die Zähne. Vielleicht deshalb.«

»Auch die Geschmacksknospen?«, fragte Anselmo bewegt.

»Auch die«, bestätigte Fabio.

»Aber nicht alle?«

»Etwa ein Viertel.«

»Dann versuch's noch einmal mit den übrigen.«

Fabio nahm noch einen Schluck, ließ ihn im Mund, schloss die Augen, wartete, wartete, schluckte und schwieg. Anselmo hielt den Atem an. »Körperlos«, stellte Fabio fest.

Anselmo schenkte die Gläser wieder voll. »Das waren keine zehn Minuten. Wir haben ihn probiert, bevor er ganz wach war.«

Während sie warteten, bis der Grappa in ihren Gläsern erwachte, erfuhr Fabio, dass Anselmo tagsüber in einer Absatzbar arbeitete. »Ein Scheißjob, das kannst du mir glauben. Besonders bei dieser Hitze. Die Leute knallen dir die stinkenden Schweißschuhe auf den Tresen, und du kannst sie nicht einmal trocknen lassen, bevor du daran arbeiten musst. Und am Feierabend geht es hier gleich weiter mit der Drecksarbeit. Dabei wäre die Hauswartsstelle eigentlich der Job meiner Frau.«

Fabio beging den Fehler zu fragen: »Und wo ist sie?«

»Weiß ich, wo meine Frau ist?«, fragte Anselmo. »Jedenfalls nicht hier. Oder siehst du sie irgendwo? Ich sehe sie nicht. Habe sie schon lange nicht mehr gesehen. Vor einem Jahr das letzte Mal.« In der Erregung vergaß Anselmo die zehn Minuten Sperrfrist, kippte seinen Grappa runter und nötigte Fabio, seinen auch runterzukippen, um wieder identische olfaktorische Ausgangslagen herzustellen.

Während der nächsten Wartefrist erzählte Anselmo, dass ihn seine Frau vor einem Jahr wegen eines Arbeitskollegen hatte sitzenlassen. Wegen eines Arbeitskollegen!

Dieses Stichwort veranlasste Fabio während der nächsten Wartefrist, seine Meinung über Typen kundzutun, die nicht einmal vor den Frauen von Arbeitskollegen haltmachten.

Die Schonfrist des folgenden Grappa nutzte Anselmo zu ein paar generellen Feststellungen über das weibliche Geschlecht. Danach bestand er darauf, zur Abrundung seinen im Birnenholzfass gereiften Stravecchia zu verkosten. Er brachte neue Gläser und schenkte ein.

Während sie auf dessen Erweckung warteten,

nahm Anselmo den Faden wieder auf. »Alle gleich«, murmelte er.

»Nicht ganz alle«, wandte Fabio ein, in der Absicht, Norina wenigstens punktuell aus dieser Generalabrechnung herauszuhalten.

»Ha!«, rief Anselmo. »Glaubst du, deine wäre anders? Und wer hat Männerbesuche empfangen, kaum warst du im Krankenhaus?«

Der Grappa hatte Fabio etwas langsam gemacht. Er brauchte einen Moment. »Du meinst Marlen?«

»Scusa, das hätte ich jetzt nicht sagen sollen.«

»Erzähl.«

»Da gibt's nichts zu erzählen. Da kam einer. Das ist alles. Wahrscheinlich harmlos.«

»Mehrmals?«

»Bin nicht immer da. Mindestens einmal.«

»Wie sah er aus?«

»Jung, dein Alter, kurze Haare. Sah nicht schlecht aus.«

Fabio stand auf und ging zur Wohnungstür. »Moment.«

Er stieg etwas unsicher die Treppe hinunter zu Marlens Briefkasten, fingerte den SONNTAGMORGEN aus dem Schlitz und brachte ihn in Anselmos Wohnung.

»War es der?«, fragte er und zeigte auf das Foto von Lucas.

Anselmo musste aufstehen und seine Brille holen, die neben dem Fernsehprogramm lag. Er studierte das Foto und sagte schließlich: »Das ist er. Ganz bestimmt. Schlechtes Foto. Sieht in Wirklichkeit besser aus.«

Marlen kam um fünf. Fabio hatte auf dem Sofa auf sie gewartet und vorgehabt, sich beim ersten Geräusch im Treppenhaus zu erheben und sie stehend zu empfangen. Aber er erwachte davon, dass ihn jemand auf die Stirn küsste und fragte: »Schnaps?«

»Hä?«

»Du hast eine Schnapsfahne.«

Damit war der psychologische Vorteil futsch.

Fabio brauchte einen Moment, um sich zu erinnern, weshalb er stocksauer auf Marlen war. Als es ihm einfiel, stand er auf. Auf halber Höhe verlor er das Gleichgewicht und fiel aufs Sofa zurück.

Marlen lachte. »Du bist besoffen.«

»Dazu habe ich auch allen Grund.« Fabio rappelte sich hoch. Marlen wollte ihm helfen, aber er schüttelte sie ab.

»Ich dachte, du darfst keinen Alkohol trinken?«

»Was hatte Lucas hier zu suchen?«

Marlen antwortete nicht. Sie sah aus, als sei etwas Unausweichliches endlich eingetroffen.

»Was?«, wiederholte Fabio mit drohendem Unterton.

Marlen ging ins Bad.

»Ja, nimm dir nur Zeit für die Antwort.«

Fabio hatte einen fauligen Geschmack im Mund. Er öffnete den Kühlschrank. Kein Mineralwasser. Nur zwei Flaschen BIFIB und ein angebrochener Karton von Marlens dickflüssigem Pfirsichsaft.

Er drehte den Wasserhahn am Spülstein voll auf und wartete, bis der Strahl kühler wurde. Er füllte ein Glas und stürzte das Wasser hinunter. Es war noch immer lauwarm. Er steckte sich eine Zigarette an und wartete, bis Marlen mit ihrer Antwort aus dem Bad kam.

Sie kam ohne Antwort heraus.

Fabio baute sich vor ihr auf und sagte: »Was. Hatte. Lucas. Hier. Zu. Suchen.«

»Können wir darüber reden, wenn du nüchtern bist?«

»Wenn ich nüchtern bin, bin ich nicht mehr hier.«

Marlen seufzte und schob sich an ihm vorbei. Er wollte ihr den Weg versperren, aber dazu war er zu wenig sicher auf den Beinen.

Marlen zündete sich eine Zigarette an und stellte sich vor seinen Schreibtisch. Ihr linker Unterarm stützte den Ellbogen ihrer Rechten, mit der sie die Zigarette auf Mundhöhe hielt. »Also, was willst du wissen?«

»Als ich im Krankenhaus war, hast du da mit Jäger gebumst?«

»Nein. Nächste Frage.«

»Nein?«

»Nein.«

»Weshalb ging er dann hier ein und aus?«

»Ging er nicht.«

»Ging er doch. Ich habe Zeugen.«

»Wenn du es genau wissen willst: Er war ein einziges Mal hier.«

»Zum Fachsimpeln?« Die Frage kam ihm bekannt vor.

»Es ging mir nicht gut. Lucas war sehr nett. Er hat sich ein wenig um mich gekümmert.«

»Seine Spezialität.«

»Nicht so.«

»Wie dann?«

Sie drückte die Zigarette aus, nahm die Reisetasche, die sie für das Wochenende gepackt hatte, und ging damit ins Schlafzimmer.

Fabio folgte ihr. Sie begann, die Tasche auszupacken.

»Ich weiß, was los ist.«

Marlen schwieg.

»Lucas hat mir meine Story geklaut.«

Marlen warf die schmutzige Wäsche in den Wäschekorb.

»Und du warst ihm dabei behilflich.«

Sie nahm ihren Schminkbeutel aus der Reisetasche und verstaute die Tasche im Schrank.

»Ich war einer großen Sache auf der Spur. Als Lucas merkte, dass ich mich an nichts mehr erinnerte, hat er mir die Unterlagen geklaut und alle Daten, die damit zusammenhingen, gelöscht. In der Redaktion und hier.«

Marlen setzte sich auf den Hocker vor dem Schminktisch und blickte ihn an.

»Du hast ihn hier hereingelassen und gesagt: ›Bitte sehr, hier ist sein Schreibtisch, bedien dich.‹«

Marlen schwieg noch immer.

»He! Ich habe dich etwas gefragt!« Es geriet ihm etwas laut.

»Du machst mir Angst«, sagte Marlen leise.

»Glaubst du, ihr macht mir nicht Angst?« Immer noch zu laut.

Fabio machte einen Schritt und streckte die Hand aus. Marlen hielt sich schützend die Arme vors Gesicht.

»Ich schlage keine Frauen!«, schrie Fabio. Er ergriff die Schublade des Schminktisches, zog sie heraus, fasste hinein und hielt ihr sein Handheld vor die Nase. »Da!« war das Originellste, was ihm dazu einfiel.

Marlen fing an zu weinen.

»Heul nicht. Wenn einer Grund zum Heulen hat, bin ich das.«

Aber Marlen heulte. Eine Weile stand Fabio da und schaute zu, wie sie zusammengesunken auf dem Hocker saß und von Schluchzern geschüttelt wurde. Entweder musste er sie jetzt trösten oder den Raum verlassen.

Er verließ den Raum.

Fabio erwachte, weil ihn eine Lampe blendete. Er lag auf dem Sofa. Draußen war es dunkel. Marlen hatte Licht gemacht und saß auf dem Sofarand. Sie sah gefasst aus. Erst als er sich an die Helligkeit gewöhnt hatte, fiel ihm auf, dass sie rote Augen hatte.

»Lucas hat es für dich getan.«

»Was?«

»Du hattest dich in eine Sache verbissen, die dir geschadet hätte.«

»Das hat er gesagt?«

Marlen nickte.

»Und um mich vor mir zu schützen, hat er meine Unterlagen geklaut und meine Daten und Termine und Bänder gelöscht?« Fabio richtete sich auf.

»Er hat gesagt, nicht viele Leute hätten die Chance, einen Fehler aus ihrer Biografie zu löschen.«

»Hat er dir auch gesagt, um was für einen Fehler es sich handelte?«

»Nur, dass die Sache dir enorm schaden würde.«

Fabio stand auf. »Mir und eventuell deinem Arbeitgeber LEMIEUX?«

Marlen antwortete nicht.

»Hat er LEMIEUX erwähnt?«

»Das war nicht ausschlaggebend. Ich habe es wegen dir getan.«

»Ach! Alle sind so besorgt um mich. Ich bin ja so gerührt!« Fabio war wieder laut geworden.

Marlens Augen füllten sich erneut mit Tränen.

Fabio nahm sich eine Zigarette und bot ihr eine an. Er gab ihr und dann sich Feuer. »Bist du so naiv?«

Sie hob die Schultern.

»Du kannst doch nicht im Ernst glauben, dass du damit deine Bosse schützt. Lucas hat die Geschichte geklaut, um sie selbst zu bringen.«

»Weshalb hat er es dann nicht längst getan?«

»Vielleicht fehlen ihm noch Fakten, vielleicht wartet er den richtigen Zeitpunkt ab, was weiß ich. Aber er wird sie bringen, darauf kannst du dich verlassen. Heute hat er schon Chefredakteur gespielt.« Fabio nahm den etwas mitgenommenen SONNTAG-MORGEN vom Schreibtisch und hielt ihr das *editorial* unter die Nase. Sie schaute gar nicht hin.

»Und weshalb hast du mein Handheld versteckt, wenn die Daten sowieso gelöscht waren?«

»Dann hättest du es gemerkt.«

»Wie?«

»Für die alten Daten auf dem Computer gab es eine Erklärung: Du hattest schon lange kein Backup für dein Handheld gemacht. Aber dafür, dass auf deinem Handheld so lange keine neuen Daten hereingekommen waren, gab es keine Erklärung.«

Fabio brauchte einen Moment, um den Gedanken nachzuvollziehen. »Daran hat Lucas nicht gedacht?«

»Es fiel mir erst ein, als er schon weg war.«

»Und weshalb hast du es versteckt? Weshalb hast du es nicht einfach weggeschmissen?«

»Ich schmeiß doch nichts weg, was fast tausend Franken kostet.«

Fabio befiel ein seltsames Gefühl. Als ob er auf Schaumgummi stehen würde. Er musste sich setzen.

Der Speichel lief ihm im Mund zusammen, und er begann schwer zu atmen. Er stand auf, wankte ins Bad, kniete sich vor der WC-Schüssel nieder und übergab sich. Ein Kaninchen, eine Zabaglione, drei Gläser Barolo, sechs Grappa und die Bestätigung seines Verdachts waren mehr, als sein Magen verkraftete.

14

Fabio hob den Kopf. Ein stechender Schmerz fuhr ihm in die Schläfen, die Augenhöhlen, die Schultern und die Wirbelsäule.

Er öffnete die Augen und versuchte, sich zurechtzufinden. Draußen war es noch nicht ganz Tag. Aber die Luft, die durch die offene Balkontür hereinkam, war schon heiß. Er lag angekleidet auf dem Sofa, den Kopf auf der Armlehne.

Ganz vorsichtig richtete er sich auf. In seinem Schädel schlug ein Hammer auf einen empfindlichen Nerv. Sein linker Arm war eingeschlafen. Er berührte die rechte Gesichtshälfte. Die Hand spürte das Gesicht nicht, das Gesicht spürte die Hand nicht.

Was war gestern geschehen? Marlen hatte zugegeben, Lucas' Komplizin zu sein.

Überall lagen Kleider, auf dem Schreibtisch klaffte sein halbvoller Koffer, am Boden quoll sein schwarzer Taschenrucksack über.

Jetzt fiel es ihm wieder ein: Er hatte gekotzt und danach weitergestritten, und irgendwie hatte es damit geendet, dass er auf der Stelle ausziehen wollte. Musste? Wollte.

Das Gefühl krabbelte langsam in seinen Arm zurück. Er massierte sich den Nacken mit beiden Händen, legte den Kopf weit zurück, drehte ihn nach rechts, nach links, senkte das Kinn, bis er spürte, wie sich die Nackenmuskeln dehnten.

Er atmete fünfzigmal ruhig und regelmäßig ein und aus, ein und aus und versuchte, sich nur darauf zu konzentrieren, während das Geschwätz in seinem Kopf wieder losging. Immer die gleichen Sätze, Gedankenfetzen, Namen.

Er stand auf, ging zum Kühlschrank, fand kein Mineralwasser, füllte ein Glas mit lauwarmem Leitungswasser und trank es leer.

Die Tür zum Schlafzimmer war geschlossen, trotz der Hitze der Nacht. Fabio stand auf und ging darauf zu. Er streckte die Hand nach der Türklinke aus, überlegte es sich und ging ins Badezimmer. Als er sich im Spiegel betrachtete, erhielt er einen Eindruck davon, wie er mit fünfzig aussehen würde.

Er drehte den Wasserhahn auf und badete das Gesicht in seinen Handflächen.

Danach fühlte er sich nicht besser. Er wollte den Geschmack im Mund loswerden, aber er fand seine Zahnbürste nicht. Auch sein Rasierzeug war weg. Er hatte den Waschbeutel schon gepackt.

Er drückte etwas von Marlens Zahnpasta auf den Zeigefinger, steckte ihn in den Mund, rieb auf den Zähnen herum und spülte mit Wasser nach.

Er fuhr sich mit den nassen Fingern durch die Haare.

So erfrischt, ging er wieder zur Schlafzimmertür und drückte leise die Klinke hinunter.

Die Tür war verschlossen.

Alles deutete auf ein tieferes Zerwürfnis hin, als er es in Erinnerung hatte und – angesichts des neuen Tages – für angemessen hielt.

Fabio hatte sich auf das Sofa gesetzt und überlegt, wie er sich verhalten sollte, wenn Marlen aus dem Zimmer kam: Abwartend? Kühl? Gleichgültig? Versöhnlich? Sarkastisch?

Darüber war er eingeschlafen. Als er von Marlens »Ach, noch hier?« geweckt wurde, hatte sich die Frage erübrigt.

Marlen verzog sich ohne ein weiteres Wort ins Bad. Als sie wieder herauskam und im Schlafzimmer verschwand, würdigte sie ihn keines Blickes.

Erst als sie in einem kurzen Rock und einem luftigen Leinentop aus dem Zimmer kam, blieb sie kurz stehen, schaute ihn kühl an und sagte: »Ciao.«

»Ciao«, sagte auch Fabio.

»Wirfst du dann den Schlüssel in den Briefkasten?«

Fabio nickte, Marlen verließ die Wohnung.

Weshalb sehen Frauen in diesen Momenten immer am besten aus?, fragte er sich.

Als Erstes rief er bei Norina an. Er erreichte sie nicht. Auf ihrem Handy hinterließ er eine Nachricht: »Nichts Dringendes, ruf mich doch gelegentlich an. Aber auf dem Handy. Du weißt ja, bei Marlen bin ich ausgezogen.«

Dann meldete er sich im Tai Chi ab. »Aus Gründen der fehlenden ruhigen, harmonischen Bedingung der inneren Umgebung«, erklärte er.

Er fand seinen Waschbeutel zwischen den Kleidern in der Tasche, rasierte und duschte sich, zog sich an und begann zu packen.

Gegen zehn rief er Fredi an und verabredete sich mit ihm zum Mittagessen. Fredi schlug das

Bertini vor. Als ob es das einzige klimatisierte Lokal der Stadt wäre.

»Was ist so dringend?«, fragte Fredi. Er hatte das Jackett seines schwarzen Leinenanzugs neben sich auf der Bank liegen und trug ein weißes, kurzärmeliges Buttondown und eine dezent rot und grün gestreifte Krawatte.

»Kannst du mir einen Gefallen tun?«, fragte Fabio.

Fredis Gesicht wurde betont ausdruckslos, wie früher, wenn er als Libero eine Anspielstation für einen seiner weiten Pässe suchte.

»Ich brauche etwas zum Wohnen. Vorübergehend.«

Fredi schien erleichtert. »Schluss mit – wie hieß sie?«

»Marlen.«

»Isst du nichts?«

Fabio hatte die Speisekarte nicht angerührt, und der Kellner stand jetzt mit dem Bestellblock neben dem Tisch. »Nur einen Salat.«

Fredi bestellte Antipasti und Pasta und einen Fleischgang, das volle Programm. »Weshalb isst du nichts?«, wollte er wissen.

»Wegen gestern. Zu viel Grappa.«

»Gerade dann musst du essen.«

»Hast du was für mich?«

Fredi nestelte im Jackett neben sich, entnahm ihm ein winziges Handy und begann zu telefonieren. Es sah aus, als stützte er seinen schweren Kopf in die Hand und führte Selbstgespräche.

Als die Antipasti gebracht wurden, begann er zwischen den Sätzen zu essen. Einmal blickte er kurz auf und fragte: »Hast du Möbel?«

»Einen Schreibtisch mit Korpus und Stuhl.«

»Er braucht etwas Möbliertes«, sagte Fredi ins Telefon.

Als er das Handy wieder im Jackett verstaute, hatte er die Antipasti-Tellerchen leergegessen. »Nach dem Essen holen wir die Schlüssel«, informierte er Fabio.

Zwei Stunden später fuhr Fabio in einem Warentaxi ins Apartmenthaus Florida. Gegen ein Extratrinkgeld half ihm der Fahrer, den Tisch in den zweiten Stock hinaufzutragen. Korpus, Stuhl, Koffer, Tasche und die paar Tragetaschen passten in den Lift.

Fabios Apartment war Nummer acht. Es bestand aus einem Raum mit einem Doppelbett, einem Nachttisch, einem Polstersessel, einem

Couchtisch, einem Einbauschrank, einer Kochnische, einem Bad mit Dusche, Waschbecken und WC. Das Ganze auf einer Fläche von vielleicht zwanzig Quadratmetern. Auf dem Spannteppich hatte jemand vor längerer Zeit eine Flasche Rotwein verschüttet. Vor dem einzigen Fenster war ein Vorhang mit Palmenblättern zugezogen. Er öffnete ihn, machte das Fenster auf und schaute auf die Straße hinunter. Die Sternstraße. Mitten im Milieu.

Er räumte seine Sachen in den Schrank. Die meisten Kleider mussten in die Wäsche. Dann richtete er seinen Arbeitsplatz ein. Die einzige Stelle, um den Schreibtisch zu plazieren, war vor dem Fenster. Und auch das ging nur, wenn er die Beine des Couchtischchens abschraubte und sie zusammen mit der Tischplatte unter dem Bett verstaute.

Die Empfangshalle von LEMIEUX war ausgestorben bis auf einen Mann in einer Glaspforte. Er winkte Fabio zu sich.

»Fabio Rossi. Ich habe einen Termin bei Doktor Mark.«

Der Mann blätterte wichtig in einem Verzeichnis. Er hatte offenbar vor Kurzem seinen Nachtdienst angetreten, war frisch rasiert und roch nach Aftershave. Seine Haare waren getönt, Fabio konnte den weißen Haaransatz sehen. Auf einem Namensschild mit dem Logo von LEMIEUX stand: »Josef Klein, Security«.

Herr Klein stellte eine Nummer ein. Nach einem Augenblick sagte er ehrfurchtsvoll: »Herr Doktor, ein Herr …« Er schaute Fabio an.

»Rossi«, half Fabio.

»Ein Herr Rossi. Er sagt, er habe einen Termin.« Er beobachtete Fabio aus den Augenwinkeln. »In Ordnung, schönen Abend noch, Herr Doktor.«

Er stand von seinem Sessel auf, deutete auf den Lift und erklärte: »Achter Stock. Wenn Sie aus dem Lift kommen, rechts den Gang hinunter. Das letzte Büro links, es ist angeschrieben. Herr Doktor Mark wird Sie empfangen.«

Fabio sah ihm an, dass das ein Privileg war, das ihm Herr Klein an Doktor Marks Stelle nicht gewährt hätte.

Die achte war eine Teppichetage. Keine Kaffeeautomaten, Fotokopierer und Netzwerkdrucker, nur anthrazitfarbene, mittelflorige Auslegeware. Keine schwarzen Bretter, Firmenkalender und interne Mitteilungen, nur ältere Anschaffungen aus dem Kunstfonds des Unternehmens.

An der letzten Tür stand: »Dr. Klaus Mark, Leiter Produktentwicklung«.

Fabio klopfte zweimal. Als niemand reagierte, öffnete er die Tür. Ein leeres Vorzimmer.

Eine Stimme rief: »Kommen Sie rein!« Sie kam aus einem anderen Raum, dessen Tür halb offen stand. Fabio trat ein.

Ein großes Eckbüro mit zwei Fensterfronten. Ein aufgeräumter Schreibtisch mit nichts als einem Flachbildschirm und einer Tastatur, davor ein gepolsterter Chefsessel. An die Schmalseite des Schreibtischs schloss sich ein Besprechungstisch für vier Personen an. Vor einer der Fensterfronten stand eine Sitzgruppe. Englische Clubsessel aus künstlich gealtertem Leder.

Auf dem Sofa, die Beine übereinandergeschlagen, saß Dr. Mark. »Bitte, nehmen Sie Platz«, sagte er lächelnd und deutete auf einen Sessel ihm gegenüber. Fabio setzte sich.

Dr. Marks Augen waren von verwaschenem Blau, Wimpern und Brauen vom gleichen vagen Gelb wie das sorgfältig gekämmte, feine Haar, das sich am Hinterkopf lichtete. Die Haut an Gesicht und Händen war wächsern und farblos. Fabio fielen die Fingernägel auf: Die Halbmöndchen ihrer Nagelbetten waren sorgfältig freigelegt. Sie schimmerten wie ein liebevoll polierter Oldtimer. Sie waren blitzsauber und zu Spitzen gefeilt, die scharf wie Rasierklingen sein mussten. Fabio hatte sich Dr. Mark anders vorgestellt.

»Eine halbe Stunde, wie abgemacht. Um spätestens halb sieben muss ich hier weg. Was möchten Sie wissen?«

Fabio packte seinen Rekorder aus. »Stört es Sie?«

Dr. Mark schüttelte den Kopf. Fabio schaltete auf Aufnahme.

»Ich weiß nicht, ob Sie darüber informiert sind, dass ich einen Unfall hatte, an dessen Hergang ich mich nicht erinnern kann.«

»Ich hatte keine Ahnung.«

»In diesem Zusammenhang kamen mir einige Unterlagen und Daten abhanden. Unter anderem auch Teile unseres Gesprächs.«

»Ein Unfall, bei dem Ihnen Unterlagen abhandengekommen sind?«

»Unfall, Überfall, die Untersuchungen laufen noch.«

»Verstehe. Um welche Teile unseres Gesprächs handelt es sich?«

Fabios Antwort kam ohne Zögern: »Die, die Doktor Barths Untersuchungen betreffen.«

Ohne zu blinzeln, schaute ihm Dr. Mark in die Augen. »Barth?«

»Lebensmittelkontrolleur bei der LABAG.«

»Sagt mir nichts, der Name. Worum geht es bei diesen Untersuchungen?«

»Prionen in Lebensmitteln.«

»Das ist allerdings ein Thema. Aber ich kann mich nicht erinnern, mit Ihnen darüber gesprochen zu haben. Unter welchem Aspekt denn?«

»Barth hat ein Testverfahren entwickelt, mit dem man Prionen in kleinen Mengen nachweisen kann.«

Dr. Mark lachte auf. »Davon hätte ich gehört. Danach suchen wir alle. Ihr Doktor Barth wäre ein gemachter Mann.«

»Mein Doktor Barth ist tot.«

»Ach, was ist passiert?«

»Er hat sich umgebracht.«

»Sehen Sie, ich hatte recht.« Er war wieder ernst. »Einer, der heute kleine Mengen Prionen in Lebensmitteln nachweisen kann, hat keinen Grund, sich umzubringen.«

Auf dem Couchtisch lag ein Stoß Papiere. Dr. Mark zog ihn zu sich heran. »Verzeihen Sie die etwas indiskrete Frage, Herr Rossi: Hat Ihr Gedächtnis auch sonst unter dem … ehm … Zwischenfall gelitten?«

Fabio ging nicht darauf ein. »Sie erinnern sich also nicht an diesen Teil unseres Gesprächs?«

»Es hat nicht stattgefunden, Herr Rossi.« Er durchblätterte die Papiere und zog einen bunten Prospekt heraus. »Functional Food« stand in Lettern aus verschiedenen Lebensmitteln darauf. »Den kennen Sie wahrscheinlich noch nicht, er war damals noch nicht gedruckt. Eine ganz nützliche Zusammenfassung unseres Gesprächs von damals. Ihr Journalisten stellt euch unter Functional Food immer Essen in Pillenform oder Käsemakkaroni am Stiel vor. Dabei geht es um andere Dinge: die Erweiterung der Liste von achtundzwanzig Vitaminen und Mineralien um weitere lebenswichtige Nährstoffe. Zum Beispiel Omega-3-Fettsäuren, die man in Fischen findet, oder sogenannte Oligosaccharide, komplexe Kohlehydrate, die die Darmflora unterstützen, und so weiter. Functional Food sind Lebensmittel, die mit geborgten Nährstoffen anderer Lebensmittel angereichert sind. Milch mit Ballaststoffen, Orangensaft mit Kalzium und so weiter. Der Fantasie sind kaum Grenzen gesetzt.«

Dr. Mark reichte ihm den Prospekt. »Nehmen Sie, da steht alles drin.«

Er ging die übrigen Unterlagen durch. Es waren Pressebulletins, Exposés, Produktaufnahmen, Kopien von Zeitungsausschnitten und Andrucke von Anzeigen.

Fabio nahm alles entgegen. Auf ein Pressemäppchen war eine Visitenkarte geheftet. »Presseabteilung« stand darauf. »Marlen Berger, PR-Assistentin«. Und in Marlens Handschrift: »Gruß M.«

Fabio kaufte ein Stück Pizza an einem Stand schräg gegenüber dem Apartmenthaus Florida. Der Teig war weich und der Käse verbrannt. Er aß die Hälfte und ließ den Rest in der Tonne verschwinden, die gleichzeitig als Stehbar diente.

In seinem Apartment herrschte ein Geruch, der ihm schon beim Einzug aufgefallen war. Nur hatte er ihm damals keinen Namen geben können. Jetzt konnte er es: Staubsaugersack. So roch die Luft, die hinten beim Staubsauger herauskam, wenn man den Sack lange nicht gewechselt hatte.

Fabio öffnete das Fenster und zog den Palmenvorhang zu. Es war noch zu früh zum Schlafen, aber ein wenig ausruhen wollte er sich. Er legte sich angezogen aufs Bett. Er fühlte sich müde und verwirrt.

Ein Auto weckte ihn. Nicht das eintönige Brummen des Verkehrs, zu dem er eingeschlafen war, sondern das Geräusch eines einzelnen Autos. Als er erwacht war, musste es genau vor dem Fenster gewesen sein, jetzt wurde es leiser und verlor sich schließlich in einem anderen Motorengeräusch, das seinerseits lauter und wieder leiser wurde. Der Verkehr war spärlich geworden. Es musste spät sein.

Fabio fand den Schalter der Nachttischlampe und machte Licht. Der Lampenschirm war irgendwann mit der heißen Birne in Berührung gekommen. Das rote Plastik hatte sich an einer Stelle zu einer braunen Narbe zusammengezogen.

Seine Uhr zeigte Viertel nach eins. Er hatte über fünf Stunden geschlafen. Hemd und Hose waren feucht und zerknittert.

Er stand auf, zog sich aus und ging ins Bad. Der Duschvorhang trug ein Bambusmuster. Am Saum hatte ihn die Feuchtigkeit grau gefleckt. Wenigstens kam das Wasser mit Druck aus der Brause.

Fabio hielt die Hand unter den Strahl, bis ihm die Temperatur behagte. Dann erst betrat er die Duschkabine. Kaum war er eingeseift, ließ der Druck nach und sank die Temperatur. Fabio drehte an der Mischbatterie, bis das Wasser wärmer wurde. Plötzlich stieg der Druck wieder an, und der Strahl wurde kochend heiß.

Fabio spülte mit kaltem Wasser die Seife ab, trocknete sich ab und verfluchte Fredi.

Das Einzige, was nicht nach Staubsauger roch, war der Kühlschrank. Der roch nach Kühlschrank. Fabio hatte ihn in der Hoffnung geöffnet, sein Vorgänger habe ein Mineralwasser darin vergessen.

Er zog ein paar einigermaßen saubere Sachen an und ging aus dem Haus.

Die Sternstraße lag ruhig da. Ab und zu fuhr ein Auto vorbei, ein Taxi oder ein später Freier. Der Pizzastand war geschlossen. Da und dort brannten Leuchtschriften von Nachtlokalen und Bars. Die erste, an der er vorbeikam, hieß Caramba.

Das Lokal war schlecht besetzt. Elvis sang *Love me tender*. Ein paar Gäste saßen an der Bar, ein paar Mädchen leisteten ihnen Gesellschaft.

An einem Tisch spielten vier Männer Karten, drei weitere kiebitzten.

Fabio stellte sich an die Bar. Eine ältere Barmaid mit Hildegard-Knef-Wimpern schaute ihn müde an.

»Kann ich drei Mineralwasser haben? Zum Mitnehmen?«

»Mineralwasser kostet achtzehn.«

»Zum Mitnehmen? Komm, ich wohne hier. Heute eingezogen und nichts im Haus.«

Die Barmaid verschwand durch eine Tür. Eine junge Frau rutschte von ihrem Barhocker und kam zu ihm herüber. Sie trug golden glänzende Hotpants, kaum größer als ein Slip. »Wie heißt du?«, fragte sie.

»Fabio.«

»Jessica. Kaufst du mir ein Piccolo?«

»Vielleicht ein andermal.«

Jessica drängte sich nahe an ihn heran und küsste ihn. Fabio wich zurück.

»Schwul?«, fragte sie.

»Ja«, antwortete er.

Die Barmaid kam mit zwei Literflaschen Mineralwasser. »Von mir privat. Sechs Franken. Okay?«

Vor dem Florida stand eine junge schwarze Frau mit einem älteren weißen Mann. Sie war gerade dabei, die Haustür zu öffnen. Als Fabio kam, musterte sie ihn misstrauisch. Er zeigte seinen Schlüssel. »Ich wohne hier.« Das schien sie zu beruhigen. Sie traten ein, und Fabio blickte ihr nach. Ihre Frisur bestand aus Hunderten kleiner Zöpfchen. Sie trug einen handbreiten Mini, und ihre Beine begannen dort, wo bei ihrem Begleiter der Bauch anfing.

Der Lift bot nur für zwei Personen Platz. Als sich die Tür schloss, zwinkerte ihm die Frau zu.

Die Leuchtanzeige erlosch, Fabio holte den Lift wieder herunter. Er war erfüllt vom Duft eines exotischen Parfums, dessen Spur sich erst vor seiner Nachbartür verlor.

»Ich dachte, Sie wollen erinnern, nicht vergessen«, sagte Dr. Vogel vorwurfsvoll. Fabio hatte den Fehler gemacht, ihm von seiner Grappa-Degustation zu erzählen. »Saufen tut man, um den Bezug zur Realität zu verlieren. Nicht, um ihn zu finden.«

Auch Fabios Trennung von Marlen gefiel ihm nicht. »Was Sie brauchen, sind geordnete Verhältnisse, Herr Rossi. Wenn Sie leben wie ein verwahrloster Junggeselle, erreichen Sie das Gegenteil. Versöhnen Sie sich mit Ihrer Freundin. Arbeiten Sie. Werden Sie erwachsen.«

Beim Gedächtnistraining machte Fabio eine schlechte Figur. Er musste sich zwanzig Baudenkmäler merken, und als er daran gescheitert war, einen Ablauf von vierundzwanzig Bildern in die richtige Reihenfolge bringen. Er hatte den Eindruck, Dr. Vogel habe sich besonders schwierige Übungen ausgesucht.

Nachdem er Dr. Vogels weiche, feuchte Hand zum Abschied geschüttelt hatte, fragte er: »Können Sie sich vorstellen, dass ein zweiundfünfzigjähriger Wissenschaftler sich vor den Zug wirft, nur weil man ihm eine Aufgabe wegnimmt?«

»Wenn er suizidgefährdet ist, genügt schon ein geringerer Anlass.«

»Und wenn nicht?«

»Reicht es wohl nicht ganz.«

Als Fabio ins Apartment zurückkam, war die Tür offen, und ein Putzwagen stand davor. Eine ältere Frau stand im Zimmer.

»Was machen Sie hier?«, fragte Fabio.

»Zimmer«, antwortete die Frau.

Jetzt fiel Fabio ein, dass Fredi erwähnt hatte,

die Zimmer würden gemacht. »Kann ich Ihnen auch die Wäsche geben?«

»Ja, aber teuer.«

»Wie teuer?«

»Privat ist billiger.«

»Und was ist schneller?«

»Privat.«

Als die Frau Bett und Bad gemacht hatte, gab er ihr seine Wäsche, und sie versprach, die Hälfte bis morgen zu liefern. »Bin Frau Mičić«, sagte sie, als sie das Apartment verließ.

Es roch nach Staubsauger, obwohl Frau Mičić keinen benützt hatte. Fabio setzte sich an den Schreibtisch. »Arbeiten Sie«, hatte Dr. Vogel gesagt.

Er ackerte sich durch die Unterlagen, die ihm Dr. Mark mitgegeben hatte. Viel Euphorisches über die neuen Möglichkeiten, die Natur zu verbessern. Fabio konnte nicht glauben, dass er sich für das Thema interessiert hätte, wenn nicht noch etwas anderes dahintersteckte. Und solange er keine bessere Vermutung hatte, ging er davon aus, dass es mit Dr. Barths Erkenntnissen zu tun hatte.

Aber was konnten Barths Erkenntnisse mit Functional Food zu tun haben?

Nach einer Stunde stieß er auf einen Ansatz:

Einige der Produkte waren außer mit Fasern, Vitaminen, Mineralstoffen und Kalzium auch mit Eiweißen angereichert. Und Prionen, hatte er gelernt, waren nichts anderes als falsch gewickelte tierische Eiweiße.

In den Unterlagen war nichts über die Herkunft der Eiweiße zu finden, mit denen die Produkte angereichert waren. Fabio schaltete sein Powerbook ein und begann zu googeln.

Er stieß bald auf Quellen, die nicht ausschlossen, dass Proteinnahrung für Bodybuilder tierische Fette unbestimmter Herkunft, also Risikomaterial, also Prionen, enthalten könnten.

Er wählte Dr. Marks direkte Nummer. Nicht, dass er sich von ihm eine brauchbare Information versprach. Er wollte nur hören, wie er reagierte.

Bereits nach dem zweiten Klingeln meldete sich die Zentrale. »Ich hatte Doktor Marks Durchwahl eingestellt«, sagte Fabio.

»Doktor Mark ist die ganze Woche im Ausland.«

»Gestern war er noch hier.«

»Nein, er ist am Sonntag geflogen.«

»Ich habe doch mit ihm gesprochen.«

»Ich auch. Mehrmals. Am Telefon. In Chicago. Kann ich Sie mit jemand anderem verbinden?«

Beinahe hätte er gesagt: Ja, mit Frau Marlen

Berger. Aber dann sagte er: »Nein, danke«, und legte auf.

Mit wem hatte er gesprochen, wenn nicht mit Dr. Mark?

Er loggte sich wieder ins Internet. Unter dem Suchbegriff »+LEMIEUX +Organisation« stieß er bald auf das Organigramm des Hauptsitzes. Die Führungspositionen waren mit Fotos versehen. Auch wenn die Herren sich sehr glichen, war bei »Dr. Klaus Mark, Head Product Development« keine Verwechslung möglich. Er hatte dichtes schwarzes Haar und buschige Augenbrauen.

Jemand, der dem Dr. Mark, den er kannte, ähnlich sah, war nicht zu entdecken.

Gerade als Fabio aus dem Haus gehen wollte, klingelte es. Er drückte auf die Sprechtaste der Gegensprechanlage und sagte: »Ja?«

Nur der Verkehr der Sternstraße war zu hören. »Hallo?«, sagte er, etwas lauter.

Es klopfte an der Tür. Fabio linste durch den Spion. Alles, was er sah, waren schwarze Zöpfchen. Er öffnete.

Es war die junge Frau von gestern nacht. *»T'as du café?«,* fragte sie.

Sie trug einen Sarong, der über den Brüsten zusammengeknotet war, und hatte eine große Tasse in der Hand. *»J'entre?«*, fragte sie.

Fabio ließ sie herein. Sie gab ihm die Hand. »Samantha.«

»Fabio. Tut mir leid, ich habe nichts im Haus. Gerade wollte ich das Nötigste einkaufen gehen.«

»Auch Kaffee?«

»Ich trinke nur Espresso.«

»Das ist auch gut.«

»Ich habe keine Espressomaschine.«

»Wie machst du dann deinen Espresso?« Sie hatte eine tiefe Stimme und sprach ein singendes, gutturales Französisch.

»Eben, kann keinen machen.«

»Dann kannst du auch keinen trinken.«

»Genau.«

Sie schaute ihn prüfend an. Plötzlich lachte sie los. Lachte die ganze Tonleiter rauf und wieder runter. Fabio stand daneben und lächelte höflich.

»Ich trinke nur Espresso«, sagte sie mit verstellter Stimme. »Aber ich habe keine Espressomaschine.« Wieder lachte sie ein paar Oktaven. Dann hörte sie abrupt auf. »Kannst du mir Kaffee mitbringen?«

»Klar. Welche Sorte?«

»Irgendeine, die keine Maschine braucht.«

»Sofortkaffee?«

Sie schaute ihn ernst an. »*C'est ça.* Sofort. Hast du etwas zum Schreiben?«

Fabio ging zum Schreibtisch und gab ihr einen Kugelschreiber und ein Blatt Papier. »Reicht das?«

Sie lächelte. »Ich hoffe.«

Samantha setzte sich an seinen Schreibtisch und begann zu schreiben. Sie hatte überlange, glitzernde Fingernägel, die ihr beim Schreiben im Weg waren. Als sie fertig war, überreichte sie ihm eine Einkaufsliste mit elf Punkten. »Nur, wenn es dir nichts ausmacht.«

Es machte ihm nichts aus.

»Wenn du zurückkommst, klopfst du an meine Tür. Dreimal schnell, dreimal langsam.« Sie machte es vor. »Dann weiß ich, dass du es bist.«

Als Fabio mit den Einkäufen zurückkam, klopfte er an ihre Tür. Dreimal schnell, dreimal langsam. »Stell es einfach vor die Tür, *chéri*!«, hörte er sie rufen.

Er stellte die zwei Einkaufstaschen auf die Türschwelle und ging nochmals einkaufen. Diesmal für sich.

Als er wieder zurückkam, waren die Einkäufe vor Samanthas Apartment verschwunden.

15

Die Feldauerkurve verdankte ihre Beliebtheit bei Selbstmördern verschiedenen Umständen. Einer davon war ihre verkehrstechnische Erschließung. Sie war bequem mit öffentlichen Verkehrsmitteln zu erreichen, fünfzehn Gehminuten von der nächsten Bahnstation und etwa gleich weit von der letzten Bushaltestelle. An beiden Orten konnte man durch eine Unterführung auf die andere Seite der Bahnlinie gelangen und von dort durch ein kleines Wäldchen zur Kurve.

Fabio war schon einmal hier gewesen, als er für die Lokführer-Reportage recherchierte. An einem kühlen, feuchten Tag, an dem es nach nassem Waldboden und dem frisch geschlagenen Holz roch, das die Waldarbeiter am Forstweg aufgeschichtet hatten.

Ein bisschen von der Kühle von damals hätte er sich heute gewünscht. Es war bald fünf. Die

Sonne hatte die letzten Stunden ungehindert auf das staubige Natursträßchen gebrannt. Das dürre Gras der Böschung war ein Stück weit abgebrannt.

Auf halber Strecke stieg der Weg sanft an, und etwa fünfzig Meter weiter erreichte er die Höhe des Damms. Nur noch das Schotterbett und die Schienen ragten darüber hinaus.

Die kleine Plattform lag im Schatten einiger Buchen. Sie war von dichtem Unterholz umgeben. Zwei verwitterte Holzstöße standen an ihrem Rand, wie alte Bauernschränke.

Fabio befand sich an der Stelle, wo die Lebensmüden noch einmal in sich gingen, bevor sie den Weg und die schmale Bewachsung überquerten und sich auf die Schienen stellten.

Er näherte sich dem Rand des Schotterbetts.

Die Feldauerkurve war ein weitgezogener Bogen. So sanft war die Biegung und so gut ausgebaut die Trasse, dass die Schnellzüge mit hundertfünfundzwanzig durch sie hindurchziehen konnten. Die Lokführer besaßen nur gut zweihundertfünfzig Meter freie Sicht, bevor die Gleise hinter dem Wald verschwanden.

Konnte man jemanden zwingen, sich hierhin zu stellen und nicht von der Stelle zu rühren in den paar verbleibenden Sekunden, bis die sechshundert Tonnen Eisen auf ihn auftrafen?

Das Unterholz bot viele Verstecke, in die sich jemand ducken konnte, nachdem er sein Opfer auf die Schienen geworfen hatte. Oder von denen aus er es für Dritte unsichtbar in Schach halten könnte.

Aber auch wenn es für den Lokführer zu spät zum Bremsen war, blieb ihm genug Zeit, um zu sehen, ob jemand auf die Schienen gestoßen wurde oder aus eigenem Willen dort stand.

Nur: Wie wollte man jemanden vom Unterholz aus zwingen, sich vor den Zug zu werfen? Mit einer Waffe? Indem man ihm drohte, ihn andernfalls zu erschießen? Warum sollte sich jemand die Mühe machen, einen Selbstmord vorzutäuschen, wenn er auch zu einem Mord bereit war?

Fabio hörte ein Geräusch. Ein Sirren und Singen, das rasch lauter wurde. Dann ein anhaltendes Pfeifen. Es schwoll an. Und mit ihm das Donnern des herannahenden Zuges. Fabio trat zwei Schritte zurück.

Wie eine Explosion knallte die Lok an ihm vorbei. Der Luftdruck brachte ihn einen Moment aus dem Gleichgewicht. Mit ohrenbetäubendem

Rattern rasten die Wagen an Fabio vorbei, vorbei, vorbei. Sie ließen ihn zurück in einem grauen Dunst aus Staub und Eisen.

Er kämpfte mit den Tränen.

Um sechs war Fabio mit Hans Gubler verabredet. Er wohnte in einem Außenquartier, ein paar Stationen stadteinwärts, an der gleichen Buslinie, die zur Feldauerkurve führte.

Gublers Haus lag in einer Eisenbahnersiedlung aus den vierziger Jahren. Sie bestand aus vier Achterreihen zweistöckiger Einfamilienhäuser. Jedes besaß einen kleinen Vor- und einen großen Hintergarten. Früher wurde in den Gärten Gemüse angepflanzt. Heute waren es meistens Rasenflächen mit Gartenlauben, Hollywood-Schaukeln und Fertigpools.

Gublers bewohnten ein Eckhaus. Eines der wenigen, in dessen Garten noch Gemüse wuchs. Fabio öffnete das niedrige Gartentor, ging zwischen den Rosenbeeten über den Kiesweg zum Haus und klingelte.

Neben der Haustür stand ein kleines Fenster offen. Es musste zur Küche gehören. Fabio roch, dass etwas im Backofen war. Er tippte auf Früchtewähe.

Durch das schmale Fenster in der Haustür sah er jetzt eine Frau. Sie rieb sich die Hände an der Schürze trocken und öffnete. »Guten Abend, Herr Rossi«, sagte sie und gab ihm die Hand. Sie hatte kurze graue Haare, ein schmales, braungebranntes Gesicht und blaue Augen. »Mein Mann ist im Garten, Sie kennen ja den Weg.« Fabio hatte Gubler gegenüber nichts von seinem Gedächtnisverlust erwähnt.

Der Korridor hatte einen gebohnerten Linoleumboden, die Wände waren weiß gestrichen, ein paar künstlerische Schwarzweißfotos mit nordafrikanischen Motiven hingen links und rechts in einer Reihe, nichts anderes, kein Schnickschnack. Am Ende des Korridors führte eine Tür zu einer kleinen gedeckten Terrasse, die mit Reben bewachsen war. Dahinter begann der Garten.

Von Hans Gubler war nichts zu sehen. Erst als Fabio auf dem schmalen Weg ein Stück weiterging, entdeckte er ihn. Er lag auf dem Bauch zwischen den Salatköpfen. »Herr Gubler?«, sagte Fabio vorsichtig, um ihn nicht zu erschrecken.

Gubler schaute auf. »Was, schon sechs?« Er rappelte sich hoch, klopfte die Erde von den Hosen und kam auf Fabio zu. Ein mittelgroßer, schlanker, weißhaariger Mann. Auch er braungebrannt von der Gartenarbeit.

»Setzen Sie sich schon an den Tisch.« Er ging zu einem Wasserhahn an der Hauswand und wusch sich die Hände. Das Wasser lief in eine Spritzkanne, die darunter stand. Er rieb die Hände an den Hosen ab und lauschte, wie das Wasserrauschen immer höher klang. Als die Kanne voll war, drehte er den Hahn zu und setzte sich zu Fabio an den Tisch.

»Ich bin dabei, eine automatische Bewässerung zu installieren. Braucht weniger Wasser, aber mehr Nerven. – Ich habe Ihren Artikel gelesen.«

»Und?«

»Ich bin jetzt pensioniert, da hat man das Recht, ehrlich zu sein: Er hat mir nicht gefallen.«

So genau hatte es Fabio nicht wissen wollen. Trotzdem fragte er: »Weshalb nicht?«

»Wie soll ich sagen?« Es war keine rhetorische Frage. Gubler überlegte sich tatsächlich, wie er es sagen sollte. »Es war einer dieser Artikel, in denen der Autor eine These aufstellt und nur Fakten und Meinungen zulässt, die diese untermauern. ›Die Wut des Lokführers auf den Selbstmörder‹, das klang einfach zu gut, als dass Sie sich das vom wahren Sachverhalt hätten widerlegen lassen.«

»So kam Ihnen das vor?«

»So war es. Denn es ist natürlich Unsinn. Keiner von uns hat eine Wut auf die armen Teufel, die keinen anderen Ausweg sehen. Das weiß fast jeder, der es erlebt hat. Man kann es sich nicht vorstellen, wie das ist, hilflos im Führerstand zu sitzen und auf einen Menschen zuzurasen. Ihn anzusehen, den Aufprall zu spüren. Das sind Schwätzer, die behaupten, dass man eine Wut auf sie hat. Das reden die sich ein, weil sie glauben, es hilft ihnen. Die Wahrheit ist: Man hasst diese Menschen nicht, man fühlt sich ihnen verbunden. Man ist Teil ihres Schicksals.«

Frau Gubler brachte ein Tablett mit zwei Gläsern, einer Zuckerdose und einem beschlagenen Krug. Ohne zu fragen, schenkte sie die Gläser voll. »Zitronenlimonade. Wenn sie Ihnen zu sauer ist: Hier ist noch mehr Traubenzucker.«

Als sie gegangen war, fuhr Gubler fort: »Man ist nicht wütend, das können Sie mir glauben. Man ist traurig.«

Fabio war etwas betreten. Er trank einen Schluck Limonade. »Was ist da drin?«, fragte er, um etwas zu sagen.

»Frisch gepresste Zitrone, Wasser, Eis und etwas Traubenzucker. Sie wollten mich etwas über Andreas Barth fragen.« Er sprach den Namen aus wie den eines alten Bekannten.

»Man rätselt immer noch, weshalb er sich das Leben genommen hat. Aber es gibt Hinweise, dass es mit seiner Arbeit zu tun haben könnte.«

Gubler nickte und hörte zu.

»Es ist eine sehr vage Vermutung: Er könnte auf eine Sache gestoßen sein, die ihn in Schwierigkeiten brachte.«

»Was für eine Sache?«

Fabio zuckte die Schultern. »Er war Lebensmittelkontrolleur. Vielleicht hat er etwas aufgedeckt, das einem anderen unangenehm war.«

»Und was hat das mit mir zu tun?«

»Könnte es sein, dass Andreas Barth nicht freiwillig auf dem Gleis stand? Dass ihn jemand gestoßen hat? Oder sonst gezwungen?«

»Das hat mich die Polizei damals auch gefragt.«

»Und was haben Sie geantwortet?«

»Ich könne es nicht sagen. Das ist die Routineantwort. Aber unter uns: Er stand einfach da und wartete. Den hat niemand gestoßen. Und auch nicht gezwungen. Ich habe seine Augen gesehen. Er wollte es.«

Fabio nickte nachdenklich.

»Passt nicht in Ihr Konzept, hab ich recht?«

Fabio fühlte sich ertappt. »Nicht ganz.«

»Was sagt denn seine Frau zu dieser Theorie?«

»Sie kann mir auch nicht weiterhelfen.«

»Wie geht es ihr?«

»Sie ist in den Ferien.«

»Freut mich zu hören. Damals sah es aus, als stünde sie vor dem Nichts. Ich will Sie nicht rauswerfen. Aber haben Sie sonst noch Fragen? Ich muss die Bewässerung fertig installieren, wir wollen morgen für ein paar Tage weg. So geht es uns pensionierten Lokführern. Halten es nie lange aus, wo die Landschaft stillsteht.«

Beim Abschied sagte Fabio: »Was Sie über meine Geschichte gesagt haben, die These, die ich bestätigen wollte ... Ich fürchte, Sie haben nicht ganz unrecht.«

Hans Gubler klopfte ihm auf die Schulter. »Passen Sie einfach auf, dass Ihnen mit Andreas Barth nicht das Gleiche passiert.«

Hatte der alte Lokomotivführer recht? Versuchte er wieder, Tatsachen zurechtzustutzen, bis sie zu seiner These passten?

Es war Abend geworden. Das Fenster stand

offen. Der Lärm und die Abgase der Straße drangen herauf. Fabio lag auf dem Bett. Er hatte die Hände hinter dem Kopf verschränkt und versuchte, Ordnung in seine Gedanken zu bringen.

War es möglich, dass es stimmte? Hatte er sich in eine Geschichte verrannt, die ihm schaden konnte? Hatte er deswegen eins auf den Schädel bekommen? War es möglich, dass Lucas die Spuren der Recherche verwischt hatte? Um ihn zu schützen? Aus Freundschaft?

Nein. Ein Freund war Lucas nicht. Ein Freund hätte die Situation nicht ausgenutzt.

Und Norina? Wusste sie, dass Marlen und Lucas sich kannten? Dass Marlen zu Lucas gesagt hatte, Fabio gefalle ihr? Dass Lucas das Zusammentreffen der beiden, wenn auch nicht gerade arrangiert, so doch gefördert hatte? Wusste sie von der Rolle, die ihr Tröster und Retter gespielt hatte? Und vor allem: Wusste sie von Lucas' Besuch – Besuchen? – bei Marlen?

Er ging zum Telefon, wählte Norinas Nummer.

»Ja?« Eine Männerstimme.

Der Gedanke, dass Lucas Norinas Telefon abheben könnte, hatte ihm so ferngelegen, dass es ihm einen Moment die Sprache verschlug. Dann sagte er: »Ist Norina da?«

»Nein.«

Stille. Dann sagte Fabio: »Wo ist meine Geschichte, Lucas?«

»Welche Geschichte?«

»Wo ist meine Geschichte?«

»Ich weiß nicht, wovon du sprichst.«

»Wo ist meine Geschichte?«, fragte Fabio zum dritten Mal und legte auf.

Ein Auto mit voll aufgedrehtem Techno-Sound fuhr langsam vorbei. Fabio nahm die Zigaretten vom Nachttisch und zündete sich eine an. »Wo ist meine Geschichte, Lucas?«, murmelte er.

Er setzte sich an den Tisch, schaltete das Powerbook ein, öffnete sein Mailprogramm und schrieb: *Wo ist meine Geschichte, Lucas?*

Es war die erste E-Mail, die er verschickte, seit die Redaktion seinen Zugang zum Verlagsserver gesperrt und er sich einen privaten Internetzugang eingerichtet hatte.

Die zweite ging an norina@moviserv.com. *Betreff: ›Liebe‹. Text: ›Ich liebe Dich. F.‹*

Noch nie hatte Fabio das Outcast so leer gesehen. Wer nicht in den Ferien war, war auf der Terrasse des Landeggs, in der Hoffnung, dass der See etwas Kühlung brachte. Nur eine Handvoll Tische war besetzt. Die meisten von Leuten aus der Agglomeration, die auch einmal in *der* In-Bar der Stadt gewesen sein wollten.

Fabio hatte es nicht mehr ausgehalten im Apartment. Einer, der sich selbst fremd ist, sollte sich nicht ständig in fremden Dekors aufhalten. Vielleicht begegnete er in dieser vertrauteren Umgebung dem alten Fabio wieder. Und falls nicht, hatte er ein paar Stunden totgeschlagen.

Nero war an der Bar. Fabio kannte ihn schon vom Checkpoint und von der Rosita-Bar, zwei früheren In-Bars. Er hatte stets bezweifelt, dass Nero sein richtiger Name war. Er passte zu gut zu ihm. Er sah aus wie der junge Peter Ustinov als Kaiser Nero, nur fieser.

»Ciao«, sagte Nero und schaute ihn fragend an.

»Etwas gegen die Hitze.«

Nero holte ein großes Glas vom Regal, ging an die Eismaschine, füllte es und stellte es vor Fabio hin. »Alle zwei Minuten eins in den Kragen. Und zum Trinken?«

»Etwas gegen die Depression. Alkoholfrei.«

Das brachte Nero dazu, seine beiden Goldzähne zu zeigen. »Freut mich, dass du wieder okay bist.«

»Bin ich nicht.«

»Immerhin hieß es, du lägest im Koma.«

»Glaub nicht jeden Scheiß.«

»Das ist mein Beruf. Was trinkst du? Geht auf mich. Immer der erste Drink nach dem Koma.« Nero schien froh, an einem so ruhigen Abend einen Gesprächspartner gefunden zu haben. Fabio war auch nicht unglücklich darüber. Er bestellte ein alkoholfreies Bier. Sah besser aus an einer Bar als ein Mineralwasser.

Etwa eine Stunde lang blödelte er mit Nero und begann, sich besser zu fühlen.

»Nicht mehr mit Marlen?«, fragte Nero unvermittelt.

Fabio schüttelte den Kopf.

»Harter Schlag.«

»Sie wird es verschmerzen«, sagte Fabio nonchalant.

»Sie arbeitet daran«, sagte Nero grinsend und deutete mit dem Kinn auf eine laute Gruppe, die eben hereingekommen war. Eine der Frauen war Marlen. Sie trug das Kleid mit der magischen Befestigung und hatte den Arm um den Hals eines jungen Mannes mit einem exakten Latino-Bärtchen gelegt.

Jetzt hatte sie ihn auch gesehen. Sie hob die

Schultern und die Augenbrauen, verharrte eine Sekunde so und ließ beides wieder fallen. Fabio antwortete ebenfalls mit einer bedauernden Geste.

Marlen wandte sich wieder ihrem Begleiter zu, Fabio seinem Barman. Er bestellte noch ein Bier.

»Ohne Alkohol?«

»Vielleicht mit ein bisschen«, antwortete Fabio.

Er kam vor Mitternacht in sein Apartment zurück. Jemand hatte einen Briefumschlag unter der Tür durchgeschoben mit den Quittungen für Samanthas Einkäufe, dem exakten Betrag und einem Kärtchen mit einem großen roten Kussmund.

Am nächsten Morgen war Krafttraining. Jay wich die ganze Stunde nicht von Fabios Seite, steigerte die Gewichte, verkürzte die Intervalle und erhöhte die Serien. Am Schluss wog und vermaß er ihn, führte ihn in sein winziges Büro und übertrug die Daten in Fabios Computerdatei. »Frag mich, wie viel Fortschritte du gemacht hast.«

»Wie viel?«

»Null.«

Auf einem Wandregal stand eine ganze Reihe

verschiedener Power-Drinks und Protein-Mixturen. Fabio deutete darauf und sagte: »Vielleicht, weil ich nichts von diesem Zeug nehme.«

»Solltest du vielleicht.«

Fabio tippte sich an den Kopf. »Nicht gut für hier oben.«

Jay spannte einen seiner überdimensionierten Bizepse an. »Wenn du es hier hast, brauchst du's hier oben nicht.«

»Das glaubst du im Ernst?«

»Das glaubt ihr, dass wir das im Ernst glauben.«

»Wer ›ihr‹?«

»Ihr Klugscheißer, die man unter der Vierzig-Kilo-Hantel rausholen muss.«

Um elf hatte Fabio einen Termin in der Personalabteilung. Sarah Mathey hatte ihn vermittelt. »Um die offenen Fragen zu regeln.«

Die Besprechung fand im Büro des Personalchefs statt. Er hieß Koller und war unbeliebt, wie alle Personalchefs, die etwas taugten. Er hatte Nell aufgeboten, den zuständigen Buchhalter. Fabio hatte ihn aus verschiedenen Episoden, meistens im Zusammenhang mit Spesenabrechnungen, in unangenehmer Erinnerung.

Die offenen Fragen drehten sich alle um Geld.

Koller stand auf dem Standpunkt, dass Fabio selbst sein Ausscheiden vor der Kündigungsfrist angeboten habe, und zeigte ihm die Passage der schriftlichen Kündigung: »Falls meine Nachfolge vor diesem Datum geregelt ist, bin ich selbstverständlich auch mit einem früheren Termin einverstanden.«

Als Kompromiss bot er ihm an, die Differenz zu teilen.

Fabio regte an, die Frage prüfen zu lassen, ob ein Unfall die Kündigungsfrist nicht überhaupt bis zur Genesung außer Kraft setzte. Man einigte sich auf die Auszahlung des Gehalts bis zum regulären Termin, Ende August.

Als dieser Punkt geregelt war, kam Nells Einsatz. Bei ihm ging es um offene Spesenabrechnungen, für die Fabio keine Belege hatte. Fabio willigte wutschnaubend ein, dass diese mit dem Restgehalt verrechnet würden.

Zum Schluss legte Nell vier Belege auf den Tisch. Eine Bahnfahrt nach Rimbühl und zurück, ein Mittagessen im Speisewagen, zwei Taxiquittungen, eine von Rimbühl zu POLVOLAT und eine von POLVOLAT nach Rimbühl. Alle vier trugen das Datum vom 22. Mai und waren mit Fabios Kürzel abgezeichnet.

»Ich kann sie keinem Thema zuordnen, vielleicht können Sie mir helfen.«

»Herr Nell«, sagte Fabio, lauter, als normalerweise in diesem Raum gesprochen wurde. »Ich leide unter einer retrograden Amnesie, die am achten Mai beginnt und ungefähr am dreiundzwanzigsten Juni endet. Wie zum Teufel soll ich da wissen, was ich am zweiundzwanzigsten Mai in Rimbühl zu tun hatte?«

Nell sah hilfesuchend zu Koller. Dieser sprang ihm zur Seite: »Kein Grund, laut zu werden, Herr Rossi. Es ist nur so, dass sich in der Redaktion niemand erklären kann, was Sie dort machten. Wir dachten, es handle sich vielleicht um etwas Privates. Nicht, dass Sie sich an den Tag erinnern, aber es hätte ja sein können, dass Sie dort Verwandte haben oder sonst irgendeine Beziehung.«

»Ich rechne meine Beziehungen nicht mit Ihnen ab. Wenn Sie einen Spesenbeleg haben, dann, weil es sich um Arbeit handelte.«

»War nur eine Frage. Ist ja auch kein Vermögen, hundertvierundachtzig dreißig.« Er nahm die Belege und visierte sie mit einem seiner großkotzigen Federstriche.

Bevor er das Haus verließ, ging Fabio in der Redaktion vorbei. Er fand Sarah in ihrem Büro. »Wie ist es gegangen?«, erkundigte sie sich.

»Er hatte seinen Kettenhund dabei. Ich weiß nicht, wer von beiden schlimmer ist. Die wollten mir Spesen vom zweiundzwanzigsten Mai abziehen. Hast du eine Ahnung, was ich in Rimbühl bei einer Firma POLVOLAT verloren hatte?«

Sarah schüttelte den Kopf. »Vielleicht die große Sache.«

»In Rimbühl? Kannst du mal nachsehen?«

Sarah tippte »POLVOLAT« ein. Adresse und Telefonnummern erschienen. Und der Zusatz »Sprühmilchpulver und Spezialpulver«.

»Vielleicht hast du recht«, sagte Fabio, »vielleicht war es doch die große Sache.«

Sarah gab ihm zwei Briefe. Beide stellten sich als an ihn persönlich und handschriftlich adressierte Pressecommuniqués heraus. »Soll ich dir deine Post in Zukunft nachschicken?«

Sie schrieb seine neue Adresse in ihre Agenda. »Nette Gegend« war alles, was sie dazu bemerkte.

»Was passiert eigentlich mit den Mails, die noch für mich kommen?«

»Die werden automatisch auf deinen privaten Server weitergeleitet.«

»Da kommt aber nichts an.«

Sarah schaute nach. »Doch, geht alles an fabio_22@yellonet.com.«

»Kenne ich nicht, diese Adresse.«

Sarah blätterte in ihren Unterlagen. »Du hast sie mir angegeben.«

»Wann?«

»Am fünfzehnten Juni.«

Fabio notierte sich die E-Mail-Adresse und verabschiedete sich.

An der Lifttür hing ein Schild: »Außer Betrieb, Revision«. Fabio ging zu Fuß. Im zweiten Stock kam ihm jemand entgegen. Lucas. Er ging mit gesenktem Kopf die Stufen hinauf. Fabio blieb auf dem Treppenabsatz stehen.

Lucas ging weiter. Er sah Fabios Füße, blickte auf, blieb stehen und wurde rot.

»Ciao«, sagte er.

»Ciao«, antwortete Fabio. Er stand drei Stufen über ihm und hätte ihn bequem in die Visage kicken können. Weshalb tat er es nicht? Er hatte Lucas in Gedanken schon hundertmal auf jede erdenkliche Weise niedergemacht, und jetzt, wo er vor ihm stand, konnte er nicht einmal genug von diesem Hass mobilisieren, um ihm ins Gesicht zu spucken. Lucas sah aus wie immer. Eine vertraute Erscheinung. Der Lucas, den er hasste, war ein anderer als der, der hier zu ihm hochblickte.

»Wie geht's?«, fragte Lucas.

»Es geht. Und dir?«

»Durchzogen.«

»Und Norina?«, hörte Fabio sich fragen.

»Arbeitet viel. Hör mal, wollen wir nicht reden?«

»Worüber?«

»Über alles.«

»Über alles redet man mit Freunden.«

Lucas kam die drei Stufen bis zum Treppenabsatz herauf. Er war jetzt auf Augenhöhe. Fabio roch seinen Schweiß. Er ist ja nett, dein Freund, hatte Norina einmal gesagt, aber er sollte sich öfter waschen. Und jetzt teilte sie mit ihm das Bett.

Dieser Gedanke rückte den Lucas, der vor ihm stand, wieder etwas näher an den Lucas, den er hasste. »Wo ist meine Geschichte, Lucas?«

»Was für eine Geschichte?«

»Die Geschichte, die du mir geklaut hast. Die Geschichte, deren Spuren du gelöscht hast. Die Geschichte, für die du dir Zugang zu meinem

Powerbook und meinem Handheld verschafft hast. Die Geschichte, für die du Doktor Barths Unterlagen unterschlagen hast. Die LEMIEUX-Geschichte!«

Lucas suchte nach Worten und fand: »Ich weiß nicht, wovon du sprichst.«

Er log. Fabio kannte ihn. Es gab keinen Zweifel, dass er log. Er log, log, log.

»Danke. Mehr wollte ich nicht wissen«, sagte Fabio und ließ Lucas auf dem Treppenabsatz stehen.

Auf dem Bett lag seine Wäsche. Frisch gebügelt, wohlriechend und säuberlich sortiert nach Hemden, Hosen, T-Shirts, Unterwäsche und Socken. Frau Mičić hatte, entgegen ihrer Ankündigung, schon heute alles gebracht.

Fabio öffnete den Schrank. Ein muffiger Geruch schlug ihm entgegen. Er schloss ihn wieder und ließ die Sachen auf dem Bett liegen.

Er startete das Powerbook und prüfte seine Mailbox in der schwachen Hoffnung, dass Norina auf seine Liebesnachricht reagiert hatte. Sie hatte nicht.

Er schrieb ihr eine neue gleichen Inhalts. *Betreff: ›Liebe‹. Text: ›Ich liebe Dich. F.‹*

Er fand die Notiz mit der E-Mail-Adresse, die ihm Sarah gegeben hatte. fabio_22@yellonet.com. Wenn er yellonet-Kunde war, musste er ja einen Zugang zu diesem Provider eingerichtet haben. Aber er fand keine solche Konfiguration auf seiner Harddisk. Wahrscheinlich war auch sie Lucas' Säuberungsaktion zum Opfer gefallen.

Er brauchte zwanzig Minuten, um yellonet neu zu installieren. Als Passwort kamen nur Tardelli oder Altobelli infrage. Es war Tardelli.

Er klickte seine In-Box an, und das System begann die Nachrichten herunterzuladen. Es waren zweiundzwanzig.

Es klopfte. Fabio ging an die Tür und linste durch den Spion. Kleine schwarze Zöpfchen. Er öffnete.

»T'es seul?«

»Très seul«, antwortete Fabio und ließ Samantha ein. Sie war ungeschminkt und trug einen Sarong, diesmal über den Brüsten gekreuzt und hinter dem Nacken zusammengeknotet. Ohne Schminke sah sie noch jünger aus.

»Was machst du?«, fragte sie.

»Arbeiten. Und du?«

Ihre Augen füllten sich mit Tränen. »Weinen.«

»Warum?«

»Heimweh.« Zwei Tränen liefen jetzt über beide Wangen und den Hals hinunter. Die Grübchen über den Schlüsselbeinen fingen sie auf, als wären sie eigens dafür geschaffen.

»Woher bist du?« Die Frage war als Ablenkung gedacht, aber jetzt legte Samantha erst richtig los.

»Guadeloupe!«, schluchzte sie, umschlang ihn mit beiden Armen und verbarg ihr Gesicht an seiner Brust.

Fabio drückte sie an sich und streichelte die samtige Haut ihres Rückens. Er fühlte, wie sein weißes Hemd feucht wurde, und hoffte, dass schwarze Frauen keine Wimperntusche benutzten.

»Hast du Taschentücher?«, fragte sie nach einer ganzen Weile.

Fabio holte Papiertaschentücher aus dem Bad. Sie trocknete sich Gesicht und Augen, schnäuzte sich und versuchte ein Lächeln. Es gelang ihr überraschend gut. »Hast du etwas zu trinken?«

»Mineralwasser, Cola.«

»Cola, bitte.«

Fabio holte die Flasche aus dem winzigen Kühlschrank, schenkte zwei Gläser voll und reichte ihr eines. Sie trank einen Schluck. »Hast du etwas zum Hineintun?«

»Eis? Zitrone?«

Sie schüttelte den Kopf. »Alkohol.«

»Nein, tut mir leid.«

»Moment.« Sie ging hinaus und kam mit einer Flasche farbloser Flüssigkeit zurück. »Guadeloupe«, erklärte sie, schraubte die Flasche auf und wollte ihm einschenken. Fabio hielt die Hand über seine Cola. »Danke, ich muss noch arbeiten.«

»Ich auch, komm.« Sie hielt die Flasche über sein Glas. Fabio schüttelte den Kopf. Samantha gab auf, goss einen kräftigen Schuss in ihr Glas, nahm einen Schluck und seufzte.

»Das Beste gegen Heimweh. Was ist deine Arbeit?«

»Schreiben.«

»Verstehe, das geht nicht besoffen.«

»Was ist deine?«

»Tanzen.«

»Das geht doch auch nicht besoffen?«

»Ein bisschen besoffen ist besser. Es ist Tanzen mit Ausziehen.«

»Ach so.«

Sie zeigte auf die Wäsche auf dem Bett. »Verreist du?«

»Nein. Der Schrank stinkt.«

»Alles stinkt«, bestätigte Samantha. »Ich nehme Parfum. Hast du kein Parfum?«

»Eau de Toilette.«

»Geht auch. Im Bad?«

Fabio nickte. Samantha ging ins Bad, kam mit seinem Acqua di Parma zurück und begann die Schrankregale einzusprühen. Großzügig.

»He, Vorsicht, das Zeug ist teuer.«

»Parfum muss teuer sein, sonst taugt es nichts.«

Samantha trank ihre Heimwehdrinks und erzählte von Guadeloupe. »In Guadeloupe«, behauptete sie, »kannst du nicht verhungern. Wenn du Hunger hast, nimmst du dir, was auf der Insel wächst. Bananen, Kokosnüsse, Ananas, Papaya. Jeder darf sich bedienen. C'est ça le Guadeloupe!«

»Warum bist du dann hier?«

»Parce que j'suis conne.«

Nach dem dritten Drink fragte sie: »Stört es dich beim Arbeiten, wenn ich mich ein wenig hinlege? Ich bin ganz still.«

Ohne eine Antwort abzuwarten, schob Samantha die Wäsche beiseite, legte sich hin und schloss die Augen. Eine Minute später war sie eingeschlafen.

Fabio wandte sich wieder dem Bildschirm zu.

Die meisten der zweiundzwanzig Nachrichten waren von der Redaktion weitergeleitete Mails. Werbesendungen von Dienstleistungen, auf die er abonniert gewesen war: spezialisierte Suchdienste, Online-Zeitungen, Internet-Shops. News von Software-Herstellern, bei denen er Programme heruntergeladen hatte. Dubiose Kreditangebote. Ein Kettenbrief mit einem Zitat des Dalai-Lama. Zwei Links für Pornoseiten.

Ganze zwei private Nachrichten waren darunter. Die eine stammte von einem Kollegen aus Rom und war eine Einladung, seine Homepage zu besuchen. Die andere war die einzige, die nicht von der Redaktion umgeleitet worden war. Sie war direkt an fabio_22@yellonet.com adressiert.

Das Interessanteste war ihr Absender: fabio_22@yellonet.com.

Fabio hatte sich die Nachricht am 18. Juni selbst geschickt. Drei Tage vor dem Ereignis. Sie trug den Betreff »Backup« und enthielt ein Dokument. Nichts Ungewöhnliches. Wenn er auf Reportage war, sicherte er oft seine Arbeit, indem er sie sich selber mailte. Falls seinem Powerbook etwas zustieß, hatte er immer noch eine Kopie auf seinem Server.

Das beigefügte Dokument hieß »1. Fassg.«. Fabio lud es auf seine Festplatte, öffnete es und las:

Schoko-Schock (Arbeitstitel. Alternative: Dr. Barths Vermächtnis)

Der Freitag, 27. April, war ein feuchter, grauer Tag, wie geschaffen für das, was Dr. Andreas Barth, 52, vorhatte. Er räumte sein Büro auf, setzte sich in seinen roten Volvo und fuhr Richtung Stadt. Bei der Busstation Feldau parkte er seinen Wagen, schloss ihn ab und ging zu Fuß durch die Bahnunterführung Richtung Feldauerkurve. Dort stellte er sich auf das Gleis und ließ sich vom Intercity aus Genf überfahren.

Niemand konnte sich erklären, weshalb. Bis seine Frau, Jacqueline Barth, 49, in seinem Nachlass auf eine Archivschachtel stieß. Deren brisanter Inhalt liegt dem SONNTAG-MORGEN *vor.*

Dr. Barth war Lebensmittelchemiker. Er leitete die Abteilung Lebensmittelkontrolle der LABAG, *eines renommierten Privatlabors, das für Unternehmen und staatliche Stellen arbeitet. Eine von Dr. Barths Aufgaben war die Entwicklung neuer Labormethoden. Sein wich-*

tigstes Projekt: ein Verfahren, mit dem in Lebensmitteln geringste Mengen von Prionen festgestellt werden können.

Prionen sind Eiweiße, deren Struktur aus bisher unbekannten Gründen verändert ist. Sie sind erwiesenermaßen der Auslöser von BSE, *dem Rinderwahnsinn, und mit größter Wahrscheinlichkeit auch von dessen menschlicher Form, der Creutzfeldt-Jakob-Krankheit, die spätestens sechs Monate nach dem Auftreten der ersten Symptome zu einem schrecklichen Tod führt.*

Es folgte eine kurze Schilderung der Krankheit und ihrer Symptome.

Dr. Barth arbeitete parallel an zwei verschiedenen Modellen. Kurz vor Weihnachten des letzten Jahres zeigte eines der beiden (er nannte es LTX *Brth) erste Resultate. Es wies in Bratwürsten Prionen nach, die er im Laborversuch in die Wurstmasse injiziert hatte.*

Er wiederholte den Versuch mit anderen Produkten: Backwaren, Instantsuppen, Milchprodukten, Schokolade, Gefriermenüs. Immer gelang ihm der Nachweis von Prionen, mit de-

nen er sie in einem Stadium der Herstellung verunreinigt hatte.

Im Februar geschah etwas Seltsames: Bei einem Experiment, bei dem es um die Technik der Probeentnahmen ging, war ein nicht präparierter Schokoriegel positiv. Dr. Barth zweifelte die Resultate an. Er führte mehrere Referenztests durch. Immer mit dem gleichen Resultat: Sie enthielten Prionen. Er testete andere Packungen des gleichen Produkts. Mit dem gleichen Resultat. Er testete andere Produktionsserien des gleichen Produkts. Mit dem gleichen Resultat.

Er testete andere Schokoriegel der gleichen Marke. Gleiches Resultat.

Er testete andere Schokoladenprodukte des gleichen Herstellers. Gleiches Resultat.

Dr. Barths erster Verdacht fiel auf die Milch. Milch galt bis zum jetzigen Zeitpunkt als sicher. Noch nie war es gelungen, Prionen in Milch nachzuweisen. Aber für die Herstellung von Schokolade wird Milchpulver verwendet. Bei der Herstellung von Milchpulver kann ihr Fettgehalt durch Beispritzung von Milchfetten erhöht werden. Oder von anderen Fetten.

Dr. Barth fand Hinweise darauf, dass für

die prionenpositiven Schokoriegel Milchpulver verwendet wurde, das – versehentlich oder aus wirtschaftlichen Gründen – mit Rindertalg fetter gemacht worden war. Rindertalg wird aus Schlachtabfällen hergestellt.

Aus den Unterlagen – zum größten Teil genaue Laboraufzeichnungen und Testresultate – geht hervor, dass sich Dr. Barth mit der Herstellerfirma in Verbindung gesetzt hatte. Was ihn schließlich zu seinem tragischen Entschluss getrieben hat, geht aus den Unterlagen nicht hervor.

Beim ersten prionenpositiven Schokoriegel handelt es sich um Chocofit von LEMIEUX, *dem drittgrößten Schokoladenhersteller der Welt. Mit seinem Spezialgebiet, der Industrieschokolade, liegt* LEMIEUX *sogar auf Platz zwei. Jede dritte Tafel, jeder dritte Riegel, die wir essen, stammt aus der Produktion von* LEMIEUX. *Und wir essen viel Schokolade. Die Europäer im Durchschnitt beinahe sieben Kilo pro Kopf im Jahr. Die Schweizer sogar beinahe zwölf.*

Wann haben Sie das letzte Mal LEMIEUX-*Schokolade gegessen?*

»Du?«, sagte eine Stimme hinter ihm. Fabio erschrak. Er hatte Samantha vergessen.

»Chéri?«

Er wandte sich um. Ihr Sarong war hochgerutscht. Er sah ihre sorgfältig getrimmten, krausen Schamhaare. »On fait l'amour?«

Fabio schüttelte den Kopf.

»Gratis.«

Er schüttelte den Kopf.

»Warum nicht?«

Fabio dachte an Norina und Lucas, an Marlen und das Latino-Bärtchen und fand keinen triftigen Grund.

Seit er im Krankenhaus erwacht war, brauchte er bei jedem Erwachen einen Moment, um zu wissen, wo er sich befand. Er war jedes Mal erleichtert, wenn es nicht das Krankenhaus war.

Diesmal war er sich nicht sicher. Es roch nach Krankenhaus. Vorsichtig öffnete er die Augen. Er lag im Halbdunkel. Es war heiß. Das Fenster stand offen. Draußen war es Nacht. An der Zimmerdecke reflektierten farbige Lichter. Verkehrslärm drang herein. Er war nackt und schweißbedeckt. Neben ihm, zusammengerollt, den Daumen im Mund, lag das schwarze Mädchen. Fabio fand keine Erinnerungshilfe für ihren Namen. Etwas mit vielen A. Anastasia, Amalia, Amapola.

Sie roch nach Alkohol. Sie hatte keine Fahne nach Wein, Schnaps, Champagner oder Bier. Sie roch nach reinem Alkohol, wie ihn Ärzte und Krankenhäuser benutzten. Der Rum, mit dem sie ihre Cola aufgepeppt hatte, musste hochprozentig gewesen sein. Rum aus Guadeloupe. Jetzt fiel ihm auch der Name wieder ein: Samantha. Samantha aus Guadeloupe.

Sie schlug die Augen auf, sagte: »Merde«, und war schon auf den Beinen.

»Wie viel Uhr ist es?«, fragte sie, während sie den Sarong um sich schlang.

Fabio knipste die Nachttischlampe an und schaute auf die Uhr. »Zwanzig vor zehn.«

»Merde«, sagte sie wieder. »Warum hast du mich nicht geweckt? Ich fange um neun Uhr an.«

»Bin auch gerade wach geworden«, rechtfertigte sich Fabio. Samantha war schon weg.

Was war mit ihm los? Er hatte den Schlüssel zu dem Geheimnis gefunden, das ihn seit Wochen umtrieb, und was tat er als Erstes? Er schlief mit einer Stripperin.

Die große Sache existierte. Sie war größer, als er es sich hatte träumen lassen. Warum hatte er die verbliebenen Stunden des Nachmittags nicht dazu genutzt, etwas zu unternehmen?

Fabio stellte sich unter die Dusche und ließ den unsteten Wasserstrahl – heiß, kalt, schwach, stark – über seinen Körper laufen.

Samantha hatte ein wohliges Gefühl in seinem Körper hinterlassen. Was hätte er denn unternehmen sollen? Anrufe machen? Leute mit seiner Entdeckung konfrontieren? Recherchieren?

Solange Dr. Barths Dokumente verschwunden blieben, war sein Text so wertlos wie irgendeine unbewiesene Behauptung. Nur gewagter.

Als Fabio sein Gesicht abtrocknete, hatte er kurz das Gefühl, seine taube Wange hätte die Berührung gespürt.

»Jaa?«, sagte Norinas verschlafene Stimme.

»Hast du schon geschlafen?«

»Ja. Wir haben die ganze Nacht und den halben Tag gedreht.«

»Tut mir leid.«

Beide schwiegen.

»Weshalb rufst du an?«, fragte Norina.

»Ich verreise morgen.«

»Für länger?«

»Mal sehen.«

Schweigen.

»Deswegen rufst du an?«

»Ich habe das Handy dabei. Falls was ist.«

»Was sollte sein?«

»Einfach falls.«

Norina gähnte. »Also, gute Nacht. Viel Vergnügen.«

»Es ist keine Vergnügungsreise«, protestierte Fabio. Norina hatte schon aufgelegt.

16

Fabio bekam gerade noch den letzten Zug, der in Mailand Anschluss nach Neapel hatte. Die Liegewagen waren belegt, und in den Abteilen machten sich amerikanische Rucksacktouristen mit stinkenden Turnschuhen breit. Er gab dem Schlafwagenschaffner ein großes Trinkgeld und bekam ein Bett in einem leeren Zweierabteil. Den Trick kannte er von seinem Vater. Fabio hatte immer bezweifelt, dass er funktionierte.

Sobald sich der Zug in Bewegung setzte, zog er sich bis auf die Unterwäsche aus und legte sich in das schmale Bett.

Noch bevor sie die Feldauerkurve erreichten, hatte ihn das gleichmäßige Geräusch der Räder auf den Schienen in den Schlaf gesungen.

Jedes Mal, wenn er in Mailand auf den Bahnsteig trat, war es, als betrete er seine Wohnung. Alles war ihm vertraut. Der Geruch der von der Fahrt erhitzten Züge, das graue Licht des frühen Tages, das Echo der Lautsprecherdurchsagen. Sogar die Menschen in der großen Bahnhofshalle kamen ihm vor wie alte Bekannte.

Fabio hätte gerne an einer Bar einen Ristretto getrunken. Aber es blieben ihm nur zehn Minuten, um ein paar Zeitungen zu kaufen und einen Platz im Pendolino nach Neapel zu finden.

Die Fahrt nach Napoli Centrale dauerte sechs Stunden. Fabio las, döste, aß eine Kleinigkeit im Speisewagen, schaute aus dem Fenster, gab vor, kein Englisch zu verstehen, als ihn ein Ehepaar aus Denver in ein Gespräch über »Europe« verwickeln wollte, und meldete sich telefonisch bei Dr. Vogel ab.

»Wo sind Sie?«, schrie der. Sie hatten eine schlechte Verbindung.

»In Italien.«

»Was tun Sie dort?«

»Was Sie mir empfohlen haben: arbeiten.«

»Die Stunde muss ich Ihnen trotzdem zur Hälfte verrechnen. Die Absage ist zu kurzfristig.«

»Zahlt die Versicherung auch Ausfallhonorare?«

»Nein.«

»Dann setzen Sie mir die ganze Stunde auf die Rechnung.«

Vogel hatte einen seiner zeitraubenden Lachanfälle. Fabio täuschte eine Verbindungsunterbrechung vor.

In Neapel hatte er vierzig Minuten Aufenthalt. Dann stieg er in den klapprigen Regionalzug nach Salerno.

Das Hotel Santa Caterina lag fünfundzwanzig Kilometer vom Bahnhof entfernt. Fabio handelte einen Taxifahrer von hundertsechzig- auf hundertzwanzigtausend Lire herunter und stieg ein.

Die Straße folgte der Felsenküste des Golfs von Salerno. Der Fahrer hatte alle Fenster geöffnet. Die Luft war heiß wie an der Sternstraße. Aber sie roch, wie heiße Luft riechen musste: nach Pinien und Meer.

Zwei Kilometer vor der Stadt Amalfi bog der Wagen in eine Einfahrt. »Hotel Santa Caterina« stand neben einer Reihe von Sternen. Fabio zählte fünf.

Das Santa Caterina lag am schönsten Abschnitt der Costiera Amalfitana. Ein kühnes Bauwerk, in die Felsen geschmiegt wie ein Kloster auf dem Berg Athos und eingebettet zwischen Terrassen voller Pinien, Palmen, Zitronen, Orangen, Oleander und Bougainvilleen.

Fabio hatte eine nette Pension erwartet. Etwas, was dem Budget einer nicht auf Rosen gebetteten Witwe angemessen war. Er hatte vorgehabt, ein Zimmer zu nehmen. Ein Einzelzimmer für eine Nacht, das wusste er aus seiner Erfahrung als Reporter, war immer frei. Dann wäre er im Hotel herumgelungert, bis Jacqueline Barth aufgetaucht wäre, die – das hatte er vor seiner Abreise nachgeprüft – immer noch hier wohnte. Mit einem Luxushotel hatte er nicht gerechnet. Unter dreihunderttausend Lire würde er hier nichts bekommen.

Das stellte sich als Irrtum heraus. Das billigste Zimmer hätte fünfhunderttausend gekostet. Es war zum Glück keines frei.

Der Empfangschef war sehr zuvorkommend. Er machte ein paar Anrufe und fand für Fabio ein Zimmer in Amalfi. »Hundertdreißigtausend Lire, va bene?«, hatte er mit der Hand über der Sprechmuschel gefragt.

Fabio reservierte für den Abend einen Tisch im Restaurant und nahm ein Taxi nach Amalfi. Dem Mann an der Rezeption gab er zwanzigtausend

Lire. Ein, wie er fand, dem Ambiente angemessenes Trinkgeld.

Das Hotel hieß La Bussola und lag an der Hafenpromenade. Fabios Zimmer war eines der wenigen ohne Meerblick. Aber wenn er sich etwas aus dem Fenster lehnte, konnte er den Dom von Amalfi sehen.

Er packte seine Tasche aus, rasierte sich, duschte und zog sich um. Er hatte ein zweites Paar Hosen, ein Polo- und ein weißes Hemd mitgenommen. Das Jackett aus beiger Baumwolle sah von der langen Reise etwas mitgenommen aus. Er war sich nicht sicher, ob er damit den Ansprüchen des Santa Caterina genügen würde. Eine Krawatte konnte nichts schaden.

Er ging zielstrebig. Nur Touristen schlenderten ziellos, und Fabio hasste es, in Italien für einen Touristen gehalten zu werden. Er überquerte den Platz am Hafen und strebte dem Domplatz zu, als würde er erwartet. Dort ging er an den Geschäften vorbei und betrat das erste, das aussah, als verkaufe es Krawatten.

Eine Klingel ertönte, als er die Tür öffnete. Es roch nach Lavendel. In die getäfelten Wände waren Vitrinen eingelassen. Sie enthielten Seidenschals, Krawatten, Handschuhe, Spitzentaschentücher und andere Accessoires. Ein Schaukasten war voll mit etwas angestaubten Souvenirs: Serviettenringe, Manschettenknöpfe, Mokkalöffelchen und Anhänger, alle mit dem Wappen von Amalfi. Auf zwei Gestellen in Augenhöhe waren Panamahüte aufgereiht, eine Reihe für die Dame, eine Reihe für den Herrn.

Eine alte Frau kam langsam und gebeugt aus dem Hinterzimmer. Ihre Lippen waren dunkelrot und ihre Augen verschleiert durch schwere, falsche Wimpern. Sie schenkte Fabio ein reizendes Lächeln und beriet ihn so fachmännisch bei der Wahl einer Krawatte, dass er schließlich zwei kaufte. Beide waren weich und fein gemustert und ließen sich zu kleinen, eleganten Knoten knöpfen, wie sie Fabio gefielen.

Er bezahlte mit Kreditkarte. Während die alte Dame die Autorisation einholte, schaute er sich die Auslagen an. Eine Vitrine enthielt Korallenschmuck. Anhänger mit kleinen roten Korallenzweigen, Ohrstecker, Ringe, geschnitzte Figuren. Den Mittelpunkt der Auslage bildete eine Kette aus gleich großen, roten Korallenperlen. Sie bildete einen Kreis um eine nicht einmal daumengroße Mädchenfigur.

»Die Nymphe Amalfi«, sagte die alte Dame, die mit der Kreditkartenquittung vom Telefon zurückgekommen war. »Die große Liebe von Herkules. Als sie starb, begrub er sie am schönsten Ort der Welt und nannte ihn nach ihr. Amalfi.«

»Was kostet sie?«

»Sie ist nicht zu verkaufen.«

»Und die Kette?«

»Sie ist teuer. Sie stammt aus der Zeit, als es hier noch Korallen gab. Diese Farbe in dieser Qualität finden Sie nicht mehr.«

»Wie teuer?«

»Eine Million zweihunderttausend.«

Das waren fast tausend Franken. Aber auf seinem Konto lagen noch beinahe zehntausend. Und die Schlussabrechnung der Redaktion würde noch einmal etwas bringen. Er kaufte die Kette.

Es war halb acht. Die Hügel verdeckten die Sonne schon seit einiger Zeit. Aber der Farbe des Wassers war anzusehen, dass sie vor Capri gerade blutrot im Meer versank.

Fabio stand an der Brüstung der Terrasse und schaute zu, wie in Amalfi nach und nach die Lichter angingen. Tief unter ihm beim Meerwasserpool und der Strandanlage schloss der Bagnino die Sonnenschirme. Hinter ihm das gedämpfte Stimmengewirr der Gäste, die sich bei ein paar Snacks und Drinks die Zeit bis zum Nachtessen vertrieben.

Wenn alles überstanden ist, dachte Fabio, fahre ich mit Norina hierher.

Er ging an die Bar und bestellte ein Analcolico, das dem Rahmen noch am ehesten gerecht wurde. Er setzte sich in einen der antiken Fauteuils in der luftigen Marmorhalle und rauchte.

Als Jacqueline Barth kurz darauf in die Halle kam und auf die Bar zusteuerte, hätte er sie beinahe nicht erkannt. Sie war gebräunt und geschminkt. Ihre Haare, die er dunkel und streng frisiert in Erinnerung hatte, waren blond und fielen ihr auf die Schultern. Sie trug ein pistaziengrünes, ärmelloses, hochgeschlossenes Leinenkleid und flache Schuhe.

Erst als er aufstand und sie ihm vage und unerfreut zunickte, war er sicher, dass sie es war.

»Das kann ja wohl kein Zufall sein«, waren ihre ersten Worte, als sie Fabio die Hand gab. Sie war seit der letzten Begegnung ein paar Jahre jünger geworden.

»Es tut mir leid, dass ich Sie in Ihren Ferien belästigen muss.«

»Weshalb müssen Sie?«

Der Barman brachte ihr ein Glas Champagner. Fabio hatte nicht bemerkt, dass sie eines bestellt hätte.

»Ein paar neue Erkenntnisse.«

»Die sich nicht telefonisch besprechen lassen?«

»Sonst wäre ich nicht sechzehn Stunden gereist.«

Sie trank einen Schluck. Ihre Hand zitterte ein wenig. »Sehen Sie, Sie machen mich nervös.«

»Dazu gibt es keinen Grund. Wir haben dieselben Interessen.«

»Das bezweifle ich. Sie wollen über meinen Mann reden, und ich will ihn vergessen.«

»Ich will nicht über Ihren Mann reden. Ich will über das reden, was er Ihnen hinterließ. Und was Sie mir übergaben.«

»Seine Biografie. Sie wollen nicht über meinen Mann reden, sondern über sein Leben.«

»Ich weiß jetzt, was Sie mir damals wirklich anvertraut haben, Frau Doktor Barth.«

Sie ließ ihren Blick schweifen und überlegte. Dann trank sie ihr Glas in einem Zug leer und stellte es auf die Marmorplatte der halbrunden Bar. »Wollen wir beim Essen reden?«

Sie führte ihn an einen runden Tisch mit einem grandiosen Blick auf das jetzt dunkle Meer und die Lichter der Küste. Er bot bequem Platz für vier Personen, war aber nur für eine gedeckt. Sobald sie sich gesetzt hatten, brachte ein Kellner ein zweites Gedeck.

»Dafür liebe ich dieses Hotel«, sagte Frau Barth. »In jedem anderen Haus dieser Kategorie gibt man einer alleinstehenden Frau ein Witwentischchen. Irgendwo hinter einer Säule oder bei der Küchentür oder ausgestellt in der Saalmitte. Ist Ihnen das nie aufgefallen?«

»Ich habe wenig Erfahrung mit Häusern dieser Kategorie«, gestand Fabio.

»Als alleinstehendem Mann würde Ihnen das auch nicht passieren. Da hätten Sie einen anständigen Tisch. Nur die Frauen werden plaziert, als hätten die guten Hotels sich verschworen, der Welt zu zeigen, wie einsam und überflüssig alleinstehende Frauen sind. Mir haben sie immer leidgetan. Und jetzt bin ich selbst eine von ihnen.«

Der Ober brachte die Karte und ein Glas Champagner.

»Nehmen Sie auch so etwas?«, fragte sie.

»Nein, danke.«

»Ist das bei Journalisten genauso wie bei Polizisten? Kein Alkohol im Dienst?«

»Nein, nein. Ich sollte nicht.« Fabio zeigte auf seinen Kopf.

»Erinnern Sie sich noch immer an nichts?«

»Langsam kommt es zurück.«

»So«, erwiderte sie. Die Antwort gefiel ihr nicht. »Die Ravioli al limone sind eine Spezialität hier. Und jede Art von gegrilltem Fisch.«

Fabio bestellte ihre Empfehlung, ohne einen Blick in die Karte zu werfen. »Zweimal«, sagte sie zum Ober. Und zu Fabio: »Schenken Sie mir eine Zigarette?«

Fabio bot ihr eine an und gab ihr Feuer. Sie nahm einen tiefen Zug. »Ich bin dabei, aufzuhören.« Fabio steckte sich auch eine an. »Ich dabei, anzufangen.«

Jacqueline Barth nahm einen Schluck aus ihrem Glas. »Bringen wir's hinter uns.«

Fabio zog seinen kleinen Rekorder aus der Brusttasche. »Haben Sie etwas dagegen, wenn das mitläuft?«

»Ja.«

Die Antwort überraschte ihn. Die Frage war als reine Formsache gemeint. »Das heißt, Sie möchten nicht, dass ich das Gespräch aufnehme?«

»Ich gebe Ihnen kein Interview. Das ist ein privates Gespräch.«

Fabio steckte das Gerät wieder ein und legte seinen Stenoblock auf den Tisch.

»Es gibt auch nichts mitzuschreiben.«

Fabio deutete auf seinen Kopf. »Mein Gedächtnis.«

»Gute Übung.«

Ein Kellner brachte zwei Mineralwasser und eine angebrochene Flasche Rotwein.

»Verstehen Sie etwas von Wein?«, fragte Frau Barth.

»Leider nein.«

»Ich auch nicht. Dieser ist hier aus der Gegend, Campania. Ich arbeite schon seit drei Tagen an ihm. Das hier schmeckt mir besser.« Sie zeigte auf ihre Flûte.

»Wissen Sie, woran Ihr Mann in den Monaten vor seinem Tod arbeitete?«

»Wir haben nie über seine Arbeit gesprochen. Ich habe nichts davon verstanden, und er hatte keine Geduld, es mir zu erklären.«

»An einer Methode, Prionen in Lebensmitteln nachzuweisen. Prionen sind die Eiweiße, die BSE und die Creutzfeldt-Jakob-Krankheit verursachen.«

»Was Prionen sind, weiß sogar ich.«

»Wissen Sie auch, dass er tatsächlich eine Methode gefunden und Prionen in verschiedenen Schokoladensorten von LEMIEUX nachgewiesen hatte?«

Sie schüttelte den Kopf.

»Das geht aus den Unterlagen hervor, die Sie mir damals anvertraut hatten.«

Auf der Terrasse begann ein Trio neapolitanische Melodien zu spielen. In einer angenehmen Lautstärke, die ein Gespräch erlaubte.

»Sie haben mir die Unterlagen gegeben, ohne ihren Inhalt zu kennen?«

»Ich kenne den Inhalt der Unterlagen, die ich Ihnen gab. Es muss sich um andere handeln.«

»Frau Doktor Barth –«

Sie unterbrach ihn. »Lassen Sie den Doktor weg, er gehörte meinem Mann.«

»Frau Barth, ich kenne den Inhalt der Papiere.«

»Dann verstehe ich den Sinn dieses Gesprächs noch weniger.«

Zwei Kellner brachten die Ravioli. Sie aßen eine Weile schweigend.

Sie war es, die den Faden wiederaufnahm. »Warum veröffentlichen Sie nicht einfach Ihre Unterlagen und lassen mich meine Ferien genießen?«

Fabio gab auf. »Weil ich sie nicht mehr habe.«

Sie nickte, als hätte sie es schon immer gewusst. »Sie haben sie verloren?«

Er hob die Schultern. »Sie sind weg.«

»Aber Sie wissen, dass Sie sie hatten?«

»Ja. Ich habe darüber geschrieben.«

Ein Kellner räumte ihre Teller ab.

»Was genau wollen Sie von mir, Herr Rossi?«

»Gibt es Kopien?«

Sie schüttelte den Kopf.

»Auch nicht von einem Teil?«

Kopfschütteln.

»Aber die Unterlagen gab es?«

»Nein. Sie haben sich da in etwas verrannt.«

»Erinnern Sie sich an Lucas Jäger?«

Die Frage brachte sie einen Moment aus der Fassung. »Wer ist das?«

»Ein Journalist. Er hat mit mir an der Sache gearbeitet.« Und aus einer Eingebung heraus fügte er hinzu: »Er hat Sie im Juni besucht, als ich im Krankenhaus lag.« Fabio sah ihr an, dass sie nicht wusste, ob sie das bestätigen oder bestreiten sollte. Sie ließ es offen.

»Was ist mit ihm?«

»Ich glaube, dass er die Dokumente hat und Sie mit ihm zusammenarbeiten.«

»Sie sind auf dem Holzweg, Herr Rossi.«

Die Kellner brachten zwei gegrillte Seezungen und fragten, ob sie sie zerlegen sollten. »Das schaffen wir schon, nicht wahr?« Jacqueline Barth schaute Fabio an. Er nickte.

Während sie das weiße Fleisch von den Gräten lösten, sprach Fabio. »Ich sage Ihnen, was meiner Meinung nach passiert ist: Sie übergaben mir die Beweise. Ich habe recherchiert, überprüft und versucht, die Sache wasserdicht zu machen. Jemand hat sich daran gestört und mir eins übergezogen. Dabei erlitt ich einen Gedächtnisverlust. Als Lucas klarwurde, dass ich mich nicht mehr an die Sache erinnerte, hat er sie mir geklaut. Die Versuchung war groß, das ist ein Riesending für jeden Journalisten. Und Sie hat er dazu gekriegt, exklusiv mit ihm zu arbeiten. So sehe ich das.«

»Sie sehen es falsch.«

»Dann sagen Sie mir, wie ich es sehen muss.« Fabio hatte begonnen, die Fischstücke achtlos in den Mund zu schaufeln.

»Es stimmt, Herr Jäger war bei mir.«

Fabio durchfuhr es heiß, wie so oft in letzter Zeit, wenn sich ein Verdacht gegen Lucas bestätigte.

»Aber er wollte nicht, dass ich mit ihm zusammenspanne. Er wollte, dass ich mit Ihnen nicht zusammenarbeite.«

»Das kommt aufs Gleiche heraus. Er hat ja die Dokumente.«

»Er hat gesagt, die Sache hätte Sie in Schwierigkeiten gebracht und würde es wieder tun.«

Fabio schüttelte den Kopf. »Unglaublich«, murmelte er.

»Was schockiert Sie daran? Sie haben selbst gesagt, jemand habe Ihnen deswegen eins übergezogen.«

»Mich schockiert, dass er das als Vorwand benutzt, um die Story selbst bringen zu können.«

Jacqueline Barth hob das Skelett der Seezunge auf den Grätenteller und begann die untere Hälfte des Fisches zu essen. »Weshalb hat er das nicht längst getan?«

»Vielleicht fehlt ihm noch etwas.«

»Einen anderen Grund können Sie sich nicht vorstellen?«

»Zum Beispiel?«

Sie trank einen Schluck Wein, schüttelte den Kopf und stellte das Glas zurück. Ein Kellner hatte sie beobachtet und kam auf den Tisch zu. Sie sah ihn und nickte. Er änderte die Richtung und ging auf die Bar zu.

»Zum Beispiel, dass er die Sache gar nicht bringen will.«

»Weshalb nicht? Er ist Journalist.«

»Vielleicht hat man ihn darum gebeten.«

»Das würde ihn nicht abhalten.«

»Vielleicht hat man ihn sehr nachdrücklich gebeten.«

Fabio legte Messer und Gabel parallel nebeneinander und wischte sich mit der Serviette über den Mund. »Sie meinen, man hat ihn bedroht?«

»Zum Beispiel.«

Endlich begriff Fabio. »Sie glauben, man hat ihm Geld gegeben, damit er die Sache unter dem Deckel hält?« Er grinste. Inzwischen traute er Lucas ja allerhand zu, aber das?

Er beobachtete, wie der Kellner ein neues Glas aus einer frisch geöffneten Champagnerflasche füllte.

»Falls Sie das allen Ernstes vermuten, müssten Sie erst recht mit mir zusammenarbeiten.«

»Wie kommen Sie darauf?«

»Sie müssten doch daran interessiert sein, dass die Öffentlichkeit von der Sache erfährt.«

Sie hob die Schultern.

»Tausende, Zehntausende haben prionenverseuchte Schokolade gegessen, und Sie sind nicht daran interessiert, dass die Schuldigen zur Verantwortung gezogen werden?«

Sie hatte jetzt auch fertiggegessen. »Für die wenigen, die vielleicht krank werden, kommt sowieso jede Hilfe zu spät. Und weshalb sollte man die restlichen Zehntausende um ihr Leben fürchten lassen? Die Verantwortlichen werden schon dafür sorgen, dass so etwas nie mehr vorkommt.«

Fabio schüttelte den Kopf. »Ich bin Journalist. So kann ich nicht denken.«

»Ich schon.«

»Deshalb wollen Sie mir nicht helfen?«

»Nein, nicht deshalb.«

Der Kellner räumte den Tisch ab.

»Weshalb dann?«

»Weil ich nichts von den Dokumenten weiß, die Sie suchen.« Sie lächelte. »Schenken Sie mir noch eine Zigarette?«

Fabio bot ihr eine an und nahm sich auch eine.

»Wollen wir sie auf der Terrasse rauchen?«, fragte sie.

Das Meer war schwarz vom mondlosen Himmel. Die Lichter von Amalfi glitzerten in der Ferne. Die Windlichter auf den Terrassentischen warfen ihr gelbes Licht auf die Gesichter der Gäste. Behutsam spielte das Trio sein neapolitanisches Repertoire. Ein kleiner Wind war aufgekommen.

Fabio und Jacqueline Barth saßen an einem Tischchen bei der Brüstung, tranken Kaffee und rauchten.

»Schön«, sagte Fabio, um das Gespräch wieder in Gang zu bringen.

Sie nickte nur.

Das Trio spielte *Un vecchio ritornello*. Beim Refrain summte Jacqueline Barth mit.

In der Musikpause stellte er endlich die Frage, die ihn seit einiger Zeit beschäftigte. »Darf ich Sie etwas Indiskretes fragen?«

Sie schüttelte den Kopf.

»Bei unserem Gespräch damals hatten Sie mir gesagt, Sie seien gezwungen, Ihr Haus aufzugeben und wieder als Floristin zu arbeiten. Jetzt wohnen Sie immer noch im Haus, haben sogar eine Hausangestellte und machen Ferien in einem Fünfsternehotel.«

Sie legte den Kopf in den Nacken und ließ eine Rauchsäule in den Himmel steigen. Ihre anfängliche Anspannung hatte sich gelöst, der Champagner hatte ihre Züge weich gemacht. Jetzt erst sah er, was für eine schöne Frau sie war.

»Es war mehr da, als ich gedacht hatte.«

»Viel mehr, scheint mir.«

Sie antwortete nicht.

»Wie erklären Sie sich das?«

»Er sprach mit mir nicht über Geld.«

»Sie stellen einfach fest, dass da viel mehr Geld ist, als Sie annahmen, und fragen sich nicht, woher es kommt.«

»Genau.«

»Sind Sie nie auf die Idee gekommen, Ihr Mann könnte Geld genommen haben, damit er seine Entdeckung für sich behält?«

»Nein.«

»Dass er sich aus Scham darüber das Leben genommen haben könnte? Dass Sie all das hier mit dem Geld bezahlen, das ihn das Leben gekostet hat?«

»Wie alt sind Sie, Herr Rossi?« Sie klang nicht wütend.

»Dreiunddreißig.«

»Ich werde dieses Jahr fünfzig. Wenn eine Frau in diesem Alter vor der Wahl steht, als wiedereingestiegene Floristin in kalten Kellern für einen Hungerlohn Blumen zu binden oder in lauen Sommernächten mit gutaussehenden jungen Männern wie Ihnen von der schönsten Terrasse der Welt aufs Meer zu schauen, glauben Sie,

sie überlegt es sich zweimal? Mein Mann hat mir dieses Leben nach seinem Tod ermöglicht. Falls er dafür seine Seele verkauft hat, bin ich die Letzte, die sich darüber moralisch zu entrüsten hat.«

Die Zigarette zwischen ihren Fingern zitterte nicht. »Falls es so ist, wie Sie glauben – ich sage, falls! –, falls es so ist, verbeuge ich mich vor ihm und bewahre ihm bis ans Ende meiner Tage einen Ehrenplatz in meinem Herzen.«

Sie winkte dem Kellner und bestellte die Rechnung. Er brachte sie und reichte ihr einen Kugelschreiber.

»Nein, das geht nicht auf mein Zimmer, mein Begleiter übernimmt das.«

Fabio klaubte seine Kreditkarte aus dem Geldbeutel und legte sie auf das Tellerchen. »Ich nehme doch an, Sie wollen nicht von diesem Geld zweifelhafter Herkunft profitieren.«

»Ist mir tatsächlich lieber«, antwortete Fabio.

Der Kellner brachte die Kreditkartenquittung zurück. Zweihundertsechzigtausend Lire musste Fabio die Reinheit seines journalistischen Gewissens schon wert sein.

Jacqueline Barth stand auf. »Entschuldigen Sie mich, ich bin hier immer früh müde.«

Sie gaben sich die Hand.

Sie lächelte. »Unter anderen Umständen hätte ich Sie vielleicht noch zu einem Drink auf meine Terrasse eingeladen.«

»Unter anderen Umständen hätte ich vielleicht angenommen.«

An der Decke seines kleinen Zimmers im Hotel La Bussola fuhren die Lichter der Autos und Motorräder vorüber. Fabio lag nur mit dem Leintuch zugedeckt auf dem Rücken. Ein Lied, das das Trio gespielt hatte, wollte ihm nicht mehr aus dem Kopf: »Anche tu diventerai com' un vecchio ritornello che nessuno canta più.«

Auch für Norina war er ein alter Refrain geworden, den niemand mehr singt.

17

Fabio verließ Salerno kurz vor elf im Intercity. In Rom stieg er in den Pendolino, in Mailand in den Cisalpino. Gegen dreiundzwanzig Uhr raste der Zug durch die Feldauerkurve und fuhr kurz darauf im Hauptbahnhof ein.

Die Verbindungen waren gut, die Rückreise hatte keine zwölf Stunden gedauert. Mit jedem Kilometer wuchs seine Gewissheit, dass Jacqueline Barths Vermutung zutraf: Lucas hatte sich kaufen lassen.

Morgen würde es genau einen Monat her sein, dass er ins Krankenhaus gebracht worden war. Selbst wenn es eine Woche gedauert hatte, bis Lucas merkte, dass Fabio sich nicht mehr an die Sache erinnerte, hätte er vier Wochen Zeit gehabt, sie zu veröffentlichen. Morgen würde er Sarah anrufen und herausfinden, ob die Geschichte für Sonntag geplant war. Falls nicht, würde er Norina informieren.

Norina, da war er sich ganz sicher, würde Lucas das nie verzeihen. In ethischen Fragen war sie streng. Einen der größten Kräche in ihrer Beziehung hatten sie gehabt, als Fabio einen leitenden Angestellten eines Treuhandbüros, das in eine Geldwäschergeschichte verwickelt war, nicht namentlich erwähnte, weil er der älteste Sohn eines Freundes seines Vaters war. »So fängt es an«, hatte sie immer wieder gesagt. »Genau so.«

Lucas und die Chefredaktion würde er erst informieren, wenn er mehr in der Hand hatte. Er wollte mit Bianca Monti, der Laborantin der LABAG, sprechen. Und der POLVOLAT würde er auch einen Besuch abstatten.

Als Fabio aus dem klimatisierten Cisalpino auf den Bahnsteig trat, empfing ihn die verbrauchte, von der Hitze eines langen Tages aufgeheizte Bahnhofsluft. Die zehn Minuten bis zur Sternstraße ging er zu Fuß. Als er die Tür zum Apartment aufschloss, klebte sein Polohemd am Körper.

Fabio öffnete das Fenster, um die abgestandene Luft des Zimmers durch die abgasgeschwängerte der Straße zu ersetzen. Er duschte und legte sich aufs Bett. Nach fünf Minuten merkte er, dass an Schlaf nicht zu denken war. Er zog sich an, ging hinunter und schlenderte ziellos durch das Viertel. In der eigenen Stadt machte es ihm nichts aus, für einen Touristen gehalten zu werden.

Weshalb er im Peaches landete, wusste er nicht. Vielleicht, weil es klimatisiert war.

Er setzte sich an die Bar.

»Hallo, Fabio, Gin Tonic?«, fragte eine tiefdekolletierte Bardame. Er bestellte ein alkoholfreies Bier.

Im Lokal war es dunkel. Nur ein paar Blickfänge waren durch kleine Halogenspots herausgehoben: das Flaschenregal, der glitzernde Schriftzug ›Peaches‹ an der Rückwand der kleinen Bühne und ein paar künstlerische Aktfotos an den Wänden.

Überall im Raum glimmten schwache Lampen, immer wieder verdunkelt von den unruhigen Silhouetten an den Tischen. Die Buglichter chinesischer Dschunken bei unruhiger See.

Fabios Timing war perfekt: Kaum hatte er den ersten Schluck getrunken, ertönte ein Tusch und dann die pathetische Ankündigung: »Meine Damen und Herren: Samantha aus Guadeloupe!«

In einem silbern blitzenden Cocktailkleid betrat sie die Bühne, ohne ihre Schritte dem schleppenden Rhythmus des Reggaes anzupassen. Sie ließ ihren Blick verächtlich durch das Lokal schweifen. Plötzlich schob sie ihr Kleid bis über die Mitte der Schenkel, fasste mit beiden Händen darunter, schob ihr Höschen bis zu den Knien und ließ es dort aufgespannt. Sie richtete sich auf, blickte wieder in die Runde und schloss die Knie. Das Höschen fiel auf den Boden. Samantha hob es mit dem linken hochhackigen Pumps auf, ließ es einen Augenblick baumeln und kickte es in die Bühnenecke. Jetzt erst begann sie langsam und gelangweilt zu tanzen.

»Auch wieder einmal hier?«, sagte eine Stimme neben ihm. Es war Fredi. Er nahm eine Schüssel Erdnüsse von der Bar, schüttete sich ein Häufchen in die rechte Hand und beförderte es in den Mund.

»War ich oft hier?«

»Ab und zu. Der beste Laden in der Art, wenn du mich fragst. Hast du so etwas schon mal gesehen?« Er deutete mit einer Handvoll Salznüssen auf die Bühne. »Weltklasse, zuerst das Höschen. Darauf musst du erst einmal kommen.«

Die Barmaid stellte einen Drink neben Fredis Ellbogen. Er beachtete ihn nicht.

Samantha tanzte, als wäre sie allein auf der Welt.

»Du bist hier Stammgast«, stellte Fabio fest.

»Die Immobilie gehört uns.«

Fabio sagte nichts.

»Hast du ein Problem damit? Das Apartmenthaus Florida gehört uns auch.«

»Gleiche Branche.«

»Immobilien heißt die Branche. Wir haben auch Häuser mit Banken als Mietern, Anwälten und Ämtern.«

»Immobilien heißt die Branche, und Geld heißt das Produkt.«

Fredi kippte eine weitere Ladung Nüsschen in den Mund. Als er geschluckt hatte, sagte er: »Der Schlag scheint dich in den Spießer von früher zurückverwandelt zu haben.«

Samantha tanzte, als hätte sie vergessen, dass sie unter dem Kleid kein Höschen trug. Das Publikum war mäuschenstill, um sie nicht daran zu erinnern.

»Und der Kopf? Hast du neue Gedächtnisinseln entdeckt?«

»Nein, nichts seither.«

»Was sagt der Arzt?«

»Abwarten und Tee trinken.«

»Sieht mehr nach Bier aus.«

»Alkoholfrei.«

Samantha hatte es irgendwie fertiggebracht, die Träger ihres Kleides zu verlieren. Um zu verhindern, dass ihre Brüste ständig hinaushüpften, zog sie es immer höher. Der Saal betete, das Detail mit dem Höschen möge ihr entfallen sein.

»Jetzt musst du schauen«, befahl Fredi. Als hätten sie nicht die ganze Zeit geschaut.

Die Musik hörte auf. Samantha hatte während der ganzen Nummer das Kleid nie länger als ein paar Sekundenbruchteile hoch genug gezogen. Sie ging langsam auf das Bühnentreppchen zu und betrat die erste Stufe. Jetzt erinnerte sie sich an das Höschen. Sie ging zurück auf die Bühne und fand es in der hintersten Ecke. Mit dem Rücken zum Publikum und leicht gespreizten Beinen bückte sie sich langsam. Tiefer, tiefer, tiefer, bis sie es mit einem ihrer langen Fingernägel angeln konnte. Dann richtete sie sich auf und schlenderte, ohne sich noch einmal umzuschauen, unter dem dankbaren Applaus des Publikums von der Bühne.

Fabio und Fredi klatschten mit. Fredi nahm seinen Drink von der Theke, klopfte Fabio auf die Schulter, sagte: »Melde dich mal wieder«, und verschwand im Dunkel des Lokals.

Kurz darauf stand Samantha neben ihm. »Hat's dir gefallen?«

»Weltklasse. Was trinkst du?«

»Nichts, was du dir leisten kannst.«

»Mach halt eine Ausnahme.«

»Wir dürfen keine Ausnahmen machen. Wir müssen Champagner trinken.« Sie gab ihm einen Kuss auf die Wange. »Salut.«

Er hielt sie zurück. »Dann trinken wir eben ein Glas Champagner.«

»Eine Flasche.«

»Du trinkst doch keine ganze Flasche.«

Sie lächelte ihn an. »Du bist nicht oft in solchen Lokalen, oder?«

Er winkte der Barmaid.

»Tu es nicht. Es bleibt nicht bei einer. Es wird dich einen Tausender kosten.« Sie verstrubbelte sein Haar und ging. Er war nicht der Einzige, der ihr nachblickte.

Fabio bestellte noch ein alkoholfreies Bier und schaute sich das Programm an. Keine der Tänzerinnen konnte Samantha das Wasser reichen.

Gerade als er am Überlegen war, ob er noch etwas bestellen oder bezahlen sollte, sah er Samantha das Lokal verlassen. In Begleitung eines älteren Herrn, der ihr bis zur Schulter reichte.

Bianca Monti klang verschlafen, als er sie kurz nach zehn Uhr vormittags erreichte. Freitag sei ihre Club-Night, erklärte sie. Sie schien erfreut über den Anruf und hatte auch Zeit, ihn zu treffen. Sie verabredeten sich im Boulevard, einem Straßencafé im Zentrum.

Danach rief er Sarah in der Redaktion an. Samstag war kein guter Tag, um die Redaktionssekretärin einer Sonntagszeitung zu erreichen. Ihre Nummer war ständig besetzt.

Als sie sich endlich meldete, war sie kurz angebunden.

»Nur eine Frage, die du mit Ja oder Nein beantworten kannst.«

»Wenn sie kurz ist.«

»Habt ihr morgen einen Scoop über einen Lebensmittelskandal?«

»Ich kann doch am Samstag um halb elf einem Außenstehenden nicht unsere Scoops verraten.«

»Komm, Sarah. Ja oder nein.«

»Nein.«

»Danke. Ciao.«

»Ciao.«

Fabio ballte die Faust und stieß sie in die Luft, als hätte er soeben einen matchentscheidenden

Strafstoß verwandelt. Die Sache war damit klar. Lucas hielt die Sache unter dem Deckel.

Er rief Norina an. Zu seiner Überraschung meldete sie sich.

»Ich bin's, Fabio.«

»Ja?«

»Können wir uns treffen? Es ist wichtig.«

»Ich dachte, du bist in Italien.«

»Gestern zurückgekommen.«

»Wie war's?« Die Frage klang nicht sehr interessiert.

»Das wollte ich dir erzählen.«

»Ich höre.«

»Persönlich.«

»Bitte, Fabio. Lass mich in Frieden.«

»Es geht um Lucas.«

»Lass auch ihn in Frieden.«

»Als ich im Krankenhaus war, hat er mir eine Geschichte geklaut, eine wirklich große Sache.«

»Ich lege jetzt auf, Fabio.«

»Und er hat sich dafür bezahlen lassen, dass er sie nicht bringt.«

»Gib's auf, Fabio.«

»Hörst du? Er hat sich kaufen lassen!«, schrie er.

Sie hatte das Gespräch beendet.

Das Café Boulevard war bis auf den letzten Tisch besetzt. Fabio stellte sich an und wartete, bis etwas frei wurde.

Plötzlich entdeckte er Bianca. Sie saß mittendrin an einem Tisch und winkte. Er drängte sich zwischen den Tischen durch und setzte sich zu ihr. In ihren weißen Bermudas und der fast klassischen hellblauen Sommerbluse sah sie aus wie eine höhere Tochter. Wäre die Reihe Goldringe in der rechten Augenbraue nicht gewesen.

»Ich hab dich schon lange gesehen, aber ich musste den Tisch verteidigen«, erklärte sie aufgeregt. »Ich war zu früh.«

Die nächsten zehn Minuten waren sie damit beschäftigt, die Aufmerksamkeit des zuständigen Kellners zu erhaschen. Als sie bestellt hatten – Eis und Espresso, wie in Pesaro –, fragte Bianca: »Privat oder als Journalist?«

»Als Journalist.«

Bianca versuchte sich nicht anmerken zu lassen, dass sie auf eine andere Antwort gehofft hatte. »Dann darf ich nur über das Wetter reden. Steht neuerdings im Vertrag.«

»Du hast einen neuen Vertrag, der dir verbietet, mit Journalisten zu sprechen?«

»Glaubst du, es wird endlich Regen geben?«

»Sieht nicht so aus. Gibt es noch andere Änderungen im Vertrag?«

»Das ist jetzt die vierte Woche ohne Regen.«

Der Kellner brachte das Eis und die Espressi. »Darf ich das gleich kassieren?«, fragte er.

Fabio bezahlte. »Ich war in Amalfi.«

»Ist es so schön, wie alle erzählen?«

»Ja. Ich habe dort Dr. Barths Witwe getroffen.«

»Wie geht es ihr?«

»Sie scheint darüber hinwegzukommen.«

»In Amalfi.«

Sie aßen schweigend ihr rasch schmelzendes Eis.

»Du hast gesagt, Barth habe an einem Nachweisverfahren für Prionen in Lebensmitteln gearbeitet. Könnte es sein, dass er Erfolg hatte?«

»Ich habe nicht mit dir gesprochen. Klar?«

»Klar.«

»Ich werde schwören, dass ich dich nie gesehen habe.«

»Das wird nicht nötig sein.«

»Eine Weile hatte ich gedacht, er hätte etwas gefunden. Er wirkte euphorisch und arbeitete nächtelang. Aber dann, von einem Tag auf den anderen, hörte er auf. Er war sehr deprimiert. Da dachte ich: War wohl nix.«

»Wann war das?«

»Die letzten Wochen vor seinem Tod.«

»Und in der Zeit davor, hat er da immer allein gearbeitet?«

»Ich habe ihm manchmal geholfen. Selten. Es waren unbezahlte Überstunden.«

»Dann müsstest du doch einiges wissen über das Projekt.«

Bianca schüttelte den Kopf. »Ich bin Chemielaborantin. Hier ging es um Immunologie und Antikörper. Davon habe ich keine Ahnung. Doktor Barth tat auch sehr geheimnisvoll. Er sagte mir nur, er arbeite an der Entwicklung von Antikörpern, die auf Prionen ansprechen.«

Ein paar Tische weiter standen zwei Leute auf, und zwei andere setzten sich. Es waren Marlen und das Latino-Bärtchen. Sie schaute kurz herüber und sofort weg, als sie ihn erkannte.

Fabio wandte sich wieder Bianca zu: »Es muss doch Aufzeichnungen geben über die Experimente.«

»Wenn es eine Fehlanzeige war, hat er sie vielleicht weggeschmissen.«

»Wäre das normal?«

»Normal nicht, aber menschlich. Willst du wissen, was ich glaube?«

Fabio nickte.

»Doktor Barth wusste, dass ihm Schnell die Forschung und Entwicklung wegnehmen würde. Seine Chance war, rechtzeitig einen Knüller zu finden. Als das schiefging, resignierte er.«

»Klingt plausibel«, sagte Fabio.

»Aber du glaubst es nicht.«

»Ich habe eine andere Theorie.«

»Da bin ich aber gespannt.«

»Das musst du noch eine Weile bleiben.«

Aus dem Augenwinkel beobachtete Fabio, wie Marlens Begleiter aufstand und ins Lokal hineinging. Sie blieb allein am Tisch sitzen. Er spürte, wie sie herüberschaute.

»Ich kann dir nicht mehr sagen«, fuhr Fabio fort, »als dass ich nicht ganz sicher bin, dass er die Lösung nicht doch gefunden hatte.«

»Aber weshalb sollte er sich dann umbringen? Er wäre ein gemachter Mann gewesen.«

»Wie gesagt, ich kann dir vorläufig nicht mehr sagen. Vielleicht, wenn wir das nächste Mal wieder nicht miteinander sprechen.«

In diesem Moment begann sein Handy Ravels *Bolero* zu spielen. Er tat, als hörte er es nicht.

»Antwortest du nicht?«, fragte Bianca.

Er klaubte es aus der Tasche. »Ja?«

»Stehst du jetzt auf Piercing?«, fragte Marlens Stimme. Er schaltete das Gerät aus und murmelte: »Falsch verbunden.«

Am Sonntag ging Fabio zum ersten Mal seit dem Ereignis schwimmen. Nicht in den See, wie ein Sommerfrischler; ins Hallenbad, wie ein Profi.

Er trug Nasenklammer, Ohrenstöpsel und Schwimmbrille und schwamm diszipliniert seine Lagen. Bereits nach zehn Längen begann er, seinen Trainingsrückstand zu spüren.

Er duschte, schlang ein Badetuch um die Hüften und setzte sich auf eine Bank am Rand des Beckens. Das Bad hatte sich etwas gefüllt. Im Nichtschwimmerteil planschte jetzt eine Gruppe Kinder. Ein paar alte Leute schwammen ernst und konzentriert ihre Längen. Vom Dreimeterbrett sprang ab und zu jemand ins Wasser.

Fabio liebte den Chlorgeruch und das Echo der Stimmen in der hellen, weißen Halle. Es erinnerte ihn an seine Kindheit. Als man ganze Nachmittage im Wasser verbrachte. Oder sich auf einem Handtuch schlafend stellte, wenn in der Nähe die Mädchen taten, als fühlten sie sich unbeobachtet. Er nahm sich vor, wieder regelmäßig herzukommen.

Am Nachmittag saß er vor dem Bildschirm und suchte im Internet nach Antikörpern, die auf Prionen ansprechen. Ohne Erfolg. Aber er stieß auf den Begriff »Immunoassay«. Eine Methode, die Prinzipien der Immunologie und der Chemie kombinierte. Die Techniken variierten, aber sie hatten alle eines gemeinsam: Ihre Hauptkomponente war ein Antikörper.

In der Natur wurden Antikörper von Plasmazellen als Antwort auf fremde Partikel oder Substanzen produziert. Sie reagierten ausschließlich auf die Antigene, gegen die sie produziert wurden.

In den Labors wurden Antikörper hergestellt, indem man Versuchstieren Antigene injizierte und die Antikörper, die diese dagegen bildeten, isolierte und reinigte.

Auf diese Weise konnte man zum Beispiel das Aidsvirus nachweisen. Oder winzigste Pestizidrückstände im Trinkwasser. Oder gefährliche Bakterien in Esswaren. Oder eine ganz bestimmte Art von Proteinen.

Der Gedanke, dass mit dieser Technik eines Tages auch Prionen in einer Schokolade nachgewiesen werden könnten, lag nahe.

Je mehr sich Fabio in die Thematik vertiefte,

desto komplexer kam sie ihm vor. War es denkbar, dass Doktor Barth – bei allem Respekt vor seinem Fachwissen – völlig isoliert gearbeitet hatte? Trotz aller Geheimhaltung musste er doch mit Kollegen Erfahrungen ausgetauscht haben.

Wenn nicht mit denjenigen in der eigenen Firma, dann doch bestimmt mit anderen. Die Wissenschaft war in so viele Spezialgebiete aufgesplittert, da mussten doch die Gemeinden der jeweiligen Gebiete klein und übersichtlich sein. Und dank dem Internet auch leicht zu kontaktieren.

Dass er nicht früher darauf gekommen war: Irgendwo auf der Welt musste es Wissenschaftler geben, die wussten, woran Doktor Barth arbeitete. Vielleicht sogar, wie weit seine Arbeit gediehen war.

Die E-Mail-Adressen oder die Anschriften dieser Leute mussten bei Barths Unterlagen sein.

Mit Jacqueline Barths Hilfe konnte er nicht rechnen. Aber vielleicht mit der von Bianca Monti.

Er stellte ihre Nummer ein. Es meldete sich niemand.

Kaum hatte er aufgelegt, klopfte es an die Tür. Es war Samantha in Begleitung von zwei Frauen.

Die eine in ihrem Alter, die andere älter und runder. Beide so dunkelhäutig wie sie selbst.

»Hast du schon einmal *Crêpes de plantain* gegessen?«

»Noch nie«, gestand Fabio.

Eine halbe Stunde später roch es in Fabios Apartment nach Essen. Samantha, Lea, die junge Schlanke, und Soraya, die ältere Üppige, bewegten sich tänzerisch zu Buigine-Musik aus dem Ghettoblaster, den eine der drei aus ihrem Apartment gebracht hatte. Sie hatten große Kochbananen weich gekocht und gehackt, mit Butter und Backpulver gemixt und formten die Masse jetzt zu kleinen Küchlein. Dazu plauderten sie auf Kreolisch.

Fabio saß auf dem Bett, um nicht im Weg zu sein, und nippte ab und zu symbolisch an seinem Rum, den die drei Frauen ihm aufgenötigt hatten.

»Damoiseau«, hatten sie ihm eingeschärft, »rhum agricole blanc, der beste.«

In der Kochnische brutzelte und zischte es, und der Raum füllte sich mit dem Duft von heißem Kokosöl. Samantha kam mit der ersten goldbraunen Crêpe zwischen Daumen und Zeigefinger zu Fabio und ließ ihn ein Stück abbeißen. Er verdrehte anerkennend die Augen. Es schmeckte etwas mehlig und fettig.

Soraya setzte sich an seinen Tisch, Lea in den Sessel, Samantha neben ihn aufs Bett. Sie drehten die Musik noch etwas lauter und aßen die Bananenküchlein, alle vierzig Stück.

»Du bist ein Freund von Fredi?«, fragte ihn Soraya mit vollem Mund.

»Wir sind zusammen in die Schule gegangen.«

»Was zahlst du für das Apartment?«

Fabio wusste keine Antwort. »Wir haben nicht darüber gesprochen. Ich hab dringend etwas gebraucht, und er hat mir das gegeben.«

Die drei Frauen tauschten Blicke aus. »Wir bezahlen zweitausendfünfhundert.«

»Im Monat?«

»Wir sind nie länger als einen Monat hier.«

»Zweitausendfünfhundert!«

»Inklusive Bettwäsche und Zimmerreinigung.«

»Dieser Halsabschneider!«, stieß Fabio hervor.

»Dein Freund.«

»Weshalb wohnt ihr nicht woanders?«

Die drei lachten sich kaputt.

»Das Apartment gehört zum Vertrag mit dem Peaches.«

Der Rum war stark. Obwohl Fabio nur daran nippte, spürte er dessen karibische Wirkung. Er tanzte, als wäre er mit Buigine in den Ohren aufgewachsen.

Irgendwann sah er, dass Soraya das Telefon abhob, ein paar Worte sprach, auflegte und weitertanzte.

»Wer war das?«, fragte Fabio.

»Eine Frau«, antwortete sie schulterzuckend.

»Was wollte sie?«

»Dich.«

»Was hast du gesagt?«

»Du seist beschäftigt.«

»Hat sie einen Namen gesagt?«

»Ja.«

»Welchen?«

»Hab ihn nicht verstanden.«

»Norina?« Soraya überlegte. »Nein, kürzer.«

»Marlen?«

»Nein, so kurz nicht.«

18

Der Bahnhof von Rimbühl war in den achtziger Jahren modernisiert worden. Man hätte ihn gescheiter abgerissen, dachte Fabio. Und mit ihm die ganze Ortschaft.

Rimbühl war weder ein Dorf noch ein Städtchen noch ein Vorort. Es war eine lieblose Ansammlung von Behausungen und Zweckbauten ohne Zentrum und ohne Peripherie. Irgendwo stand eine Kirche, irgendwo eine Wirtschaft, irgendwo ein Feuerwehrdepot, irgendwo eine Wohnsiedlung, irgendwo eine Tafel: »POLVOLAT, 3 km«.

Der Verkehr musste durch die Hauptstraße, es gab keine Umgehung. An der einzigen Stelle, an der kein Mensch die Straße zu überqueren brauchte, hatte man eine Fußgängerüberführung gebaut. »Rimbühl grüßt Rust am Neusiedlersee!«, stand an der Außenwand des Geländers. Als wäre das sein einziger Zweck.

Über den Hügeln im Westen hatte sich ein mächtiger Wolkenturm aufgebaut. Falls er Regen brachte, ließ er sich das mit einer Schwüle vorausbezahlen, die noch drückender war als die der vergangenen Tage.

Am Bahnhof hatte kein Taxi gestanden. Aber Fabio wusste von den Taxiquittungen, die ihm die Buchhaltung unter die Nase gerieben hatte, dass es in Rimbühl mindestens eines geben musste. Der Bahnhofsvorsteher hatte ihn zur Werkstatt Feld geschickt. »Der macht auch Taxidienst«, hatte er gesagt.

»Hab ich Sie nicht schon mal zur POLVOLAT gefahren?«, wollte der Fahrer wissen, als sie im säuerlich riechenden Mercedes losfuhren.

»Ich bin zum ersten Mal hier«, antwortete Fabio. Den Rest der kurzen Strecke legten sie schweigend zurück.

Das Areal der POLVOLAT war eingezäunt. Das Eingangstor stand offen, aber ein Schlagbaum stoppte die Fahrzeuge, bis sich die Fahrer beim Pförtner ausgewiesen hatten.

Fabio hatte sich vorsichtshalber unter dem neuen Namen seiner Mutter, Baldi, angemeldet. Fabio Baldi, freier Journalist, an einem Bericht über Milch für *Die schönen Seiten,* eine der harmloseren Familienzeitschriften des Landes. Er beabsichtigte nicht, diese Tarnung aufrechtzuerhalten. Er hatte nur vermeiden wollen, dass er schon am Telefon Schwierigkeiten bekam, falls man ihn hier in schlechter Erinnerung haben sollte.

Das schien nicht der Fall zu sein. Der Pförtner war über sein Kommen informiert und sagte ihm, Frau Frei erwarte ihn am Haupteingang des Administrationsgebäudes.

Er ging über den großen Teerplatz. An den Tankanlagen standen Milchzisternenwagen wie Kühe am Melkstand. Andere warteten in der zweiten Reihe, bis sie an die Reihe kamen. Bei den Verladerampen wurden Lastwagen beladen. Sie trugen die Schriftzüge großer Lebensmittelmarken.

Frau Susi Frei stellte sich als Assistentin der Werksleitung heraus. Sie war etwas jünger als Fabio und »freute sich riesig, jemanden von den *Schönen Seiten* kennenzulernen«. Sie schien ihn noch nie gesehen zu haben.

Sie führte ihn in einen Empfangsraum und half ihm in einen weißen Labormantel mit dem Firmensignet. Sie selbst schlüpfte auch in einen. »Und jetzt noch das lustige Hütchen«, witzelte sie und überreichte ihm eine Wegwerf-Zellstoffhaube mit Gummizug. Auch sich setzte sie eine auf, rollte die Augen und seufzte: »Hygiene.«

Sie überreichte ihm eine dünne Broschüre, auf der die Stationen des Rundgangs beschrieben waren. Bei jeder stand ein kurzer Text. Darunter hatte man Platz für eigene Notizen gelassen.

Frau Frei führte ihn durch angenehm kühle Räume mit viel Chrom, Keramik und Edelstahl. Überall begleitete sie der gleiche Geruch. Wie nach saurer Milch oder frischem Käse.

Fabio machte sich Notizen.

In einem der Fabrikräume waren drei Männer dabei, eine Maschine zu reinigen. Sie trugen, wie alle, die hier arbeiteten, weiße Überkleider und Mützen. Aber darüber große, blassgelbe Plastikschürzen. Sie spritzten das halb zerlegte und aufgeklappte Ungetüm mit Dampfreinigern ab.

»Einer unserer Sprühbandtrockner!« Frau Frei schrie, um das Zischen und Singen des Dampfstrahls zu übertönen. »Wird für ein neues Produkt umgerüstet.«

Fabio las in der Broschüre unter »Sprühbandtrockner« nach.

Der Sprühbandtrockner ist eine Kreuzung zwischen einem Bandtrockner und einem Sprühturm. Mit ihm können Produkte getrocknet werden, die sich früher nur bedingt für die Trocknung eigneten. Zum Beispiel können damit auf Trägersubstanzen wie Milchbestandteile, Pflanzenproteine, Stärke etc. Fette aufgetragen werden. Pulver mit bis zu achtzig Prozent Fettgehalt sind damit herstellbar.

Ein Mann in einem Labormantel kam herein. Er sprach mit einem der Arbeiter. Es sah aus, als ob er ihm Anweisungen erteilte. Offenbar eine höhere Charge. Er hielt ein Brett in der Armbeuge, auf das ein paar Formulare geklemmt waren. In seiner Brusttasche steckte eine Reihe Kugelschreiber.

Er schaute zu Fabio und wandte sich an den Mann. Beide blickten jetzt zu ihm herüber. Der Mann mit den Kugelschreibern verließ den Raum.

Im Gang konnte man sich wieder in normaler Lautstärke unterhalten. »Was heißt, es können Fette aufgetragen werden?«, erkundigte sich Fabio.

»Sie nehmen frische Magermilch oder eine andere Trägersubstanz und fügen ihr die gewünschten pflanzlichen oder tierischen Fette in der gewünschten Menge zu. Wie das genau geht, kann Ihnen anschließend Herr Lehmann, unser Betriebsingenieur, erklären. Der Herr, der vor uns rausging.«

»Was wird auf der Maschine außer Fettpulver noch hergestellt?«

»Alles: Käsepulver, Schokoladenpulver, Säuglingsnahrung, Pulver für die Kälbermast und so weiter.«

Für Kälbermilch, das wusste Fabio aus seinen Recherchen, wurden manchmal tierische Fette verwendet, auch solche aus Rindertalg.

Am Ende des Gangs tauchten zwei Männer in Weiß auf.

»Und wenn Sie sagen«, fragte Fabio weiter, »die Maschine werde für ein neues Produkt umgerüstet, heißt das, sie hat zum Beispiel zwei Tage, sagen wir, Kälbermilch produziert und wird jetzt ein paar Tage, sagen wir, Säuglingsnahrung produzieren?«

Sie nickte.

Neurochirurgen hielten Seminare darüber, ob sie gebrauchtes Operationsbesteck als Sondermüll entsorgen sollten, weil Prionen gegen die üblichen Sterilisationsmethoden resistent sind. Und hier spritzte man die Geräte mit Dampf ab.

»Oder, sagen wir, Schokoladenpulver?«

Die beiden Männer standen jetzt vor ihnen. Sie machten keine Anstalten, aus dem Weg zu gehen. In ihren weißen Anzügen und Hüten sahen sie aus wie die Irrenhauswärter in alten Filmen.

»Fertig jetzt«, sagte der Größere. Er hatte ein rundes rötliches porentief rasiertes Gesicht.

Frau Frei war verwirrt. »Was ist los, Sami?«

»Der Herr kommt jetzt mit uns. Nicht wahr, Herr Rossi?«

»Herr Baldi«, korrigierte Frau Frei.

»Jaja, Herr Baldi.« Er packte Fabio am Arm.

»He!«, rief Fabio und versuchte, die Hand abzuschütteln. Der Griff wurde härter. Der zweite Mann packte ihn jetzt am anderen Oberarm.

So führten sie ihn an der verdatterten Frau Frei vorbei den ganzen Weg zurück durch den Gang, die Treppe hinunter, durch den Ausgang, über den Teerplatz bis zum Schlagbaum.

Von dem Mann, den Frau Frei Sami nannte, ging ein fast greifbarer Hass aus. Fabio war sicher, dass er ihn bei der kleinsten Geste des Widerstands erschlagen würde.

Der Pförtner erfasste die Situation und öffnete unaufgefordert den Schlagbaum. Auf der Landstraße blieben sie stehen.

»Kannst loslassen, Toni«, sagte Sami zu seinem Kollegen. Er sagte es sanft und freundlich, wie ein Mann, der sehr wohl zwischen wertvollen Menschen und Abschaum zu unterscheiden weiß. Er riss Fabio die Zellstoffhaube vom Kopf und half ihm grob aus dem Labormantel. Dann packte er mit jeder seiner roten Fäuste eine Handvoll von Fabios weißem Leinenhemd.

»Du lässt dich hier nie mehr blicken. Nicht im Umkreis von zehn Kilometern. Ist das klar?«

Fabio blieb nichts übrig, als zu nicken.

»Solche wie dich«, presste Sami heraus, »sollte man kaputtmachen.«

Einen schrecklichen Moment lang war Fabio sicher, er würde es tun. Aber dann ließ Sami die Hände sinken, spuckte Fabio ins Gesicht und ging. Gefolgt von Toni, dem wertvollen Menschen.

Fabio suchte nach einem Taschentuch, fand keines, riss ein Büschel Gras von der Straßenböschung und wischte sich die Spucke vom Gesicht.

Nur einmal in seinem Leben, als er Schüler war, hatte ihm jemand ins Gesicht gespuckt. Damals konnte er nicht anders, als zu heulen.

Diesmal auch nicht.

»Hatten Sie schon einmal einen Fall wie mich?«

Dr. Vogel sah aus, als hätte er die Hoffnung aufgegeben, die Hitzewelle lebend zu überstehen. Er hatte nach seinem letzten Patienten das Hemd nicht gewechselt und war zu Fabios Begrüßung sitzen geblieben. Er schien auch keine große Lust zu haben, mit Fabio Gedächtnisübungen zu machen. Er hatte ihn über seinen Ausflug nach Amalfi ausgefragt, und so waren sie ins Plaudern gekommen.

»Alle Fälle sind verschieden.«

»Ich meine, den Fall eines Patienten, der vor dem Unfall eine große Veränderung durchgemacht hat und durch die Amnesie wieder an die Stelle davor zurückversetzt wurde.«

»Alle Menschen ändern sich.«

»Aber nicht so radikal. Gegen Leute wie Fredi Keller habe ich früher geschrieben. Und dann ziehe ich mit ihm durch die Schickimicki-Lokale der Stadt. Ich lebe mit einer Frau zusammen, die sich gegen die Ausbeutung der Frauen durch das Sexgewerbe engagiert. Und dann werde ich zum Stammgast in einem Striplokal. Ich mache mich lustig über die verlogenen Presseinformationen, die auf meinem Schreibtisch landen. Und dann lasse ich mich mit einer dieser Tanten ein, die sie schreiben. Ich habe mich ins pure Gegenteil meiner selbst verwandelt.«

Dr. Vogel überlegte mit geschlossenen Augen. Vielleicht machte er auch ein Sekundennickerchen. Ohne die Augen zu öffnen, begann er zu sprechen: »In jedem von uns steckt das Gegenteil seiner selbst. Und fast jeder kommt in seinem Leben einmal an einen Punkt, an dem er ausprobiert, ob es sich dabei nicht vielleicht um sein wahres Selbst handelt. Dass Ihr Ausflug in Ihr Alter Ego ausgerechnet von einer Amnesie betroffen wird, ist allerdings Pech. Nein, einen solchen Fall hatte ich noch nie.«

»Ich kann es nicht nachvollziehen, verstehen Sie? Diese Lust, das andere Ich auszuleben, muss sich doch irgendwie ankündigen.«

Dr. Vogel öffnete die Augen und zupfte einen Strauß Kleenex aus einer Box, wie ein Zauberer Seidentüchlein aus der Manschette. Er wischte sich damit über sein großes Gesicht und warf den Knäuel in Richtung Papierkorb. Er verfehlte ihn. »Latent war dieses Bedürfnis vorhanden, und etwas hat es dann provoziert. Vielleicht die Begegnung mit dem alten Schulfreund. Vielleicht, wie Ihre Lebensgefährtin darauf reagiert hat. Vielleicht beides.«

Fabio dachte darüber nach. Dann fragte er: »Haben Gefühle nur mit dem Gedächtnis zu tun?«

»Die Forschung unterscheidet zwischen explizitem und implizitem Gedächtnis, dem bewussten und dem unbewussten Langzeitgedächtnis, wenn Sie so wollen. Nehmen Sie an, jemand wird im Alter von drei Jahren von einem Hund gebissen. Er erinnert sich zwar nicht daran, aber das Ereignis ist in seinem impliziten Gedächtnis gespeichert. Dreißig Jahre später fürchtet er sich immer noch vor Hunden. Den Gegensatz zwischen dem Gedächtnis, das ihm nicht beantworten kann, weshalb er sich vor Hunden fürchtet, und dem Gedächtnis, das ihn Reißaus nehmen lässt, wenn ihm Nachbars Zwergpudel über den Weg läuft, nennt man Dissoziation.«

Dr. Vogel wischte sich mit der Hand über das Gesicht. »Man geht davon aus, dass diese beiden Gedächtnisse von unterschiedlichen Hirnstrukturen unterstützt werden. Ich neige dazu, zu glauben, dass die Gefühle im impliziten gespeichert sind.«

»Und bei mir sind beide futsch?«

»Das kann ich mir fast nicht vorstellen. Bei den meisten Patienten mit beschädigtem explizitem

Gedächtnis ist das implizite noch intakt. In einem leichteren Fall, wie dem Ihren, sowieso.«

»Warum fühle ich denn jetzt nicht dieses Bedürfnis, mein zweites Ich auszuleben? Wenn es doch schon vor meiner Amnesie bestand? – Sie haben da ein Stück Papier an der Backe. Nein, höher, ja, dort.«

Dr. Vogel erwischte es und klaubte es weg. »Danke.«

»Wenn die Gefühlswelt, in der ich mich befinde, die von damals ist, dann kann ich Ihnen sagen, dass es absolut undenkbar ist, dass ich mit irgendeiner Frau etwas angefangen hätte. Ich liebe Norina.«

Dr. Vogel legte seinen Kopf in den Nacken und setzte sorgfältig die Spitzen seiner dicken Finger aufeinander. »Möglicherweise stammen die Gefühle Norina gegenüber aus der Zeit nach Ihrer Amnesie.«

»Das verstehe ich nicht.«

»Ich will damit sagen: Es kommt oft vor, dass die Liebe zum Partner stärker wird, wenn dieser sich in einer neuen Beziehung befindet.«

Dr. Vogel pflückte wieder ein paar Tüchlein aus der Schachtel. »Das würde Ihre irrationalen Gefühle Ihrem Freund Jäger gegenüber erklären.«

»Dass ich den am liebsten umbringen würde, hat noch ein paar andere Gründe. Triftige, das dürfen Sie mir glauben.«

Zu den triftigen Gründen, Lucas zu hassen, war seit gestern noch ein weiterer hinzugekommen. Als Fabio aufgewühlt und gedemütigt auf der glühenden Landstraße die drei Kilometer von der POLVOLAT zum Bahnhof zurücklief, geschah etwas Seltsames: Jedes Mal, wenn in ihm die Empfindungen wieder hochkamen, die die Begegnung mit Samis Gewalttätigkeit ausgelöst hatten, kam ihm Lucas in den Sinn.

Während der ganzen Rückfahrt im heißen, muffigen Regionalzug, dessen Fenster sich nicht öffnen ließen, verfolgten ihn Gewaltszenen. Alle assoziierte er mit Lucas.

Auch als er im Apartment am Powerbook seine Erkenntnisse aus dem Besuch der POLVOLAT zusammenfasste und die Ereignisse beschrieb, solange er sie noch frisch im Gedächtnis hatte, vermischten sich die Bilder von Sami und Lucas.

Er verbrachte eine unruhige Nacht. Immer wieder erwachte er, schweißnass, vom Lärm der heimkehrenden Tänzerinnen und ihrer Begleiter.

Aus Albträumen, in denen ihm Gewalt angetan wurde von Lucas in weißen Überkleidern.

Als es hell wurde und die ersten Autos die Morgenstille störten, war Fabio zu der Überzeugung gelangt, dass sein letztes Gewalterlebnis mit Lucas zu tun haben musste.

Und dieses hatte sich, so viel war erwiesen, am 21. Juni ereignet. In der Nähe der Endstation Wiesenhalde. Und der Gartengenossenschaft Waldfrieden.

Gleich nach seinem Termin bei Dr. Vogel stieg er in den Neunzehner. Der Wagen war fast leer. Trotzdem stand Fabio die ganze Strecke am Fenster und versuchte, durch das schmale Klappfensterchen etwas Fahrtwind abzubekommen.

Der Aufstieg am Friedhof vorbei zum Waldfrieden kam ihm noch beschwerlicher vor als beim letzten Mal. Die Wiese mit den Obstbäumen war gemäht. Die Dunstglocke über der Stadt sah noch gelber aus.

Er erreichte das Lattengatter mit dem Schild »Gartengenossenschaft Waldfrieden, nur Mitglieder und Gäste« und betrat das Grundstück. Unter dem Vordach des Häuschens mit gelben Läden, wo das letzte Mal die drei Männer Karten gespielt hatten, saß jetzt ein Ehepaar. Den

Mann erkannte Fabio als einen der drei Kartenspieler. Er winkte ihm zu, stellte sich an das Gartentor und wartete. Das Paar tauschte einen Blick aus. Der Mann stand auf, kam gemächlich den Plattenweg herunter und blieb vor Fabio stehen.

»Erinnern Sie sich an mich?«, fragte Fabio.

»Sie sind der Freund von Lucas.«

»Haben Sie einen Moment Zeit?«

Der Mann schaute über die Schulter zur Frau, die sie gebannt beobachtete. »Wir essen gleich, aber wenn es nicht lange dauert …« Er öffnete das Gartentor und führte ihn zum Haus. »Das ist ein Freund von Lucas«, sagte er zu seiner Frau.

»Fabio Rossi, freut mich.« Er gab ihr die Hand. Sie stellte sich nicht vor.

»Setzen Sie sich doch einen Moment«, forderte ihn der Mann auf.

»Ich möchte Sie etwas fragen, das Ihnen seltsam vorkommen muss«, begann Fabio. »Ich hatte einen Unfall. Dabei erlitt ich eine Kopfverletzung, die zu einem Gedächtnisverlust geführt hat. Jetzt versuche ich herauszufinden, was ich in der Zeit, an die ich mich nicht erinnern kann, getan habe.«

»Ich kenne das«, sagte die Frau. »Ich bin in

letzter Zeit auch vergesslich. Möchten Sie ein Bier?«

Fabio lehnte ab. »In diesem Zusammenhang wollte ich Sie fragen, ob Sie sich zufällig erinnern können, mich am einundzwanzigsten Juni hier gesehen zu haben.«

»Oioioioi«, machte die Frau, »das ist ja eine Denksportaufgabe!«

»Was war das für ein Wochentag?«, erkundigte sich der Mann.

»Ein Donnerstag.«

Fabio sah ihm die Erleichterung darüber an, dass sein Erinnerungsvermögen nicht auf die Probe gestellt wurde. »An Donnerstagen helfen wir immer der Tochter im Laden. An Donnerstagen sind wir nie hier.«

Fabio bedankte sich und lehnte die Einladung zum Essen ab. Es gab Wurstsalat. Am Gartentor gab ihm der Mann einen Tip: »Fragen Sie doch Frau Blatter, die ist jeden Tag hier.«

Er erklärte ihm, wo der Garten von Frau Blatter lag. Der grenzte an das Gourrama.

Frau Blatter musste um die siebzig sein. Sie war drahtig und gebräunt und trug einen grauen Bubikopf. »Wie geht's?«, fragte sie, als sie ihm statt der erdigen Hand den Unterarm hinhielt. Sie war dabei, im Schatten eines Birnbaums Unkraut zu jäten.

Fabio erzählte ihr seine Geschichte und stellte seine Frage.

»Letzte oder vorletzte Woche habe ich Sie hier gesehen.«

»Vorletzte, stimmt. Da war ich kurz hier. Und davor?«

»Das ist länger her. Aber ob das am einundzwanzigsten Juni war, kann ich beim besten Willen nicht sagen. Warum fragen Sie nicht Lucas? Der war dabei.«

»Sie meinen nicht letzten Sommer?«

»Nein, nein, diesen. Ach so. Mit Lucas sind Sie wohl nicht mehr so dick befreundet?«

»Wie kommen Sie darauf?«

»Ich sehe ihn jetzt mit dem Mädchen, mit dem Sie früher kamen. Da plaudere ich hoffentlich nichts aus.«

»Nein. Sind wir lange geblieben?«

»Als ich ging, waren Sie jedenfalls noch nicht gegangen.«

»Wann war das?«

»Donnerstag, sagten Sie? Da gehe ich früh. Da habe ich Therapie.«

»Was heißt früh?«

»So gegen drei.«

»Und da waren wir noch hier?«

»Bestimmt.« Sie lächelte. »Ich habe Sie gehört. Sie waren im Haus und haben sich gestritten, als ich ging. Ziemlich laut.«

»Haben Sie mitbekommen, worüber?«

»Nein. Aber später habe ich mir meinen Reim darauf gemacht. Wenn zwei junge Männer sich streiten und ein paar Wochen später taucht der eine mit der Freundin des anderen auf, muss man nicht Miss Marple heißen, um die richtigen Schlüsse zu ziehen.«

Als er schon am Gartentor war, rief sie ihm nach: »Wenn Sie ins Gourrama rübergehen, geben Sie doch wenigstens den Tomaten etwas Wasser. Der alte Herr Jäger ist krank, und sonst scheint sich niemand zu kümmern!«

Der Garten sah wirklich verwahrlost und vertrocknet aus. Zwischen den welken Tomatenstauden lag ein Gartenschlauch. Fabio drehte den Wasserhahn ein wenig auf und schaute zu, wie das Rinnsal in der trockenen Erde versickerte.

Er musste das Datum nicht nachprüfen. Er war sicher, dass es sich um den einundzwanzigsten

Juni handelte. Er war mit Lucas hier. Um drei hatten sie sich gestritten. Kurz nach vier wurde er verwirrt und mit einer Kopfverletzung von einer Streife aufgelesen. Auch da musste man nicht Miss Marple heißen, um die richtigen Schlüsse zu ziehen!

An einem der Holzpfeiler, auf die das Häuschen gebaut war, hing an einem rostigen Nagel der Hausschlüssel. Lucas' alter Onkel hatte sich nicht einmal die Mühe gemacht, den Nagel auf der abgewandten Seite einzuschlagen, so wenig gab es bei ihm zu holen.

Der Raum war glühend heiß. Die Kajütenbetten waren nicht bezogen, unter den karierten Federbetten sah man die nackten Matratzen.

Im kleinen Spülbecken befanden sich ein Glas, ein Teller, eine Gabel und ein Messer. Auf dem Holztisch stand ein Kerzenständer, daneben lag ein Streichholzbriefchen, mitten hindurch führte eine Ameisenstraße. Auf der Eckbank stapelten sich alte Zeitschriften.

Hier musste es passiert sein.

Aber was?

Ein Streit. Aber bestimmt nicht um Norina. Damals war er schon mit Marlen zusammen.

Um die große Sache?

Was hatte sie an einem Donnerstagnachmittag hierher geführt? Wollten sie in Ruhe arbeiten? Das war schon vorgekommen. Allerdings nur ein einziges Mal. Norina hatte frei und brauchte die Wohnung. Und die von Lucas war Fabio zu laut.

Sie hatten sich also hierher zum Arbeiten zurückgezogen und, weshalb auch immer, Streit bekommen.

Und in dessen Verlauf hatte ihm Lucas eins übergezogen.

Und dann?

Wie war er zur Endstation Wiesenhalde gekommen? War er weggerannt? Hatte ihn Lucas bewusstlos liegenlassen, und er war zu sich gekommen und umhergeirrt?

Wie immer es sich im Detail abgespielt hatte, immer wieder lief es darauf hinaus, dass ihn Lucas niedergeschlagen und seine Geschichte geklaut haben musste.

Fabio schloss das Häuschen ab und hängte den Schlüssel wieder an den Nagel.

Sobald er die Stelle hinter der Wegbiegung erreicht hatte, wo sein Handy wieder ein Signal empfing, bestellte er ein Taxi zur Endstation Wiesenhalde. Er hatte es eilig, in die Redaktion zu kommen.

Am Empfang war eine Neue. Sie ließ ihn nicht hinauf. »Zu wem möchten Sie?«, wollte sie wissen, und als er »Lucas Jäger« sagte, erwiderte sie: »Herr Jäger ist außer Haus.«

»Wann kommt er zurück?«

»Er hat nichts gesagt.«

»Wohin ist er gegangen?«

»Darüber darf ich keine Auskunft geben.«

»Dann verbinden Sie mich mit Sarah Mathey.«

»Sie ist in einer Konferenz, ich darf nicht stören.«

Es blieb Fabio nichts anderes übrig, als die Neue zu bitten, ihn mit seinem Nachfolger Berlauer zu verbinden.

Er klang, als hätte man ihn bei etwas enorm Wichtigem gestört. Aber es gelang Fabio immerhin, aus ihm herauszuholen, wo Lucas war: im Europa.

Das Hotel Europa war ein alter Kasten beim Bahnhof. Dank seiner Lage und zweier Restaurants, einem Bistro, einer Bar und einer großen Lobby war es ein beliebter Treffpunkt für Leute auf der Durchreise.

Fabio ging als Erstes in die Bar. Ein Pianist – derselbe seit Jahren – spielte sein Repertoire –

dasselbe seit Jahren. Ein paar Geschäftsleute saßen an den Tischchen über Papiere und Agenden gebeugt. Lucas war nicht unter ihnen.

Fabio ging durchs Bistro ins französische Restaurant. Auch dort war er nirgends zu sehen.

In der Lobby war eine Reisegruppe angekommen. Sie drängte sich vor der Rezeption, zwei Bellboys versperrten den Weg mit Koffertrolleys. Hier, halb verdeckt von einem mit Kleidersäcken behängten rollenden Garderobenständer, sah er ihn. Er saß in einem Sessel und sprach mit einem blonden Mann, der Fabio den Rücken zuwandte.

Er ging auf den Tisch zu. Der Mann drehte sich zur Seite und winkte einem Kellner.

Fabio verließ die Lobby, ohne dass ihn die beiden sahen.

Der Mann bei Lucas war der falsche Dr. Mark.

19

Als Fabio aus dem Hotel trat, hörte er ein fernes Donnergrollen. Die Kreuzung vor dem Bahnhof lag im grellen Sonnenlicht. Aber über den Hügeln am Stadtrand war der Himmel schwarz.

Fabio hatte die Fäuste in den Hosentaschen vergraben und steuerte auf die Altstadt zu. Er hätte ebenso gut in die entgegengesetzte Richtung gehen können. Er wollte nirgendwohin. Nur sich bewegen, den Schock aus den Gliedern bekommen. Wieder war es ihm passiert, dass er mit der Gewissheit schlechter leben konnte als mit dem Verdacht.

Lucas steckte also unter einer Decke mit dem Mann, der sich als Dr. Mark ausgegeben hatte, um Fabio von seiner Fährte abzubringen. Lucas hatte konspirative Treffen mit den Leuten, die verhindern wollten, dass die Öffentlichkeit von Dr. Barths Entdeckung erfuhr.

Lucas, der seine Daten gelöscht hatte.

Lucas, der ihm Barths Beweise geklaut hatte.

Lucas, der verhinderte, dass Barths Witwe mit ihm sprach.

Lucas, der ihn im Gourrama niedergeschlagen hatte.

Lucas, der die Geschichte nicht veröffentlichte.

Lucas, der ihn mit Marlen zusammengebracht hatte.

Lucas, der ihm Norina weggenommen hatte.

Sein guter Freund Lucas.

Der Himmel über der Altstadt verdunkelte sich rasch wie ein Glas Wasser, in das ein Tropfen Tusche gefallen war. Nur ein kleiner Fetzen blauer Himmel war noch zu sehen. Durch das Wolkenloch drangen ein paar Sonnenstrahlen und tauchten die Szenerie in ein unwirkliches Licht.

Die Gasse war plötzlich wie leer gefegt. Es war still geworden, als hielte die Welt den Atem an.

Fabios Schritte auf dem Kopfsteinpflaster hallten von den Fassaden der alten Häuser wider.

Die erste Bewegung war eine junge Frau, die aus einer Boutique eilte und die Kleider abnahm, die vor dem Schaufenster an einem Ständer hingen.

Sie brachte einen ersten Armvoll in den Laden.

Ein Windstoß fegte durch die Gasse und ließ die Sommerfähnchen an ihren Bügeln tanzen. Schwere Tropfen klatschten in den Staub des aufgeheizten Pflasters. Ein Blitz entlud sich über den steilen Dächern.

Fabio rannte die paar Schritte zum Garderobenständer und half, die restlichen Kleider ins Trockene zu bringen. Dann stand er neben der lachenden, keuchenden Verkäuferin unter der Ladentür und schaute zu, wie die Sintflut über die Altstadt hereinbrach. Braune Bäche wälzten sich durch die Rinnsteine und überfluteten die Gullys.

Die Verkäuferin war jetzt still geworden. Sie hatte die Arme vor der Brust verschränkt. Vielleicht, weil sie bemerkt hatte, dass die Nässe ihr Kleid durchsichtig machte.

Der Regen fiel wie ein letzter Vorhang.

Fabio legte den Arm um die Schulter des Mädchens. Sie schaute verwundert zu ihm auf. »Darf ich? Es ist so feierlich.«

Sie nickte. Nach einer Weile legte sie ihren Arm um seine Hüfte. So standen sie und warteten, bis sich das Naturereignis in einen normalen Sommerregen verwandelt hatte.

Als Fabio im Sirenengeheul der ersten Feuerwehren an den überschwemmten Kellern vorbei zur Tramstation ging, fiel ihm ein, dass er nicht einmal nach ihrem Namen gefragt hatte.

Das Café Marabu war ein düsteres Ecklokal. Draußen, neben dem Eingang, stand ein Fahrradständer mit einer Reklameaufschrift für eine Zigarette, die es schon seit vielen Jahren nicht mehr gab. Auf dem Schaufenster klebte ein Marabu aus blauer Folie.

Das Mobiliar bestand aus Tischchen mit abgewetzten roten Kunststoffplatten, schwarz gesprenkelt. Die Plastikpolster der Stühle und Bänke waren an manchen Stellen mit Klebeband von beinahe der gleichen Farbe geflickt. Drei staubige Philodendren ließen ihre müden Ranken aus Nischen, Ecken und Vorsprüngen des Raumes hängen.

Das Café Marabu war leer bis auf zwei alte Frauen. Man hörte das Murmeln ihrer Unterhaltung und das Fauchen der Kaffeemaschine hinter dem Tresen, wo eine Serviertochter Teewasser dampferhitzte.

Sie brachte Fabio ein Glas Pfefferminztee. Es stand in einem metallenen Glashalter, dessen

Griff die ganze Hitze des Getränks zu speichern schien.

Er angelte das Schnürchen aus dem Glas und begann den Teebeutel zu tunken.

Das Gewitter hatte den ersehnten Wetterumschwung gebracht. Es war kühl geworden und regnete seit gestern. Regenmäntel und Schirme beherrschten das Stadtbild, in den Trams roch es nach nassen Kleidern, die Menschen begannen die Leiden der Hitzewelle zu vergessen und sich bereits wieder die Sonne herbeizuwünschen.

Fabio ließ sich von der erwachenden Trübsal nicht anstecken. Ihm ging es so gut wie schon lange nicht mehr. Er hatte am Tag zuvor Norina erreicht, und sie hatte seinem Drängen nachgegeben und eingewilligt, ihn zu treffen.

Das Café Marabu war ihr Vorschlag gewesen. Sie hatten wegen des Wetterumschwungs ihren Drehplan ändern müssen und drehten in einer Wohnung in der Nähe.

Als er Norinas Silhouette unscharf durch die grüne Scheibe der Tür sah, begann sein Herz zu klopfen wie beim ersten Rendezvous. Sie schüttelte die Tropfen vom Schirm, öffnete die Tür, steckte ihn in den kupfernen Schirmständer und kam auf seinen Tisch zu. Fabio stand auf.

Norina trug eine Nylonjacke, die er nicht kannte. Er wusste nicht, ob es sich um einen Regenschutz handelte oder um etwas, das man anbehält. Sonst hätte er ihr herausgeholfen, und die Begrüßung wäre weniger verkrampft ausgefallen. So gaben sie sich die Hand wie zwei Blind dates.

Norina setzte sich, schlüpfte aus den Ärmeln und ließ die Jacke zwischen Rücken und Stuhllehne eingeklemmt. Sie schien wenig geschlafen zu haben, denn sie hatte die dunklen Schatten unter den Augen, die ihm immer gefallen hatten. Sie verliehen ihren mädchenhaften Zügen eine unschuldig laszive Note.

»Rauchst du jetzt?« Sie zeigte auf den Aschenbecher.

»Als ich wieder zu mir kam, war ich Raucher.« Er lächelte.

Sie hatte abgenommen. Ihr Gesicht war noch eine Spur schmaler geworden. Ihre grünen Augen sahen müde aus. Sie hatte ihren neuen Kurzhaarschnitt noch einmal verändert. Jetzt fielen ihr die Stirnfransen bis knapp über die gezupften Brauen. Es stand ihr gut.

Sie bestellte ebenfalls Tee. »Also gut«, sagte sie, als das Teeglas vor ihr stand, »erzähl mir deine Geschichte.«

Fabio erzählte so sachlich wie möglich die Geschichte von Dr. Barths Entdeckung und welche Rolle Lucas darin spielte. Er ließ nichts aus und fügte nichts hinzu. Er trug es vor wie das professionelle Resümee von Ereignissen, die ihn zufällig auch noch persönlich betrafen. Er schloss den Bericht mit dem heimlichen Treffen in der Lobby des Europa ab.

»Ich dachte, du solltest das wissen«, sagte er und lehnte sich zurück.

Norina hatte während Fabios Monolog den Papieruntersatz des Teeglases in winzige Fetzchen zerrissen und diese mit der Kante ihrer schmalen Hand auf der Tischplatte zu immer neuen Formationen geschoben. Eine Angewohnheit, die ihm früher manchmal auf die Nerven gegangen war. Jetzt bezauberte sie ihn.

Er reichte ihr seinen Papieruntersatz. Sie nahm ihn kommentarlos und begann ihn gewissenhaft zu zerreißen. »Weißt du, was mir an Lucas immer gefallen hat? Er hat nie ein schlechtes Wort über dich gesagt. Nie. Im Gegenteil: Er hat dich immer in Schutz genommen, wenn jemand anders über dich herzog. Wie zum Beispiel ich. Das ist oft geschehen. Es hat Tage gegeben, da hatte ich kein anderes Thema, das kannst du dir ja denken. Aber

Lucas hat immer um Verständnis für dich geworben, nach Erklärungen und Entschuldigungen gesucht. Du machst dir keine Vorstellung, was für einen perfekten Freund du in Lucas hast. Es war nicht zum Aushalten.«

Fabio konnte es sich nicht verkneifen: »Du scheinst es aber doch ganz gut ausgehalten zu haben.«

Norina blieb ernst. »Erst als er mit mir ins Bett ging. Dann war er kein perfekter Freund mehr.«

Fabio lachte auf. »Sag bloß, du hast ihn verführt, damit ich einen perfekten Freund verliere.«

Sie sah aus, als hätte sie diese Möglichkeit auch schon in Erwägung gezogen. »Vielleicht unbewusst.«

Sie schob die Papierfetzchen zu einem Halbkreis zusammen. »Selbst wenn das alles stimmen würde, was du mir da erzählst ...«

»Tut es«, warf Fabio dazwischen.

»... selbst dann würde er an deiner Stelle mir gegenüber kein Wort davon erwähnen.«

»Und in Kauf nehmen, dass du mit jemandem zusammenlebst, der hinter deinem Rücken gegen alle deine Prinzipien verstößt.«

»Mach dir um mich keine Sorgen.«

»Tu ich aber.«

»Früher wäre es mir lieber gewesen.« Norina besserte den Halbkreis aus mit einem ihrer rotlackierten Nägel.

Die Serviertochter warf eine Münze in den Musikautomaten und drückte ein paar Tastenfolgen.

Fabio deutete auf seinen Kopf. »Hier drin ist das alles nicht passiert, und ich würde alles darum geben, wenn es das auch in Wirklichkeit nicht wäre.«

Norina verwischte den Halbkreis und versuchte sich an einer Geraden.

Fabio fasste in die Tasche und zog die Korallenkette heraus. Er legte sie auf den Tisch, parallel zur Linie aus Papierfetzchen. Norina schaute auf.

»Korallen. Aus Amalfi.«

Sie bewunderte sie, ohne sie zu berühren. »Schön.«

»Gibt es nicht mehr, dieses Rot.«

»Wie Chinalack.«

»Zieh sie an.«

Norina schüttelte den Kopf.

Fabio lächelte. »Unverbindlich.«

Sie hob die Kette vom Tisch, nahm Fabios Hand, ließ sie hineingleiten und schloss seine

Faust, so weit es ging. Sie schaute ihm in die Augen und schüttelte den Kopf.

»Wegen Lucas?«

»Ich bin nicht mehr mit Lucas zusammen.«

»Ach. Seit wann denn das?«

»Seit gestern. Seit gestern nacht. Seit heute früh. Egal, wir haben uns getrennt.«

Fabio schaffte es, nicht breit zu grinsen oder ihr um den Hals zu fallen oder sonst unangemessen zu reagieren. Er konzentrierte sich auf das Gewicht der kühlen Korallen in seiner Hand und sagte nichts.

»Deshalb war ich einverstanden, dich zu treffen. Ich wollte, dass du es von mir erfährst. Auch, dass es nichts mit dir zu tun hat.«

»Wie meinst du das?«

»Der Grund, dass ich nicht mehr mit dir zusammen bin, ist nicht Lucas. Der Grund bist du.«

Am nächsten Tag war Lucas Jäger tot.

Es hatte die ganze Nacht und den ganzen Vormittag geregnet, und es sah auch jetzt nicht aus, als ob es bald aufhören wollte. Fabio hatte den Vormittag damit zugebracht, zuerst seine Muskeln und dann sein Gedächtnis zu trainieren. Zum Mittagessen hatte er sich – im Bertini, wo sonst? – mit Fredi getroffen. Er hatte das Bedürfnis, mit jemandem über Norinas Trennung von Lucas zu reden. Fredi mit seiner pragmatischen Sicht der Dinge schien ihm dafür der geeignete Gesprächspartner. Bei der Zabaglione – Fabio nahm auch eine, sein Trainer Jay hatte ihn am Morgen gewogen und für zu leicht befunden – kam er auf Fredis Geschäfte zu sprechen.

»Die Tänzerinnen vom Peaches müssen im Apartmenthaus Florida wohnen. Für zweitausendfünfhundert im Monat.«

»Möglich. Die Details regelt unsere Verwaltung.«

»Zweitausendfünfhundert. Inklusive Bettwäsche und Zimmerreinigung.«

»Mach dir keine Sorgen«, grinste Fredi, »du wohnst gratis.«

»Das ist Wucher.«

»Ach was, das holen die in zwei, drei guten Abenden rein.«

»Im Peaches?«

»Im Peaches und danach. Unter fünfhundert machen die es nicht. Nicht diese Mädchen. Plus die Gage, plus die Champagnerprozente. Sollen wir da den Jugendherbergstarif verlangen?«

Das Signal von Fabios Handy ertönte. Es war

Sarah Mathey. »Fabio«, sagte sie mit seltsamer Stimme, »Lucas ist tot.«

»Was?«

»Lucas ist tot.«

»Wie?«

»Vor einer Stunde kam der Anruf. Sie haben ihn aus dem Kraftwerk gefischt.«

»Weiß es Norina?«

»Sie ist gerade bei der Polizei. Ich fahre gleich hin. Bist du zu erreichen, falls man dich braucht?«

»Natürlich. Soll ich auch kommen?«

»Nein. Nur falls man dich braucht. Hörst du? Komm nicht, ohne dass ich dich anrufe.«

Sie legte auf.

Fabio legte sein Handy auf den Tisch.

»Isst du das nicht?« Fredi zeigte auf Fabios Zabaglione. Fabio schüttelte den Kopf. Fredi zog das Glas zu sich herüber und begann zu löffeln.

»Was ist los?«, erkundigte er sich zwischen zwei Mundvoll.

»Lucas ist tot.«

»Der Lucas, der dir die Frau ausgespannt hat?«

Fabio nickte.

»Na siehst du«, sagte Fredi und aß weiter.

Zwei Stunden lang saß Fabio in seinem Apartment und wartete auf Sarahs Anruf. Dann wählte er die Nummer ihres Handys. Ihr Beantworter meldete sich. »Ruf mich an, sobald du kannst«, hinterließ er.

Er versuchte, jemanden in der Redaktion zu erreichen. Alle waren beschäftigt. Und Sarah Mathey, sagte die Telefonistin, komme heute sicher nicht mehr.

Fabio wartete. Über dem Fenster hatte sich ein feuchter Fleck auf der Tapete ausgebreitet. Wahrscheinlich ein Wasserschaden, der mit dem verklemmten Rollladen zu tun hatte. Die Luft im Apartment war besser geworden, seit der Regen begonnen hatte. Fabio hatte das Fenster geöffnet und den Palmenvorhang zugezogen. Draußen rauschten die Autos über die regennasse Sternstraße.

Das Handy begann Ravels *Bolero* zu spielen. Fabio unterdrückte den Anruf. Er suchte die Gebrauchsanleitung heraus und schaffte es nach mehreren Versuchen, den Bolero als Marlens Erkennungszeichen zu löschen.

Kurz darauf ertönte der normale Rufton. »Nummer unterdrückt« stand auf dem Display. Er meldete sich.

»Hast du das von Lucas gehört?« Es war Marlens Stimme.

»Ja.«

»Weißt du etwas Genaues?«

Fabio wurde laut: »Weshalb ich? Weshalb ausgerechnet ich? Du hattest mehr Kontakt mit ihm. Weißt *du* etwas?«

»Entschuldige. Ich wollte dir nicht auf die Nerven fallen.« Es klang sarkastisch.

»Wenn ich etwas erfahre, lass ich es dich wissen«, sagte er versöhnlich. »Entschuldige.«

Er versuchte, sich Lucas vorzustellen. Im Rechen des Kraftwerks, in einem Knäuel aus dem Treibgut des hochgehenden, braunen Flusses. Entstellt auf einem Schragen des gerichtsmedizinischen Instituts. Mit gefalteten Händen in einem Sarg.

Weshalb hatte er das getan? Aus Liebeskummer? Aus schlechtem Gewissen? Aus beiden Gründen? Aus Verzweiflung? Oder aus Rache?

Fabio neigte im Stillen zur letzteren Erklärung. Lucas wollte ihnen eins auswischen. Wenn er Norina schon nicht haben konnte, dann wollte er ihnen wenigstens einen großen Stein in den Weg legen. In Form der Wasserleiche von Lucas Jäger, die sie beide auf dem Gewissen hatten.

Denn dass Norina sich nicht wegen Fabio von Lucas getrennt hatte, konnte sie erzählen, wem sie wollte. Aber nicht Lucas. Und auch nicht Fabio.

Er wählte wieder Sarahs Nummer. Diesmal meldete sie sich sofort. »Ich wollte dich gerade anrufen. Norina ist jetzt bei ihren Eltern. Sie will dich nicht sehen.«

»Wie geht es ihr?«

»Beschissen. Sie macht sich Vorwürfe. Sie hat sich vorgestern von ihm getrennt.«

»Gibt es einen Abschiedsbrief?«

»Bis jetzt hat man keinen gefunden. Man weiß noch nicht viel. Außer, dass er gestern nacht zwischen elf und vier unterhalb der Seetalbrücke in den Fluss ging.«

»Weshalb kennt man die Stelle so genau?«

»Wenn er weiter oben gesprungen wäre, wäre er bei der Seetalbrücke hängengeblieben. Sie ist irgendwie verstopft.«

»Hat man seine Eltern erreicht?«

»Sie kamen gerade aus der Gerichtsmedizin, als wir die Polizei verließen. Sie sind wie versteinert.«

»Was kann ich tun?«

»Am besten, du hältst dich ganz raus.«

Fabio legte sich aufs Bett und schaute zu, wie der Wasserfleck über dem Fenster langsam größer wurde. Der Regen trommelte ausdauernd auf das Simsblech. Der Verkehr gischte eintönig durch die Pfützen. Er fühlte, wie ihm die Schwermut in die Glieder kroch.

Jemand klopfte an die Tür. »Ja!«, rief Fabio, ohne aufzustehen.

Samantha trat ein. Sie schob die Hände in die Ärmel ihres kanariengelben Frottiermantels und fröstelte. *»Je m'ennuie«*, stellte sie fest.

Fabio blieb liegen. Er musste ein trauriges Bild abgeben, denn sie fragte: »Ist jemand gestorben?«

Die Frage war nicht ernst gemeint. Als Fabio nickte, erschrak sie. »Aus der Familie?«

Fabio schüttelte den Kopf.

Samantha setzte sich an den Bettrand. »Ein Freund?«

Fabio überlegte. »Das war er früher. Bevor er der Freund meiner Freundin wurde.«

»War er krank?«

»Er hat sich umgebracht.«

»Weshalb?«

»Sie wollte sich trennen.«

»Dann ist es eine Gemeinheit.« Sie stand auf und ging zur Tür hinaus.

Samantha kam zurück und machte sich in der Kochnische zu schaffen. Nach einiger Zeit brachte sie ihm ein Glas mit einer bräunlichen dampfenden Flüssigkeit. »Langsam trinken.«

»Was ist es?«

»Punsch.«

»Mit deinem Rum?«

Sie nickte. »Wir trinken ihn heiß, wenn wir traurig sind.«

»Und kalt?«

»Wenn wir lustig sein wollen.«

Fabio richtete sich auf und schlürfte vorsichtig einen Schluck. Es schmeckte nach heißem Alkohol mit etwas Zucker und Zitrone.

Samantha setzte sich wieder an den Bettrand. »In Guadeloupe habe ich einmal einem den Laufpass gegeben. Der kam am Abend vor mein Haus und wollte herein. Er schrie: ›Lass mich rein, oder ich bringe mich um.‹ Ich konnte ihn nicht hereinlassen, ich war nicht allein. Er schrie die halbe Nacht. ›Lass mich rein, oder ich bringe mich um.‹ ›Lass mich rein, oder ich bringe mich um.‹ Bis ich die Nase voll hatte und rief: ›Lass mich schlafen, und bring dich um!‹ – Trink deinen Grog.«

Fabio nahm einen Schluck. »Und dann?«,

fragte er, wie ein kleiner Junge bei der Gutenachtgeschichte.

Samantha zuckte die Achseln. »Dann ließ er mich schlafen und brachte sich um.«

Fabio musste lachen.

»Siehst du: Man soll nicht trauern um Leute, die sich umbringen, weil sie jemand verlassen hat. Das tut man nicht. Du hast dich ja auch nicht umgebracht, als sie dich verlassen hat.«

»Ich habe sie verlassen.«

»Du sagtest doch, er war dein Freund, bis er der von ihr wurde.«

»Stimmt.«

»Du hattest sie verlassen, und dann warst du sauer auf ihren neuen Freund?«

»Klingt seltsam, nicht?«

Sie zeigte ihm den Vogel. »Weshalb hast du sie denn verlassen?«

»Ich hab's vergessen.«

Samantha lachte auf. »Trink. Man muss es heiß trinken, sonst wird man zu lustig.«

Fabio trank. »Stimmt es, dass ihr die zweitausendfünfhundert Miete an zwei, drei guten Abenden reinholt?«

»Sagt das Fredi?«

Fabio nickte. »Stimmt's?«

»Die anderen Mädchen schon.«

»Und du?«

»An einem Abend.« Einen Moment blieb sie ganz ernst. Dann lachte sie los. »Dein Gesicht! Du solltest dein Gesicht sehen!«

Fabio trank sein Glas leer. Die Schwere in den Gliedern begann sich angenehmer anzufühlen.

Samantha brachte das Glas in die Kochnische und spülte es aus.

Er stand auf und holte etwas vom Tisch. »Augen zu«, befahl er, als sie zurückkam. Sie schloss die Augen.

Er legte ihr die Korallenkette um den Hals und öffnete die Schranktür mit dem Spiegel. »Jetzt.«

Sie öffnete die Augen und strich mit den Fingerspitzen behutsam über die Korallen. Sie besaßen den gleichen matten Schimmer wie ihre fast schwarze Haut.

»Für mich?«

Fabio nickte.

»Korallen?«

»Aus dem Mittelmeer.«

»Bei uns gibt es auch Korallen. Aber nicht in diesem Rot.«

»Sie gehörten einer Nymphe.«

»Was ist eine Nymphe?«

»Ein liebliches Mädchen mit Flügeln. Sie war die Geliebte von Herkules. Als sie starb, hat er sie am schönsten Ort der Welt begraben und die Stelle nach ihr benannt. Amalfi. Schon einmal von Amalfi gehört?«

Samantha schüttelte den Kopf. »Aber von Herkules.« Sie nahm seinen Kopf zwischen die Hände und gab ihm einen langen Kuss. »Zu viele Muskeln.«

»Ich?«

»Herkules.«

»Fühlen Sie sich auch wie neugeboren?«, fragte Dr. Vogel, als er auf Fabio zuruderte. Er trug eine Art Safarianzug mit vielen Taschen, einem eingenähten Gürtel und Epauletten. Fabio fragte sich, wer solche Übergrößen herstellte.

Er erzählte, was gestern passiert war. Dr. Vogel hörte routiniert zu. Am Schluss sagte er: »Der Mann, den Sie am liebsten umgebracht hätten, hat Ihnen also die Arbeit abgenommen.«

»So kann man es auch sehen.«

»Wie betrachten Sie es denn?«

Fabio überlegte. »Als schlechten Stil.«

»Geben Sie Stilnoten für Selbstmord?« Vogel klang ärgerlich.

»Es ist die ultimative Ohrfeige. Das letzte unerlaubte Mittel im Kampf um die Liebe eines Menschen. Eine unerhörte Rücksichtslosigkeit.«

»Der Selbstmord ist das Ende aller Rücksichtnahme. Übrigens auch sich selbst gegenüber.«

»Da bin ich mir nicht so sicher. Ich glaube, manchmal sind die so versessen darauf, den anderen eins auszuwischen, dass sie ganz vergessen, dass sie dabei selber draufgehen.«

»Sie klingen wie Ihre Lokomotivführer.«

»Die verstehe ich jetzt besser.«

»Wollen wir mit den Übungen beginnen?«

Fabio nickte.

Er erreichte Sarah im Büro. Man wusste nichts Neues außer der Todesursache und der Todeszeit. Ertrunken. Etwa um zwei Uhr früh. Vier Stunden nach seinem letzten Anruf bei Norina.

»Was wollte er?«

»Reden, reden, reden. Wie alle verschmähten Liebhaber.«

»Hast du mit Norina gesprochen?«

»Ja. Kurz. Am Telefon.«

»Wie geht es ihr?«

»Sie trifft heute seine Eltern. Davor hat sie einen Horror.«

»Und ich? Halte mich immer noch raus?«

»Immer noch.«

»Sarah, falls bei seinen Unterlagen Dokumente von einem Doktor Barth sind, gibst du mir Bescheid?«

»Warum?«

»Sie gehören mir.«

Am späteren Vormittag erhielt Fabio einen Anruf von Polizeiwachtmeister Tanner. Er fragte ihn, ob er Zeit habe, im Büro vorbeizukommen. Sie verabredeten sich auf den Nachmittag.

Fabio hatte sich erinnert, wie groß Tanner und alles an ihm war. Aber sein Tick, das unfreiwillige joviale Zwinkern, war ihm entfallen.

»Sie sehen aber bedeutend besser aus als bei unserem letzten Treffen«, stellte er fest. Er schien ehrlich erleichtert. »Wie ich Ihnen bereits am Telefon mitgeteilt habe, ist da ein neuer Gesichtspunkt aufgetaucht.« Er schlug einen Aktenordner auf und suchte eine bestimmte Stelle. »Sie kannten ja Lucas Jäger.«

»Haben Sie mit seinem Fall zu tun?«

»Nur indirekt. Wenn wir bei einer Leiche Ausweispapiere finden, geben wir die Daten an die Zentrale durch, und die füttern damit den Computer. Dort ist der Name Lucas Jäger im Zusammenhang mit einem Fehlalarm aufgetaucht. Alle Anrufe an die Alarmzentrale werden routinemäßig erfasst und für eine Weile gespeichert.«

»Das dürfen Sie einem Journalisten nicht erzählen.«

Tanner schaute Fabio erschrocken an. »Da haben Sie wahrscheinlich recht. Bitte vergessen Sie diesen Aspekt. Interessant ist etwas anderes. Und zwar ist das einem aufmerksamen Kollegen aufgefallen. Es geht um Donnerstag, den einundzwanzigsten Juni; das Datum sagt Ihnen bestimmt etwas. Um fünfzehn Uhr null acht wurde ein Krankenwagen in die Gartengenossenschaft Waldfrieden gerufen. Diese liegt oberhalb der Tramstation Wiesenhalde. Der Anrufer war Lucas Jäger. Er war dann aber dem Krankenwagen entgegengekommen und hatte erklärt, es handle sich um einen Irrtum. Man hat seine Daten aufgenommen und ihm eine Rechnung geschickt. Die er auch prompt bezahlt hat.«

Fabio musste blass geworden sein, denn Tanner fragte: »Möchten Sie einen Kaffee? Ich habe Espresso nature, Espresso Creme, Cappuccino, Café Creme, Café nature, Milchkaffee. Oder ein Glas Wasser? Möchten Sie ein Glas Wasser?«

Fabio tat ihm den Gefallen und bestellte einen Espresso nature. Tanner fand Jetons in seiner Schreibtischschublade und kam mit zwei Styroporbechern zurück. Der Kaffee war überraschend gut.

»Wir wissen inzwischen, dass ein Verwandter von Herrn Jäger im Waldfrieden ein Grundstück besitzt. Gourrama. Kennen Sie es?«

»Ich war schon dort.«

»Ich weiß, Sie erinnern sich nicht, aber wäre es theoretisch möglich, dass auch Sie am einundzwanzigsten Juni dort gewesen sind?«

Bereits als Tanner den Kaffee holte, hatte sich Fabio entschlossen, ihm die Wahrheit zu sagen. Wenigstens einen Teil davon. »Ich war dort. Ich weiß es.«

»Von Lucas Jäger?«

»Nein, von einer Nachbarin.«

»Das hätten Sie mir melden sollen.«

»Ich wollte zuerst mit Lucas Jäger sprechen.«

»Und?«

»Ich kam nicht mehr dazu.«

Polizeiwachtmeister Tanners großer Kopf nickte.

»Wie standen Sie zu Lucas Jäger?«

»Wir waren Arbeitskollegen. Und Freunde.«

»Auch noch am einundzwanzigsten Juni?«

»Wohl schon, wenn ich mit ihm dort oben war.«

»Aber später gab es doch Meinungsverschiedenheiten?«

»Erst als ich aus dem Spital kam und merkte, dass er mit meiner Freundin zusammen war.«

»Ihrer früheren Freundin.«

»Ja.«

»Könnte sie auch schon der Grund einer möglichen Meinungsverschiedenheit im ...« – er schielte auf den Ordner – »... Gourrama gewesen sein?«

Fabio hob hilflos die Hände. »Ich kann es wohl schlecht ausschließen.«

Tanner warf den Styroporbecher in den Papierkorb. »Ich sage Ihnen jetzt einfach, was mir so durch den Kopf geht: Sie gehen mit Ihrem Freund und Kollegen ins Gourrama, vielleicht zu einer Aussprache, vielleicht zum Arbeiten, vielleicht einfach so. Sie bekommen Streit, vielleicht wegen Ihrer Freundin, vielleicht wegen etwas anderem. Sie geraten aneinander, werden handgreiflich. Sie stürzen unglücklich, oder er haut Ihnen mit etwas über den Schädel. Sie sind ohnmächtig, und er ruft einen Krankenwagen. Jeder von Ihnen hatte ein Handy dabei, nehme ich an.«

»Man hat dort keinen Empfang. Man muss ein Stück weit Richtung Friedhof gehen.«

»Sehen Sie, das ist ein wertvoller Hinweis. So macht es Sinn: Er geht bis dorthin, wo er Empfang hat, unterdessen erwachen Sie und hauen ab. Als er zurückkommt, sind Sie verschwunden. Er schickt den Krankenwagen weg. Sie irren bei der Endstation Wiesenhalde herum, den Rest der Geschichte kennen wir.«

Beide schwiegen eine Weile. Dann sagte Fabio: »So könnte es gewesen sein.«

»Nicht wahr? Nur: Weshalb sagte er nichts? Haben Sie dafür eine Erklärung?«

»Vielleicht hatte er den Moment verpasst. Und dann stellte sich heraus, dass ich mich nicht daran erinnern konnte. Da behielt er es für sich.«

Tanner schüttelte missbilligend den Kopf. »Nicht sehr schön von ihm.«

»Nicht sehr«, bestätigte Fabio.

»Mit Liebeskummer und so einer Sache auf dem Gewissen kann einer in einer Nacht wie gestern schon versucht sein, von einer Brücke zu springen.« Fabio gab ihm recht.

20

In kleinen Grüppchen standen sie verlegen unter ihren Schirmen vor der Kapelle zwei. Unter dem Vordach hatten sich die nächsten Angehörigen versammelt. Lucas' Vater, ein großer, hagerer Mann mit bläulich getönten Haaren, stand verwundert mitten unter ihnen, als wäre er in die falsche Veranstaltung geraten. Lucas' Mutter hielt ihn an der Hand und blickte in kurzen Abständen besorgt zu ihm auf. Neben und hinter ihnen standen Frauen und Männer ihrer Generation, wohl Geschwister – Tanten und Onkel von Lucas. Fabio erkannte dessen älteren Bruder und die jüngere Schwester. Auch ein alter Mann an Krücken kam ihm bekannt vor. Bestimmt der Großonkel, dem das Gourrama gehörte.

Im Niemandsland zwischen Angehörigen und übrigen Trauergästen stand Norina mit ihrer Mutter. Einen Moment lang glaubte Fabio, sie schaue ihn an und nicke ihm zu.

Die ganze Redaktion war da. Rufer in Begleitung seiner Frau. Er trug einen dunklen Anzug und hatte seinen Schnurrbart wieder wachsen lassen. Sarah Mathey hatte einen breitkrempigen Hut auf, fast hätte Fabio sie nicht erkannt. Reto Berlauer hatte zu seiner Windjacke eine Krawatte umgebunden und eine lederne Umhängetasche dabei, als sei er auf Reportage.

Der Verlag ließ sich durch Koller, den Personalchef, vertreten. Ein paar Journalisten von anderen Verlagstiteln waren gekommen. Und auch ein paar von der Konkurrenz.

In einem größeren Grüppchen Journalisten entdeckte er Marlen. Sie trug Schwarz, was an ihr nicht als Trauerkleidung wirkte. Sie schaute kurz zu ihm herüber mit einem langsamen Kopfnicken, das er nicht deuten konnte. Am ehesten war es vorwurfsvoll.

Dann beteiligte sie sich wieder am leisen, ernsten Gespräch. »Kontakt mit Journalisten ist mein Beruf«, hatte sie ihm einmal erklärt.

Zögernd näherten sich die Trauergäste dem Eingang, schüttelten ihre Schirme und stellten sich bei den Angehörigen zum Kondolieren an.

Als Fabio Lucas' Mutter die Hand geben wollte, nahm sie ihn in die Arme und drückte ihn fest.

Er hielt sie auch und zählte die Sekunden, bis sie ihn wieder losließ.

»Das ist Fabio«, half sie, als er ihrem Mann die Hand gab.

Lucas' Vater erinnerte sich nicht.

»Lucas' bester Freund«, ergänzte sie.

Kapelle zwei enthielt keine religiösen Symbole. Ein Blumenarrangement auf beiden Seiten des Rednerpults und eine neutrale Kerze ohne Flamme war alles, was man zur Unterstreichung der Feierlichkeit des Anlasses zugelassen hatte. Fabio fragte sich, ob die Friedhofsverwaltung Nummerncodes für die verschiedenen religiösen Ausstattungen der Räumlichkeiten erarbeitet hatte und ob auch schon Verwechslungen passiert waren.

In der Kapelle war es kühl. Das schwache Licht des regenverhangenen Tages fiel durch die konstruktivistischen Glasmalereien. Das Einzige, was ein wenig Wärme ausstrahlte, war das Leselämpchen am Rednerpult.

Die Feier begann mit einem Cellosolo. Fabio erinnerte sich, dass Lucas sich einmal als Atheist bezeichnet hatte. Von einer Vorliebe für neutönerische Cellomusik hatte er nie etwas erwähnt.

Nach der Musikeinlage betrat Lucas' Bruder nervös das Rednerpult und verlas einen Lebenslauf. Danach wieder das Cello.

Lucas' Schwester trug etwas vor, das Fabio ganz zum Schluss als Gottfried-Benn-Gedicht erkannte. Sie bat die Anwesenden, die folgende Minute des Schweigens in Gedanken an Lucas zu verweilen. Fabio betete ein Vaterunser und ein Ave-Maria und dankte dem lieben Gott, dass er katholisch war.

Das Ende der Schweigeminute wurde durch einen weiteren Cellovortrag angezeigt. Mittendrin schluchzte jemand laut auf.

Fabio saß drei Reihen hinter Lucas' Vater. Die ganze Zeit über hatte er die Gestalt vor sich gehabt, die auch im Sitzen alle überragte. Am Anfang hatte sie sich noch ab und zu verwundert umgesehen. Dann war sie ganz still geworden.

Jetzt wurde sie von unkontrollierbaren Weinkrämpfen geschüttelt.

Fabio sah noch, wie sich von beiden Seiten Frauenarme um die zuckenden Schultern legten. Dann schossen ihm die Tränen in die Augen.

Zuerst versuchte er, dagegen anzukämpfen. Aber bald befreite sich der erste Schluchzer aus seiner Brust. Fabio weinte hemmungslos wie ein verzweifeltes Kind. Er wusste nicht, ob aus Trauer über Lucas, über die Hilflosigkeit der Zeremonie oder über die eigene Sterblichkeit.

Er bemerkte nicht, wie die Gemeinde aufstand und mit neugierigen Seitenblicken auf ihn den Raum verließ. Er bekam nur mit, dass jemand neben ihm den Arm um ihn legte und ihn mit Papiertaschentüchern versorgte.

Als er sich etwas gefasst hatte, sah er, dass es Sarah war, die sich um ihn kümmerte.

Er schnäuzte sich. »Scheiße.«

Sarah nickte.

»Wo sind alle?«

»Am Grab.«

»Und du?«

»Froh um einen Vorwand, mich drücken zu können.«

»Ich weiß nicht, was über mich gekommen ist.«

»Wenn man bei Beerdigungen nicht mehr weinen darf ...«

»Falls je die Frage auftauchen sollte, Sarah, und du bist dabei: Ich will einen Pfarrer und Messdiener und Weihrauch und etwas Latein.«

»Komm, lass uns hier raus.«

Im Schirmständer vor der Kapelle steckte ein

letzter Schirm. Sarah spannte ihn auf. »Scheißwetter« stand drauf. »Nicht sehr passend, ich weiß. Ich fand keinen anderen. Sie haben im Sonnenfels reserviert. Willst du mit mir fahren?«

»Ein Leichenmahl? Ich glaube, das schaffe ich nicht. Sieht es blöd aus, wenn ich nicht auftauche?«

Sarah lächelte. »So wie du geheult hast, kann dir niemand böse sein.«

Unter dem Schirm mit der unpassenden Aufschrift gingen sie zu Sarahs Wagen. »Es ist etwas pietätlos, aber ich stelle die Frage jetzt trotzdem: Habt ihr seine Sachen schon durchgesehen?«

»Nur oberflächlich.«

»Nichts von einem Doktor Barth darunter?«

»Die große Sache?«

»Genau.«

»Wie sieht es denn aus?«

»Wissenschaftlich. Aufzeichnungen, Statistiken, Protokolle.«

»Wenn wir etwas finden, gebe ich dir Bescheid. Aber rausgeben könnte ich es nicht, das ist dir klar?«

»Ja.«

Als sie schon hinter dem Steuer saß, fragte er: »Soll ich mich immer noch raushalten?«

»Ja. Gib ihr Zeit.«

Viel mehr Zeit brauchte er Norina nicht zu geben.

Er saß vor dem Powerbook und schaute seine elektronische Post durch. Nur eine Nachricht war neu. Sie stammte von Bianca Monti. Er hatte sie am Wochenende erreicht und dazu überredet, in Dr. Barths Mailprogramm nachzuschauen, ob sie E-Mail-Adressen von Kollegen finden könne. Sie hatte zurückgeschrieben:

Lieber Fabio

Ich habe nachgeschaut und nichts gefunden. Sieht aus, als hätte er alle seine Daten gelöscht. Habe gestern im SONNTAG-MORGEN *einen Nachruf auf einen Kollegen von Dir gelesen. Hast Du den gut gekannt?*

Melde Dich mal ungeschäftlich.

Bianca

Er wollte ihr ein paar Worte zurückschreiben, als es läutete. Zuerst verstand er den Namen nicht, den die Frauenstimme über die rauschende Gegensprechanlage rief.

»Wer?«

»Norina!«

Er drückte auf den Türöffner, riss das Fenster

auf und strich das Federbett glatt. Wieder klingelte es. Er öffnete die Tür. Niemand. Er drückte auf die Sprechtaste. »Ja?«

»Welcher Stock?«

»Ach so. Zweiter, Apartment acht.«

Er leerte den Aschenbecher und räumte die Kleider weg, die auf dem Sessel lagen.

Die Lifttür ging. Er warf einen Blick in den Badezimmerspiegel, fuhr sich mit den Fingern durch die Haare und öffnete.

Auf dem Korridor brannte kein Licht. Fabio sah nur ihre schmale Silhouette vor dem erleuchteten Aufzug, der jetzt wieder hinunterfuhr. Er drückte auf den Lichtschalter, nichts passierte.

»Hab's auch schon probiert. Scheint kaputt zu sein«, sagte ihre Stimme.

Sie kam auf ihn zu, trat ins Licht, das aus seinem Apartment auf den Gang drang, und gab ihm die Hand. Sie trug immer noch den grauen Anzug von der Beerdigung.

»Bin ich froh, dass du zu Hause bist.«

Als sie an ihm vorbei in die Wohnung trat, roch er Zigaretten und Pommes frites. Er nahm ihr den triefenden Schirm ab, sah sich nach einem geeigneten Platz um und entschied sich für das Spülbecken.

Ihre Augen glänzten, und ihr Atem roch nach Wein. »Ich muss mit dir über Lucas reden.«

»Willst du etwas trinken?«

»Was hast du?«

»Wasser, Cola, Saft, alkoholfreies Bier. Rotwein.«

Sie nickte. »Ich bleibe beim Roten.«

Barolo war ihr Lieblingswein. Er hatte ihn für genau diesen unwahrscheinlichen Fall besorgt. Er brachte die Flasche und ein Glas aus der Kochnische.

»Und du?«

Fabio deutete auf seinen Kopf und sagte tapfer: »Ich sollte nicht.«

»Du hast mir doch von dieser Geschichte erzählt, die Lucas dir gestohlen haben soll.« Sie trank achtlos einen Schluck. »Ich habe ihn danach gefragt.«

»Und?«

»Er wollte nicht darüber sprechen. Alles, was er dazu sagte, war: Fabio irrt sich.«

»Inwiefern? Dass es die Geschichte gab? Dass er die Dokumente geklaut hatte? Dass er sie unter dem Deckel hielt?«

»Das hatte ich ihn auch gefragt. Er wollte es mir nicht sagen. Er könne es nicht, sagte er.«

»Die Tatsachen sprechen für meine Version. Jetzt noch mehr. Die Polizei geht inzwischen davon aus … Lassen wir das.«

»Sag es.«

»An dem Tag, an dem ich ins Krankenhaus eingeliefert wurde, hatte man Lucas und mich im Gourrama gesehen. Eine Stunde bevor man mich verwirrt an der Endstation Wiesenhalde auflas, bestellte Lucas einen Krankenwagen und schickte ihn wieder weg.«

Norina schaute Fabio verständnislos an. »Man muss davon ausgehen«, erklärte er, »dass Lucas die Ursache meiner Verletzung war.«

»Du meinst, er hat dich niedergeschlagen?«

»Nicht *ich* meine das, das vermutet die Polizei.«

»Du spinnst. Lucas ist beinahe draufgegangen vor Angst um dich.«

»Vielleicht war es keine Absicht. Vielleicht hat er mich gestoßen, und ich bin unglücklich gefallen.«

»Aber er hätte doch bestimmt etwas gesagt. Er hätte dich doch nicht im Spital besucht, ohne etwas zu sagen.«

»Vielleicht wollte er das ja. Aber dann, als er sah, dass ich mich nicht erinnerte, behielt er es für sich.«

Norina schüttelte den Kopf. »Das hätte Lucas nie getan.«

»Manchmal gerät man in etwas hinein. Du darfst nicht vergessen, die Versuchung war groß. Die Geschichte ist ein Riesenknüller. Prionen in der Schokolade!«

Norina trank ihr Glas leer. Fabio schenkte nach. »Selbst wenn das wahr wäre«, sinnierte sie, »dann hätte er die Sache doch so bald wie möglich veröffentlicht. Warum sollte er sich dafür bezahlen lassen, sie nicht zu bringen?«

»Kommt auf den Betrag an. Ich könnte mir vorstellen, dass LEMIEUX für solche Fälle eine gutgefüllte Kasse hat.«

Sie schüttelte entschieden den Kopf. »Für so etwas war Lucas viel zu ehrlich.«

»Der unehrliche Umgang mit etwas unehrlich Erworbenem ist irgendwie konsequent.«

Norina hob das Glas an die Lippen, trank aber nicht. »Glaubst du, jemand hat ihn umgebracht?«

Der Gedanke war Fabio nicht ganz fremd. Aber er schüttelte den Kopf. »Aus welchem Grund denn?«

»Weil er sich eben *nicht* hatte kaufen lassen.«

»Ich nehme an, die Gerichtsmedizin kann feststellen, ob jemand gesprungen ist oder ob nachgeholfen wurde.«

»Vielleicht könnte sie das. Aber sie untersucht es gar nicht. Die Polizei hat ja ein Selbstmordmotiv.« Ihre Augen füllten sich mit Tränen. »Mich.«

Norina fing an zu weinen. »Hast du Taschentücher?«

Fabio rannte zum Schrank und fand keine, suchte im Bad und fand keine. Schließlich kam er mit einer Rolle Toilettenpapier zurück. Er ging vor dem Sessel in die Hocke und riss dreilagige Papierchen ab, immer drei auf einmal.

»Du musst der Polizei die Geschichte erzählen«, brachte sie heraus.

»Dazu muss ich Beweise haben.«

»Wenn er sie hatte, sind sie bei seinen Sachen.«

»Und wo sind die?«

»Bei mir. Er war – er war dabei, bei mir einzuziehen, als mir klarwurde, dass das nicht gutgehen würde.«

Dieses Eingeständnis machte es ihr vollends unmöglich, weiterzusprechen. Fabio sorgte weiter für Papiernachschub. Wenn er eine Hand frei hatte, strich er ihr tröstend übers Haar.

So kauerte er vor ihr, bis sie zu weinen aufgehört hatte. Er raffte den Haufen Papier zusammen, warf ihn in den Mülleimer und ging ins Bad. Als er zurückkam, lag Norina auf dem Bett. »Nur für einen Moment«, sagte sie.

Fabio saß auf dem Schreibtischstuhl und betrachtete die schlafende Norina. Er hatte das Fenster geschlossen und fürchtete bei jedem Geräusch von der Straße, sie könnte erwachen.

Nach fast zwei Stunden stand er leise auf, zog ihr die Schuhe aus und deckte sie zu. Er löschte die Lichter bis auf die Schreibtischlampe.

Etwas später ging er ins Bad, putzte die Zähne, ließ das Licht an und die Tür offen und löschte die Schreibtischlampe. Er zog die Schuhe aus und legte sich vorsichtig neben Norina.

Er lauschte ihrem ruhigen Atmen und wagte es selbst kaum, Luft zu holen. So lag er da und hoffte, es würde nie Tag werden.

Dem spärlichen Verkehr nach zu schließen, war es spät, als er hörte, dass sich ihr Atmen verändert hatte. Sie musste erwacht sein und war jetzt dabei, sich zurechtzufinden. Sie stand leise auf. Fabio stellte sich schlafend. Er hörte, wie sie ins Bad ging. Als sie wieder herauskam, sah er im

Licht der offenen Badezimmertür, dass sie ihren Anzug ausgezogen hatte. Sie trug nur noch Höschen und Trägerhemd und schlüpfte wieder ins Bett.

Fabio erwachte und fühlte Norinas Brust in seiner linken Hand. Er wagte nicht, sich zu rühren.

Millimeterweise bewegte er die Hand von der linken zur rechten Brust. Er spürte, wie ihre Brustwarzen hart wurden.

Jetzt erst öffnete er die Augen. Als sie sich an das schwache Licht gewöhnt hatten, sah er, dass sie ihn anschaute. Er beugte sich über ihr Gesicht und küsste sie.

Sie küsste verzweifelt zurück.

»Es ist nicht richtig, was wir tun«, stöhnte sie einmal.

»Nein, richtig ist es nicht«, keuchte er.

Fabio lag auf dem Rücken, Norina war an seine Seite geschmiegt. Es dämmerte. Er hörte den Lärm der Spatzen und das Trommeln des Regens auf dem Fensterblech.

»Weißt du, dass ich dich gestern zum ersten Mal weinen sah?«, flüsterte Norina. Er zog sie etwas fester an sich.

Um sieben stand Fabio auf und kochte Tee. Als er ihn ans Bett bringen wollte, war Norina aufgestanden. »Wir drehen um neun, und ich muss noch nach Hause, mich umziehen«, erklärte sie.

»Ich begleite dich ein Stück, ich muss ins Tai Chi.«

»Du gehst ins Tai Chi?«

»Als Therapie. Mein Gleichgewicht wiederfinden.«

Unter der Dusche war ihm, als hätte er es klingeln hören. Als er aus dem Bad kam, hatte Norina ein seltsames Lächeln. »Ein schwarzes Mädchen war hier. Sie lässt dir auf Wiedersehen sagen, sie sei den nächsten Monat in München.«

»Sie ist eine Tänzerin aus Guadeloupe.«

»Was für eine Art Tänzerin?«

»Die Art, die du vermutest.«

»Sie ist wunderschön.«

»Wenn man den Typ mag.«

»Und sie trug deine Korallenkette.«

Als sich ihre Wege trennten, fragte Fabio: »Und jetzt?«

Norina hob ratlos die Schultern.

»Wenn du willst, helfe ich dir, Lucas' Sachen durchzusehen. Ich weiß, wonach wir suchen.«

Norina zögerte. »Ich ruf dich an.«

Sie wussten nicht, ob sie sich küssen sollten oder nicht, und taten etwas dazwischen.

Im Tai Chi hatte Fabio diesmal nur Erfolgserlebnisse. Fast alles gelang ihm ohne Wanken: Storch breitet die Flügel aus; fasse den Vogel beim Schwanz; Spiele die Laute; Tiger umarmen und zum Berg zurückkehren; Wolkenhände links; Wolkenhände rechts und die Jadeprinzessin am Webstuhl.

Nur die gehockte Peitsche und der Stoß zu den sieben Sternen brachten ihn noch ein wenig ins Rudern.

Am Ende der Stunde nahm ihn Horst Weber beiseite. »Herr Rossi«, sagte er feierlich, »ich glaube, Sie sind auf gutem Weg, Ihre Mitte wiederzufinden.«

Fabio nickte. »Nicht wahr?« Später, unter der heißen Dusche, dachte er an Norina und genoss das angenehme Gefühl in seiner Mitte.

Es hatte aufgehört zu regnen. Durch einen Riss in der Wolkendecke schien die Julisonne auf die nasse Stadt. Fabio ging bei Dr. Vogels Praxis vorbei und holte sein Rad aus dem Keller. Nach ein paar hundert Metern hatte sich wieder das alte Fahrgefühl eingestellt. Er schlängelte sich durch den Stadtverkehr, als hätte er nie Gleichgewichtsprobleme gekannt.

Das Apartmenthaus Florida besaß keinen Fahrradraum. Er stellte das Rad in die kleine Treppenhalle neben dem Aufzug und nahm die Treppe. Er wollte sich ein Viertelstündchen ins ungemachte Bett legen und Norina riechen.

Frau Mičić war im Apartment gewesen und hatte das Bett frisch bezogen. Seine gebügelte Wäsche lag darauf und ein Zettel mit der Nachricht: »34.–« Fabio verfluchte die serbische Ordnungsliebe und setzte sich an den Computer. Er hatte sich die wiederkehrenden Namen der Immunoassay-Spezialisten herausgeschrieben und versuchte jetzt, ihre E-Mail-Adressen herauszufinden. Bei den meisten gelang es ihm auf Anhieb. Er schrieb ihnen eine gleichlautende Nachricht:

Betrifft: Nachlass Dr. Andreas Barth

Sehr geehrter Herr

Bei der Rekonstruktion der Forschungsarbeit von Dr. Andreas Barth stießen wir auf Ihren Namen. Dr. Barth verstarb im April dieses Jahres. Er hatte sich in den letzten Monaten seines Lebens intensiv mit einem Projekt der Immunoassay-Technik befasst. Falls Sie als einer der herausragenden Spezialisten auf diesem Gebiet von Dr. Barth kontaktiert wurden, wären wir Ihnen dankbar für eine kurze Nachricht an den Unterzeichnenden.

Mit freundlichen Grüßen, Fabio Rossi

Fabio unterdrückte – zum wievielten Mal schon heute? – den Impuls, Norina anzurufen. Er ging hinunter und verbrannte sich am Pizzastand gegenüber den Gaumen. Das Wetter hatte sich noch nicht entschieden. Graumelierte Wolken jagten sich auf einem Himmel von zaghaftem Blau. Im Übermut ließ sich Fabio mit dem kurdischen Pizzaverkäufer auf ein Fachgespräch über die Konsistenz von Pizzaböden ein.

Als er keine Viertelstunde später wieder die Treppenhalle des Florida betrat, stand sein Fahrrad anders. Er machte Licht. Der Vorderreifen war platt. Der Hinterreifen ebenfalls. Er schaute sich den Schaden näher an.

Jemand hatte die Reifen seitlich mit einem Messer aufgeschlitzt und etwas Längliches in die Schlitze gesteckt. Er zog es heraus. Es waren zwei Schokoriegel. Marke Chocofit.

Fabios Herz raste. Er stand in seinem Apartment und redete sich gut zu.

Ein Bubenstreich. Vandalismus. Milieuhumor. Eine Verwechslung. Chocofit war einer der verbreitetsten Schokoriegel. Wenn jemand es lustig fand, jemandem zwei Schokoriegel durch die Fahrradreifen zu stecken, war die Wahrscheinlichkeit groß, dass er Chocofit wählte. Zufall. Jemand hatte sich einen schlechten Scherz erlaubt.

Jemand mit einem Hausschlüssel?

Das war nicht nötig. Um diese Zeit waren alle Mädchen zu Hause. Irgendwo klingeln und »Post« in die Gegensprechanlage rufen – schon war man drin.

Langsam beruhigte sich Fabio. Sachlich betrachtet war alles halb so schlimm. Es waren emotionale Dinge, die ihn verstörten: die Aggressivität – es bedarf schon eines sehr scharfen Messers und eines sehr brutalen Schnitts, um zwei praktisch neue, verstärkte Trekreifen seitlich zu durchtrennen; die Perversität – zwei Schokoriegel, die in den klaffenden Reifen eines Fahrrads steckten; und die Verletzung seiner persönlichen Sphäre. Etwas, das zu seinem privaten Lebensbereich gehörte, war ostentativ entweiht worden.

Er steckte sich eine Zigarette an und ging ans Fenster. Draußen herrschte der normale Nachmittagsverkehr. Ein paar Passanten gingen vorbei. Auf der anderen Straßenseite stand ein Mann in einem hellen Mantel und schaute zu ihm herauf.

Fabio entfernte sich vom Fenster. Was sollte er tun?

Die Polizei anrufen? Und was erzählen? Jemand habe ihm zwei Chocofit in die Reifen gesteckt? Es handle sich um einen Einschüchterungsversuch durch einen Food-Multi?

Plötzlich wusste er, was er zu tun hatte: es dokumentieren. Er holte seine kleine Kamera aus der Korpusschublade, lud sie mit einem Film und schlich die Treppe hinunter.

Zwischen dem ersten Stock und dem Erdgeschoss verlöschte das Licht im Treppenhaus. Fabio ging die paar Stufen zurück. Er hatte keine Lust, im Dunkeln dort unten anzukommen. Er drückte auf den Lichtschalter. In diesem Augenblick hörte er, wie die Haustür ins Schloss fiel.

Vorsichtig und mit schussbereiter Kamera ging er die Treppe hinunter.

Die Halle war leer. Das Fahrrad war nicht mehr da.

Als Fabio ins Apartment zurückkam, klingelte sein Handy. Polizeiwachtmeister Tanner.

»Wie geht es Ihnen?«, erkundigte er sich auf seine mitfühlende Art.

»Soeben ist mir mein Fahrrad geklaut worden.«

»Sind Sie versichert?«

»Ich glaube schon.«

»Dann melden Sie es. Nur wenn Sie großes Pech haben, findet man es wieder.«

Fabio gab den Plan auf, die Polizei einzuschalten.

»Herr Rossi, ich muss Sie noch einmal behelligen. Wir haben im Gartenhaus von Herrn Jägers Onkel ein paar Spuren gesichert und bräuchten ein wenig Referenzmaterial von Ihnen.«

»Was bedeutet das?«

»Fingerabdrücke, Blut, Haare. Einfach, um die Akten zu schließen. Wir haben dort einen Schaufelstiel mit etwas Blut und Haaren gefunden. Rot, die Haare, übrigens.«

»Wann soll ich kommen?«

»Sagen Sie mir, wann es Ihnen passt, und ich versuche, einen Termin im Labor zu bekommen.«

Fabio bot an, in einer Stunde zu kommen. Tanner rief zurück und sagte, er werde in anderthalb

Stunden erwartet. Er war froh, hier rauszukommen. Und dass er einen guten Vorwand hatte, Norina anzurufen.

Ihr Beantworter meldete sich. Er hinterließ: »Musste ins Polizeilabor, Blut- und Haarprobe machen. Die Tatwaffe wurde im Gourrama gefunden. Ruf mich zurück, sobald du kannst.«

Norina erreichte ihn noch im Polizeilabor. »Ich bin noch bei der Polizei, lass dein Handy eingeschaltet, ich rufe in …« Er schaute die Laborantin fragend an.

»Zehn Minuten«, sagte sie.

»… in zehn Minuten zurück.«

Sie meldete sich sofort, als er zurückrief. »Was für eine Tatwaffe?«, war ihre erste Frage.

»Ein Schaufelstiel. Ziemlich sicher. Es klebten Haare dran.« – Pause – »Rote.«

Am andern Ende war es einen Moment still. Dann sagte Norina: »Ich kann es nicht glauben.«

»Ich auch nicht. Wir müssen fairerweise die Laborresultate abwarten. Aber es sind, wie gesagt, rote Haare.«

Sie sagte lange nichts. Dann: »Du hast doch gesagt, du würdest mir helfen, seine Sachen durchzusehen. Wann hättest du Zeit?«

»Je früher, desto besser.«

»Heute Abend? Um sieben?«

»Ich bringe etwas zu essen mit.«

Grazia Neri war immer noch nicht gut auf Fabio zu sprechen. Aber wenigstens lächelte sie ihn nicht an. *»È un peccato!«*, war ihr missbilligender Kommentar zu Lucas. Und meinte damit die Todsünde des Selbstmordes.

Fabio ließ sich von der Verkäuferin ein Pfund frische Ravioli Ricotta, gesalzene Butter, Salbei, ein Stück Parmesan, Parmaschinken und zwei Flaschen Barolo geben. Die Netzmelone holte er sich selbst. Am Stand vor dem Laden roch er sich durch fünf Stück, bis er sich für eine entschied.

Während die Verkäuferin seine Einkäufe verpackte, fragte ihn Grazia über die Beerdigung aus.

»Waren viele Leute da?«

»Ziemlich.«

»Eine schöne Trauerfeier?«

»Es geht.«

»Katholisch oder protestantisch?«

»Weder noch.«

»Jüdisch?«

»Es war keine religiöse Feier.«

»Wie soll denn das gehen?«, fragte Grazia fassungslos.

»Es ist nicht einfach, Grazia.«

»Das glaube ich.«

Als Fabio schon auf der anderen Straßenseite vor Norinas Haustür stand, schüttelte Grazia noch immer den Kopf. Oder wieder?

Norina erwartete ihn an der halboffenen Wohnungstür. Sie war bleich. Die Augenschatten waren einen Ton dunkler geworden. Sie bat ihn mit einem ernsten Lächeln herein.

Fabio versuchte, sich nicht umzusehen. Aber er spürte die Veränderung. Der Spiegel über der Kommode war durch ein Kinoposter ersetzt, neben der Tür stand ein Garderobenständer, der Spannteppich in der Diele war weg, das Parkett darunter abgeschliffen und versiegelt.

Er brachte die Einkäufe in die Küche. Sie schien unverändert. Abgesehen von einer Orangenpresse neben der Espressomaschine.

Die Tür zum kleinen Küchenbalkon stand offen. Drei Töpfe mit Hanfpflanzen drängten sich darauf. Lucas' Zöglinge. Lucas war ein Sonntagskiffer gewesen. Um sich zu beweisen, dass er kein

Spießer sei, wie Fabio ihn gehänselt hatte.

Er packte die Sachen aus und begann, die Melone aufzuschneiden. Norina übernahm die Abfalltrennung. Papier zu Papier, Plastik zum Abfall, Melonenkerne zum Kompost. Sie trug einen engen, knielangen Rock, flache Schuhe und einen weiten, dünnen Baumwollpullover, unter dem sich, wenn sie sich bewegte, ab und zu eine Brust abzeichnete. Alles in Farbtönen, die möglichst nichts mit Schwarz zu tun haben wollten.

Fabio schnitt die Fettränder vom Schinken, rollte die Scheiben und legte sie auf die beiden Teller mit den Melonenschnitzen. Dann machte er den Wein auf.

»Nur falls du trinkst. Ich habe gestern zu viel gehabt.«

Fabio stellte die Flasche auf den Küchentisch zurück. Er halbierte die Butter, warf sie in ein kleines Pfännchen und stellte es auf eine Platte. Er wusch den Salbei und zupfte die Blätter in die langsam schmelzende Butter.

Sie setzten sich an den Küchentisch und aßen die Vorspeise. Schweigend. Keiner wollte etwas Falsches sagen. In der Küche breitete sich der Duft der Salbeibutter aus.

Nach dem Essen führte ihn Norina in das Zimmer, das früher seines gewesen war. Jetzt standen da ein Schreibtisch, ein Stuhl und ein Sessel, die Fabio von Lucas' Wohnung kannte. Ein paar Schachteln lagen herum, manche leer, manche voll, manche halb geleert oder schon wieder halb gefüllt. An einer Wand lehnten Regale und Gestänge eines zerlegbaren Büchergestells.

Sie stellten eine leere Bücherschachtel in die Zimmermitte und begannen sie mit den herumliegenden Sachen zu füllen. Als nichts mehr herumlag, packten sie den Inhalt der Schachteln um.

Jedes Blatt, jede Notiz, jeder Zeitungsausschnitt, jeder Beleg, jedes Manuskript, das ganze Sammelgut eines kurzen Journalistenlebens wurde wohl ein letztes Mal von zwei Menschen für wichtig genug befunden, um in die Hände genommen, betrachtet, beurteilt und beiseite gelegt zu werden.

Bis nach Mitternacht kauerten sie am Boden und arbeiteten sich wortkarg durch Lucas Jägers Nachlass. Mit jeder Stunde wuchs seine Präsenz im Raum und Fabios Bestürzung darüber, wie wichtig er in dessen Leben gewesen sein musste. Er stieß auf ganze Dossiers mit Belegen von Fabio-Rossi-Artikeln; es gab handschriftliche Notizen von Fabio Rossi auf Bierdeckeln und Fresszetteln; Klebenotizen mit dummen Sprüchen, die Fabio Lucas an den Bildschirm geklebt hatte; Randbemerkungen von Fabio Rossi auf Manuskriptseiten von Lucas Jäger; Fotos von Fabio Rossi mit Lucas Jäger, Fotos von Fabio Rossi mit Norina Kessler.

Von Dr. Barths Aufzeichnungen keine Spur.

Als sie das Licht im Zimmer löschten und die Tür schlossen, sagte Norina: »Jetzt könnte ich ein Glas Wein vertragen.«

Fabio entkorkte die Flasche und schenkte zwei Gläser voll. Sie setzten sich an den Küchentisch und stießen an.

»Auf Lucas«, sagte Norina.

»Auf Lucas.«

Sie tranken schweigend.

Nach einer langen Zeit sagte Fabio: »Ich wusste nicht, dass ich ihm so wichtig war.«

Norina nickte. »Fabio hat gesagt. Fabio meint. So hat es Fabio immer gemacht. Fabio dies, Fabio das.«

»Das ging dir bestimmt auf den Wecker.«

»Wenn wir Streit hatten, dann meistens wegen dir. Er war fassungslos über deine Verwandlung.

Für ihn brach eine Welt zusammen. Und trotzdem ließ er nichts auf dich kommen.«

Norina nahm einen Schluck. Sie hatte wieder etwas Farbe bekommen. »Weißt du, dass wir uns stritten, weil ich mich weigerte, dich im Spital zu besuchen? Er redete mir ins Gewissen, als ich deine Anrufe nicht annahm und auf deine Nachrichten nicht reagierte. Ich glaube, am liebsten hätte er mich eigenhändig zu dir ins Bett gesteckt.«

»Merkwürdig.«

»Er sagte einmal, dir sei das Wunder der zweiten Chance zuteil geworden. Es stehe uns nicht zu, es zunichtezumachen.«

»Das Wunder der zweiten Chance. Und das aus dem Mund eines Atheisten.« Er füllte die Gläser nach. »*For the road.*«

»Bist du mit dem Fahrrad hier?«

Fabio überlegte, ob er ihr die Wahrheit erzählen solle, sagte dann aber nur: »Es wurde gestohlen.«

»Dein teures Aluminiumrad?«

»Die Sternstraße ist keine gute Gegend für teure Aluminiumräder.«

Norina zögerte. »Du kannst auch hier schlafen.«

Fabio schaute ihr in die Augen und sagte: »Das würde ich gerne.«

»Auf der Gästecouch, okay?«

»Okay«, antwortete Fabio, als hätte er nie etwas anderes angenommen.

»Das gestern …« – sie überlegte –, »… das war eine besoffene Verzweiflungstat.«

»Ich fand es schön.«

»Eine schöne besoffene Verzweiflungstat.«

Als sie zusammen die Couch bezogen, sagte Norina: »Die letzten beiden Tage hat er im Gourrama oben gewohnt. Vielleicht sind die Dokumente bei seinen Sachen dort. Wollen wir morgen nachsehen gehen? Ich habe am Nachmittag drehfrei. Nationalfeiertag.«

Er bestand darauf, dass sie als Erste ins Bad ging. Er stellte sich ans offene Fenster und schaute in die Nacht hinaus. Die Häuserzeile gegenüber war dunkel. Nur das Schaufenster der Pizzicheria Neri war erleuchtet. Zur Abschreckung der Einbrecher, nach der Theorie von Lino Neri selig.

Norina kam aus dem Bad. »Ich habe dir ein Frottiertuch und eine Zahnbürste hingelegt.«

Sie gaben sich einen Gutenachtkuss. Sie roch nach Zahnpasta und ihren geheimnisvollen

Cremes. »Wenn wir die Beweise fänden, wäre die Polizei doch gezwungen, auch die Möglichkeit eines Mordes zu prüfen?«

»Ich denke schon.«

»Stell dir vor, ich glaubte, ich hätte seinen Selbstmord auf dem Gewissen, und dabei wurde er umgebracht.«

»Niemand hat den Selbstmord eines anderen Menschen auf dem Gewissen.«

Am nächsten Morgen stand Fabio bereits kurz nach sieben bei Grazia Neri im Laden. Sie musterte ihn angewidert. *»È un peccato.«* Diesmal meinte sie die Sünde der Übernachtung bei frischgebackenen Witwen.

Aber sie gab ihm von ihrem schwarzen, süßen Kaffee zu trinken und ein Stück Toast mit einer Scheibe Salami. »Schinken hattet ihr ja gestern Abend«, bemerkte sie vorwurfsvoll.

Als Fabio die Treppenhalle des Apartmenthauses Florida betrat, stand sein Fahrrad wieder an der alten Stelle.

Er ging vorsichtig näher. Die Reifen waren nagelneu und hart gepumpt.

So schnell er konnte, rannte er die Treppen hinauf und schloss sich im Apartment ein. Auf die Tischplatte gestützt wartete er, bis er wieder zu Atem kam.

Er wusste nicht, was ihm mehr Angst machte: die Verstümmelung seines Fahrrads oder dessen unversehrte Wiederkehr. Es war, als wollte ihm jemand zeigen, dass er nach Belieben bei ihm ein und aus gehen und mit seinem Eigentum beliebig umspringen konnte. Und auch mit ihm selbst?

Erst als er unter der Dusche von der Willkür der Mischbatterie abgelenkt wurde, entspannte er sich. Eine harmlose Erklärung fiel ihm für den Vorfall ein: Ein Kind hatte sich einen Streich mit seinem Rad erlaubt, und die Eltern hatten die Sache wiedergutgemacht, bevor es Schwierigkeiten gab.

Je länger er darüber nachdachte, desto plausibler kam ihm diese Version vor. Und als er dann beim Rasieren auch noch das Vibrieren des Scherkopfs auf der rechten Oberlippe zu spüren glaubte, konnte er seine Gedanken sogar auf Norina richten. Augenblicklich ging es ihm wieder gut.

Sie würden wieder zusammenfinden. Alles deutete darauf hin. Vielleicht nicht heute oder morgen. Aber bald. Sie würde sich an seinem Vergessen beteiligen und ihm eine zweite Chance geben. Die Gnade der zweiten Chance.

Er zog sich an und schaltete das Powerbook ein. Drei Antworten auf seinen Aufruf befanden sich auf dem Server. Zwei drückten ihr Bedauern aus, nichts beitragen zu können. Sie hätten mit Dr. Barth nie Kontakt gehabt.

Die dritte lautete:

Sehr geehrter Herr Rossi

Ich beziehe mich auf Ihre Nachricht an Professor Weider und bitte Sie, sobald Sie dies lesen, mit mir Kontakt aufzunehmen.

Mit freundlichen Grüßen, Duliman Boswell

Darunter stand die Nummer eines Handys, die Fabio sofort einstellte.

»Ja?«, meldete sich eine Stimme.

»Herr Boswell?«

»Ja.«

»Fabio Rossi. Ich habe eine Nachricht von Ihnen erhalten. Es geht um Doktor Barth.«

»Ach, Herr Rossi. Danke, dass Sie sich so rasch melden. Können wir uns treffen? Ich habe wichtige Informationen zu Ihrem Thema.«

»Gerne. Wann? Wo?«

»Kennen Sie das Blue Nile? Schön ruhig um diese Zeit.«

»Aber nur für Mitglieder.«

»Geben Sie meinen Namen an, falls Sie vor mir dort sind. Schaffen Sie es in einer halben Stunde?«

Fabio packte zwei Stenoblöcke und den Rekorder in seine Tasche und schwang sich auf sein neu bereiftes Rad.

Es war ein milder, hellgrauer Tag, der sich noch nicht entschieden hatte, ob er trocken bleiben wollte. Fabio radelte durch den trägen Feiertagsverkehr und dachte an seinen Anrufer. Etwas an seiner Stimme hatte ihn irritiert: Sie war ihm bekannt vorgekommen.

Das Blue Nile war eingerichtet, wie sich der Innenarchitekt wohl einen englischen Offiziersclub im Kairo der Kolonialzeit vorstellte. Viel Leder, Messing und Mahagoni. Tropenhelme, Kopien von Grabfunden, kolorierte Fotografien aus den Zwanzigerjahren von Nilfahrten, Ausgrabungsstätten und Kamelritten.

Das Lokal war leer bis auf einen Kellner mit einer roten Bauchschärpe, der sofort auf ihn zukam.

»Ich bin mit Herrn Boswell verabredet.«

»Er ist noch nicht hier. Aber wenn Sie solange Platz nehmen wollen, Herr Boswell sitzt meistens dort.« Er deutete auf eine kleine Sitzgruppe, die halb von einem ägyptischen Paravent verdeckt war. »Was darf ich Ihnen bringen?«

Fabio bestellte einen Espresso. Der Kellner brachte ein Kupferkännchen mit einem dicken, süßen arabischen Kaffee und ein Tellerchen mit orientalischem Konfekt.

Ein seltsamer Ort für einen Treffpunkt mit einem Wissenschaftler, dachte Fabio. Er legte seinen Block und seinen Rekorder auf den Tisch.

Nach kurzer Zeit sah er zwei Männer am Eingang. Der eine blieb an der Tür stehen, der andere kam auf ihn zu.

Der falsche Dr. Mark.

Fabio stand auf.

»Warten Sie schon lange, Herr Rossi? Bleiben Sie doch sitzen.«

Fabio drückte die Hand, die ihm der andere entgegenstreckte. Beide setzten sich. »Sind Sie Duliman Boswell?«

Der Mann zeigte auf das Gerät: »Ist das ausgeschaltet?«

Fabio nickte.

»So soll es auch bleiben. Wir sind *off the re-*

cord. Ja, ich bin Duliman Boswell. Verzeihen Sie meinen Auftritt bei unserem letzten Treffen. Eine kleine Vorsichtsmaßnahme.«

Fabio spürte sein Herz bis zum Hals klopfen. »Wer sind Sie?«

»Ein Mitarbeiter von LEMIEUX.«

»Was ist Ihre Aufgabe?«

»Im weitesten Sinn: Security.«

Der Kellner brachte einen Krug grünen Tee, den er mit einigem Zeremoniell und aus beachtlicher Höhe in ein kleines bemaltes Glas goss.

»Ich sehe, Sie ziehen Kaffee vor«, bemerkte Boswell. »Als Italiener.«

»Sie sind kein Mitarbeiter von Professor Weider.«

»Sagen wir es so: Professor Weider ist ein Mitarbeiter von uns. Ebenfalls im weitesten Sinn. Er hat mir Ihre Nachricht zukommen lassen.«

Eine Frauenstimme fing an, auf Arabisch zu singen. »Umm Kulthum«, sagte Duliman Boswell, Security, träumerisch. »Kennen Sie sie?«

Fabio schüttelte den Kopf.

»Dann waren Sie noch nie in Ägypten.«

»Was wissen Sie über Doktor Barth?«

Boswell schlürfte etwas Tee. »Doktor Barth war ein hochtalentierter Forscher.« Er stellte das

Glas ab und betrachtete einen seiner spitz gefeilten, polierten Nägel. »Nicht nachvollziehbar, der Schritt. Dabei hätte er ausgesorgt gehabt.«

»LEMIEUX hatte ihn gekauft?«

»Nicht ihn. Seine Erfindung. Ein hochempfindliches Nachweisverfahren für Prionen in Lebensmitteln. Genau das, worauf die Welt gewartet hatte.«

»Warum hört die Welt denn jetzt nichts davon?«

»Es ist noch nicht ganz ausgereift. Aber in Kürze sind wir so weit. Höre ich von unserer Forschungsabteilung.«

»Weshalb hat er es nicht selbst fertigentwickelt?«

»Das hat verschiedene Gründe. Einer hing mit seinem Arbeitgeber zusammen. Seine Vertragssituation muss sehr unvorteilhaft gewesen sein – ich war nicht persönlich in die Verhandlungen involviert. Dadurch, dass wir uns einschalteten, wurde eine für ihn sehr viel lukrativere Lösung möglich.«

»Und die LABAG war damit einverstanden, dass das an ihr vorbeilief?«

»Die LABAG ist eine hundertprozentige Tochter von uns.«

»Schon immer gewesen?«

»Das nicht«, räumte Boswell bescheiden ein.

Fabio begann der Ton des Mannes auf die Nerven zu gehen. »Und die Prionen in der Schokolade hatten sicher einen Einfluss auf die finanzielle Regelung?«

»Natürlich. Stellen Sie sich vor, was das für einen Aufruhr gegeben hätte. Wissen Sie, wie viel von unserer Schokolade allein bei uns pro Jahr gegessen wird?«

»Vier Kilo pro Kopf der Bevölkerung«, antwortete Fabio.

»Das kommt etwa hin. Und jetzt stünde eines Tages in der Zeitung das Gerücht, es hätten sich Prionen in LEMIEUX-Schokolade gefunden.«

»Nicht das Gerücht«, korrigierte Fabio, »der Beweis.«

»Der von einem in der Entwicklung steckenden Verfahren erbrachte Beweis. Nein, nein: Doktor Barth traf die richtige Entscheidung, als er sich mit uns finanziell geeinigt hat.«

»Er selbst scheint da anderer Meinung gewesen zu sein.«

Boswell hob bedauernd die Hände und ließ sie wieder sinken. »Wenigstens profitiert seine Witwe heute von seinem Verantwortungsbewusstsein.«

Fabio lachte kurz auf. Der Mann an der Tür schaute herüber.

»Und dann, als Sie dachten, Sie hätten alles hübsch geregelt und unter den Teppich gekehrt, tauchte ich auf.«

Boswell konnte erst antworten, als er den Tee hinuntergeschluckt hatte. Aber er nickte schon vorher. »Genau. Dann tauchten Sie auf.«

»Ich nehme an, Sie haben versucht, auch mich zu kaufen, und als das nicht klappte, haben Sie sich an Jäger gewandt, damit er auf mich Einfluss nahm. Und als das nicht klappte, bekam ich eins über den Schädel. Wie viel haben Sie ihm bezahlt?«

Boswell schenkte sich ein neues Glas Tee ein. Von nicht ganz so hoch wie der Kellner, aber hoch genug, dass sich etwas Schaum bildete. »Herrn Jägers Rolle war eine andere. Er betrat die Bühne erst später, als Sie Ihre Nachforschungen wiederaufnahmen und in der LABAG auftauchten. Er versuchte uns davon zu überzeugen, dass es Ihnen nur darum ging, Ihre Gedächtnislücken zu füllen. Und Sie an unsere Sache keine Erinnerung hatten. Es lag ihm sehr viel daran.«

Fabio fiel keine Antwort ein. Er führte die Kaffeetasse zum Mund, merkte, dass sie leer war, und stellte sie wieder hin. Boswell klatschte in die Hände. Sofort erschien der Kellner. Boswell lächelte zufrieden. »Sie sehen, hier wird Wert auf Authentizität gelegt.« Er bestellte noch einen Kaffee für Fabio. »Deshalb habe ich damals unseren Herrn Doktor Mark vertreten. Ich wollte mich persönlich überzeugen, wie total Ihre Amnesie war. Ich war nicht ganz befriedigt vom Resultat. Dazu erwähnten Sie Doktor Barth zu häufig. Das habe ich Herrn Jäger gegenüber auch erwähnt. Aber er wollte auf keinen Fall, dass ich mich einschaltete.«

Der Kellner brachte den Kaffee. Fabio machte keine Anstalten, ihn zu trinken.

Boswell fuhr fort: »Aber Sie hörten nicht auf zu recherchieren. Fuhren nach Amalfi. Besuchten die POLVOLAT. Da konnte ich, bei aller Rücksichtnahme auf Ihre besondere Situation, nicht anders, als Herrn Jäger davon in Kenntnis zu setzen, dass wir jetzt eingreifen.«

»Und? Wie hatte er reagiert?«

»Ungeschickt. Bei unserem letzten Treffen …«

»… in der Lobby des Europa.«

Fabios Zwischenbemerkung brachte Boswell für eine Sekunde aus dem Konzept, dann fuhr er fort: »Bei unserem letzten Treffen im Europa drohte er mir ganz offen damit, die Sache selbst zu veröffentlichen, um Sie aus dem Schussfeld zu nehmen. Wir mussten das sehr ernst nehmen. Wir gingen davon aus, dass er eine Kopie der Dokumente besaß. Er hat ja dann bekanntlich einen anderen Weg gewählt. Mir persönlich hat das sehr leid getan. Er hatte mich beeindruckt mit seiner Loyalität, der junge Mann. Wäre nicht nötig gewesen. Es hätte auch für ihn andere, lebensbejahendere Lösungen gegeben.«

Fabio stellte die Frage, die ihn schon lange interessierte: »Wie viel haben Sie ihm bezahlt?«

Boswell blieb auch jetzt sachlich: »Achthunderttausend Dollar. Das waren zum damaligen Kurs etwas unter eins Komma vier Millionen Schweizer Franken.« Das war nun doch einiges mehr, als Fabio vermutet hatte. »Aber nicht ihm haben wir das bezahlt. Ihnen, Herr Rossi, Ihnen. Herr Jäger war da stur.«

Fabio war, als fasste ihn ein kleines kaltes Händchen am Nacken. Er konnte nichts sagen. Er konnte sich nicht bewegen.

Boswell stand auf. »Das wollte ich Ihnen nur in Erinnerung rufen, Herr Rossi. Betrachten Sie die Information als meinen Beitrag zur Rekonstruktion Ihres Gedächtnisses.«

Er zeigte auf den Tisch. »Das hier geht selbstverständlich auf meine Rechnung. Und wenn Sie danach noch etwas benötigen, bestellen Sie ungeniert.«

Fabio übersah die ausgestreckte Hand.

»Und verzeihen Sie die Sache mit dem Fahrrad. Meine Leute sind manchmal etwas kindisch.«

Fabio blickte Boswell nach, als der zum Ausgang ging. Der Mann dort hielt ihm die Tür auf.

Er traute sich nicht zu, das Rad zu fahren. Er wusste nicht, wie lange er benommen im Blue Nile sitzen geblieben war. Irgendwann hatte er Fredi angerufen und ihm mitgeteilt, er müsse ihn dringend treffen.

Fredi war nicht begeistert. Er war auf dem Weg zum Bootshafen. Er wollte den Nachmittag mit ein paar Freunden auf der Libellula verbringen und am Abend vom See aus das Feuerwerk anschauen. Aber Fabio bestand darauf. Nur eine halbe Stunde, versprach er.

Jetzt schob er das Rad zum Bertini. Es lag nicht sehr weit vom Blue Nile.

War es möglich? War sein Ausflug in sein Alter Ego, wie es Dr. Vogel nannte, so weit gegangen?

Fredi war schon dort, als Fabio ankam. Er trug

ein weißes Polohemd und darüber einen zweireihigen Blazer mit Goldknöpfen und einem gestickten Wappen, auf dem »Libellula« stand. Er trank einen weißen Martini, wahrscheinlich sein Sportgetränk. Dazu hatte er sich einen Teller mit ein paar Häppchen reichen lassen. Das Lokal war noch leer, auf allen Tischen stand »Reserviert«.

»Was trinkst du?«, fragte Fredi.

»Nichts. – Eine Frage: Du sagtest doch, als wir uns das erste Mal wieder trafen, hätte ich über Dinge gesprochen, die mich früher nicht interessierten. Zum Beispiel Geld.«

Fredi schaute ihm ruhig in die Augen. »Stimmt.« Er angelte sich ein Rädchen Salami und schob den Teller ein paar Zentimeter zu Fabio hinüber. Der schüttelte den Kopf.

»Zum Beispiel über achthunderttausend Dollar?«

»Zum Beispiel.«

»Wo sind sie?«

»Gut angelegt. In der Firma. Wie abgemacht.« Er gabelte sich ein Stück Coppa vom Teller, kaute zweimal und spülte es mit Martini Bianco runter.

Fabio schlug mit der flachen Hand auf den Tisch. »Scheiße!«

Der Kellner schaute irritiert zu ihnen herüber.

Fabio dämpfte die Stimme. »Ich kam zu dir mit achthunderttausend Dollar und bat dich, sie für mich anzulegen?«

Fredi nickte. Er hatte wieder den Mund voll.

»In bar?«

Fredi grinste, schluckte und sagte: »In einem Jutebeutel vom Bioladen.«

»Hast du mich gefragt, woher ich das Geld hatte?«

»Wenn du das hättest sagen wollen, hättest du es gleich zur Bank bringen können.«

Fabio schlug nochmals auf den Tisch. »Scheiße! Warum hast du mir nichts davon gesagt?«

Fredi schaute ihn ungerührt an. »Ich wollte sehen, ob es dir wieder einfällt.«

»Und wenn es mir nicht wieder eingefallen wäre?« Fabio schrie es fast.

Fredi schenkte ihm sein reizendstes Lächeln. »Dann hättest du es auch nicht vermisst.«

21

In einem gelben Renault mit dem Schriftzug MYSTIC Productions fuhren sie am Nachmittag zur Gartengenossenschaft Waldfrieden. Es herrschte kaum Verkehr. Das Wetter war noch immer launisch. Eben noch waren fette Tropfen auf die Windschutzscheibe geplatscht, jetzt musste Norina bereits wieder die Sonnenblende herunterklappen.

An einer roten Ampel sah sie ihn von der Seite an: »Wenn es dir so schwerfällt, kann ich auch allein gehen.«

»Wie kommst du darauf, dass es mir schwerfällt?«

»Du bist bedrückt.«

»Nur müde.«

»Ich könnte es gut verstehen – nach dem, was dort oben passiert ist.«

Fabio brachte ein wehmütiges Lächeln zustande. »Es sind auch schöne Dinge darunter.«

Das Licht sprang auf Grün, Norina gab Gas.

Natürlich hatte sie recht. Er war nicht nur bedrückt, er war stumm verzweifelt. Über sich, über das, was hinter ihm lag, und – noch schlimmer – über das, was vor ihm lag. Er hatte keine andere Wahl, als Norina die Wahrheit zu gestehen. Die Wahrheit über Fabio Rossi. Das würde, darüber gab es keine Zweifel, das definitive Ende ihrer gerade wieder aufkeimenden Beziehung bedeuten.

Am Waldrand parkten mehrere Autos. Norina stellte den Renault dazu. Sie holte eine gefüllte Einkaufstasche aus dem Kofferraum. »Bratwürste«, erklärte sie, »am Nationalfeiertag obligatorisch.«

Sie gingen den Hauptweg hinunter und bogen in den Seitenweg ein, der zum Gourrama führte. Die meisten Häuschen und Gärten waren mit Lampions, Girlanden und Fähnchen geschmückt. Die Leute waren mit Festvorbereitungen beschäftigt und warfen besorgte Blicke zum Himmel.

Vor dem Häuschen mit den gelben Läden stand die Frau mit dem schlechten Gedächtnis auf einem Stuhl und befestigte eine Leuchtgirlande an einem Regenrohr. Ihr Mann, der Kartenspieler, trug eine Kühlbox ins Haus. Fabio und Norina nickten ihnen zu. Sie nickten zurück, und man sah ihnen die Anstrengung an, ihre Kommentare zurückzuhalten, bis die beiden außer Sicht- und Hörweite waren.

Frau Blatter, die Nachbarin des Gourramas, hatte Besuch. Zwei Familien mit kleineren Kindern. Die Männer in Fabios Alter waren dabei, eine Plastikdecke als Vordach vor das Gartenhäuschen zu spannen. Sie selbst pflückte Brombeeren. Ein kleines Mädchen half ihr dabei.

Als sie Fabio und Norina sah, kam sie ans Gartentor. »Sie denken bestimmt, das sind meine Kinder und Enkel. Aber es sind meine Enkel und Urenkel.« Sie wurde ernst. »Es tut mir so leid wegen Lucas. Ich habe ihn hier noch gesehen, am selben Tag. Er schien mir wie immer. Wenn man doch manchmal hineinsehen könnte in die Menschen.«

Als sie sich einen schönen Abend wünschten, sagte sie: »Schön, dass das Gourrama heute nicht leer steht. Das wäre noch trauriger.«

Der Regen der vergangenen Tage hatte im verwilderten Garten für etwas Kosmetik gesorgt. Vor allem dem Kürbis hatte er gutgetan, der mit großen, sattgrünen Blättern das Beet überwucherte. Nur die Bambusrohre der Tomatenstauden ragten trostlos aus dem Grün. Den paar Blättern, die die Trockenheit überlebt hatten, hatte der Regen den Garaus gemacht. Sie welkten pilzgrau zwischen Tomaten, die wie kleine schlaffe Säcke vor sich hin faulten.

In den Brombeeren stritten sich die Spatzen um die Ernte, unter den Bäumen summten die Wespen im Fallobst.

Lucas' Großonkel hatte sich gefreut, als ihn Fabio anrief und fragte, ob sie den Abend im Gourrama verbringen dürften. Falls möglich, aber wirklich nur falls möglich, solle er doch ein paar Brombeeren pflücken, es seien die besten, die er kenne. Und Obst. Obst, so viel er tragen könne. Fabio hatte sich vorgenommen, dem alten Mann etwas von der Ernte vorbeizubringen.

Es musste sehr nass gewesen sein, als die Polizei hier war. Über den Holzboden der Veranda bis zur Tür führte ein Trampelpfad aus schmutzigen Fußspuren. Im Raum selbst hatte sie jemand mit einem feuchten Lappen ungleichmäßig verschmiert. Auch Spurensicherer hinterließen Spuren.

Es roch nach Feuchtigkeit und verdorbenem

Essen. Auf dem Tisch lagen drei Tageszeitungen, alle vom 26. Juli, Lucas' letztem Tag. Daneben ein Aktenordner mit der Aufschrift »Laufendes«.

Auf der Eckbank standen vier Archivschachteln voller Akten, Manuskripte und Büromaterial.

Der interessanteste Fund war unter den alten Zeitschriften versteckt. Lucas' Powerbook.

Auf dem oberen Kajütenbett lagen ein paar Kleidungs- und Wäschestücke. Das untere Bett war bezogen und ungemacht.

Im Abtropfständer neben dem Spülbecken steckten zwei Teller. Daneben standen ein offener Waschbeutel, ein Rasierer, ein Rasierpinsel und ein Rasierseifenstift.

Hinter einem gestreiften Vorhang unter dem Spülbecken befand sich ein Mülleimer. Von da kam der Gestank. Er enthielt eine Tiefkühlmahlzeit, Rahmschnitzel mit Spätzle im Doppelbeutel. Die Seite mit den Spätzle war intakt. Aber der Beutel mit den Rahmschnitzeln musste sich aufgebläht haben, bis er geplatzt war.

Fabio stellte den Eimer in den Garten. Gemeinsam begannen sie damit, das Gourrama einigermaßen in Ordnung zu bringen.

Später, während sich Fabio den Computer vornahm, ging Norina in den Garten. Sie wollte für Lucas' Onkel ein paar Zwetschgen pflücken und vielleicht auch ein paar Brombeeren. Der Himmel sah wieder einmal aus, als ob er sich jeden Moment ausgießen wollte. Fabio beobachtete sie vom Fenster aus. Norina stand unter dem Zwetschgenbaum und bewegte sich in Zeitlupe. Sie legte den Kopf in den Nacken, blickte suchend ins Geäst, streckte den Arm aus, griff sich eine Frucht, winkelte den Arm an und ließ die Hand in den Korb sinken. Anmutig wie eine Tempeltänzerin. Ihre Bewegungen waren viel graziöser als alles, was er im Tai Chi je gesehen hatte. Erst nach ein paar Minuten erkannte er den Grund ihrer Langsamkeit: Sie wollte die Wespen nicht mit brüsken Bewegungen in Rage bringen.

Fabio startete Lucas' Computer. Etwas Merkwürdiges geschah: Eine Melodie ertönte, und in einem Dialogfenster wurde er als neuer Benutzer willkommen geheißen und aufgefordert, die folgenden Schritte durchzuführen.

Lucas' Computer wollte die Benutzerangaben für ein neues Betriebssystem. Etwas, das nur bei fabrikneuen Geräten nötig ist. Oder solchen, die neu installiert worden waren.

Fabio befolgte die nötigen Schritte und hatte bald Gewissheit: Jemand hatte alle Daten von der Festplatte gelöscht und das Betriebssystem neu installiert. Vielleicht Lucas. Oder wer sonst?

Es fiel ihm nur Duliman Boswell ein. Und seine manchmal etwas kindischen Leute.

Ein plötzlicher Luftzug schlug die Tür zu. Fabio erschrak. Der Wind zerrte an den Bäumen. Norina stand nicht mehr unter dem Zwetschgenbaum.

Er schloss das Fenster und trat auf die Veranda. In der Ferne lag die Stadt noch in der Sonne. Aber schwarze Wolkentanker trieben rasch auf sie zu. Norina war bei den Brombeeren gewesen und kam jetzt auf das Häuschen zu. In der Linken einen Korb, in der Rechten einen kleinen Milcheimer. Der Wind blies ihr die Fransen aus der Stirn und klebte ihr die Bluse an den Körper. Fabio ging ihr entgegen und nahm ihr die Sachen ab.

»Gibt der Computer etwas her?«, fragte sie, als sie sich ins Haus geflüchtet hatten.

Fabio erklärte ihr, was er herausgefunden hatte.

»Ich dachte, man könnte auch auf einer gelöschten Festplatte Daten rekonstruieren. Sie sind noch da. Man muss nur den Zugang zu ihnen finden.«

»Das sagt mein Neuropsychologe auch immer.«

Sie saßen am Tisch und schauten zu, wie der Wind mit der Gartenbaugenossenschaft Waldfrieden seine Späße trieb. Der Regen ließ auf sich warten. Aber weiter im Westen fiel er grau und senkrecht aus einer Wolke, wie aus einem Brausekopf.

Der Moment war wie geschaffen für ein unangenehmes Gespräch.

Aber es konnte auch noch ein wenig warten.

Fabio leerte den Inhalt der ersten Archivschachtel auf den Tisch. Nichts, was aussah wie die Aufzeichnungen eines Forschers. Ein etwa dreißig Seiten starkes, mehrfach redigiertes Manuskript einer unfertigen Erzählung mit dem Titel »Endlich«. Verschiedene Gedichtanfänge, Vierzeiler, Songfragmente. Offenbar die Sammlung von Lucas' privaten Schreibversuchen. Dabei ein paar Gegenstände, die ihm etwas bedeutet hatten: eine unbenutzbare Füllfeder; ein paar kleine, sehr gewöhnliche Muscheln; ein Schlüsselanhänger mit dem Wappen von Innsbruck; ein paar in einer Frauenhandschrift adressierte Luftpostumschläge, deren Inhalt sie unberührt ließen.

Sie packten die Sachen wieder in die Schachtel zurück.

Der Inhalt der nächsten Schachtel kam Fabio bekannt vor. Es enthielt Lehrmaterial aus der Journalistenschule. Fabio hatte seines längst weggeschmissen. Das von Lucas hingegen war voller Hervorhebungen mit verschiedenfarbigen Leuchtstiften.

Die beiden übrigen Archivschachteln waren mit »Interviews und Recherchen« beschriftet. Sie enthielten Stenoblöcke, wie auch Fabio sie benutzte. Die meisten wurden durch ein Gummiband mit einer Tonkassette zusammengehalten. Alle trugen Titel und Daten.

Der Wind hatte etwas nachgelassen. Über der Stadt flackerten Blitze auf. Mit großer Verspätung war das Donnergrollen zu hören. Fabio und Norina saßen am Tisch über Lucas' Aufzeichnungen gebeugt, wie zwei Kinder über ihre Weihnachtsbasteleien.

Norina hatte den Korb mit den überreifen Zwetschgen neben der Sitzbank auf den Boden gestellt. Ein Duft von vergärendem Obst stieg Fabio in die Nase.

Plötzlich lag alles vor ihm, als hätte er es nie vergessen. Lucas hatte hier am Tisch gesessen, wie jetzt Norina. Er selbst stand. Sie stritten sich. Es ging um den LEMIEUX-Skandal, wie sie das Projekt nannten. Fabio hatte Lucas seinen Entschluss eröffnet, die Sache nicht weiterzuverfolgen. Lucas stellte sich stur, wie nur er das konnte. Hörte aufmerksam zu und antwortete dann auf jedes noch so überzeugende Argument mit dem immer gleichen Kopfschütteln.

Besonders, wenn das Argument mit Geld zu tun hatte.

Es war ein hässlicher Streit gewesen. Fabio hatte nichts ausgelassen. Hatte ihn verspottet, bedroht, beschimpft, ihm vor Augen gehalten, was er wäre ohne ihn. Und immer nur das gleiche bockige Kopfschütteln geerntet.

Schließlich schrie Fabio: »Leck mich am Arsch! Die Geschichte ist gestorben, ob du mitmachst oder nicht. Ich habe Barths Aufzeichnungen ausgehändigt!«

Und Lucas schrie zurück: »Und ich habe sie kopiert!«

Fabio war hinausgestürmt. Aber an der Weggabelung hatte er es sich anders überlegt, und er war zurückgegangen.

Vom Gartentor aus sah er Lucas mit einem Paket aus dem Haus kommen und unter der Veranda verschwinden.

Er rannte hin und sah, wie Lucas das Paket versteckte.

Er griff sich einen schweren Holzstiel und ging auf Lucas los.

An dieser Stelle hörten seine Erinnerungen auf. Wahrscheinlich hatte er Lucas unterschätzt.

Wie zur Feier von Fabios zweiter Erinnerungsinsel zerriss der Wind für einen Moment die Wolkendecke. Die tiefstehende Sonne beleuchtete die Schrebergartenkolonie wie eine Filmkulisse.

»Was ist mit dir?«, fragte Norina. Fabio schaute auf. »Du bist schneeweiß.«

»Mir ist eingefallen, wo die Unterlagen sein könnten.«

Als sie ins Freie traten, stiegen die ersten Raketen ungeduldiger Kinder in den jetzt wieder hellen Himmel. Im Garten von Frau Blatter führten eine Reihe Lampions an ihrer Schnur einen wilden Tanz auf. Der Wind knatterte im provisorischen Regenvordach.

Fabio ging voraus. Auch der Raum unter dem Haus hätte dringend entrümpelt werden müssen.

Sie räumten eine Leiter weg, die den Zugang zum Obstfass versperrte.

Das Fass besaß einen Deckel. Er war mit Backsteinen beschwert. Daneben lagen eine rostige Rebschere und eine schartige Handsichel.

Fabio räumte alles auf den Boden und hob den Deckel. Der Geruch von vielen Jahrgängen vergorenen Obstes schlug ihnen aus dem leeren Fass entgegen.

»Riechst du das?«, fragte Fabio. »Wie die Zwetschgen im Korb. Ihr Geruch hat die Erinnerung hervorgerufen.«

Fabio lehnte sich über das Fass und streckte seinen Arm hinein. Seine Fingerspitzen berührten etwas. Er bekam es zu fassen und zog es heraus.

Es war ein schwarzer Müllsack mit einer schweren Schachtel.

Die einzige Lichtquelle des Raumes war eine Glühbirne, die über dem Tisch baumelte. Die Überreste des Lampenschirms, der einmal dazugehörte, hatten sie zwischen dem Gerümpel unter der Veranda liegen sehen.

Seit drei Stunden studierten Fabio und Norina die Aufzeichnungen von Doktor Barth. Die meisten waren mit Klebenotizen versehen, auf denen in Lucas' Handschrift erläutert war, was sie bedeuteten. Was immer jemand gegen die Untersuchungsmethode einwenden wollte, die Beweislage schien erdrückend.

Sie saßen nebeneinander und gingen Blatt für Blatt durch. Draußen knallten vereinzelte Feuerwerkskörper wie Schüsse aus den letzten Widerstandsnestern eines längst eroberten Landes. Schon seit einer Weile hatte Norina den Kopf auf Fabios Schulter gelegt.

Als sie das letzte Blatt begutachtet, mit der Vorderseite nach unten auf seine Vorgänger gelegt, den ganzen Stoß zurechtgeklopft und in seine Schachtel zurückgelegt hatten, stellten sie sich ans Fenster und schauten dem Flackern und Blitzen und Funkeln zu, das die stürmische Nacht durchzuckte.

Und dann, ohne weitere Umstände, küssten sie sich, halfen sich langsam aus den Kleidern und machten sich im engen, knarrenden Kajütenbett daran, andere, schönere, Erinnerungen aufzufrischen.

Der Himmel hatte ein Nachsehen und hielt sich zurück, während über dem See das große Feuerwerk gezündet wurde. Fabio und Norina blieben eng aneinandergeschmiegt unter der karierten Decke liegen. Nur die höchsten, hellsten, grandiosesten Bouquets erreichten ihr Blickfeld, bevor sie verglitzerten, verflimmerten und verglimmten.

Jetzt!, dachte Fabio.

»Fabio«, flüsterte Norina.

»Hmm?«

»Der vergessene Fabio ...«

»Ja?«

»Ich glaube, ich könnte ihn auch vergessen.«

Fabio zog Norina fester an sich. Ein Strauß aus bunten Leuchtspuren verblühte in der Ferne.

Fabio flüsterte: »Ich glaube, ich auch.«

Kaum war das Schlussbouquet erloschen, begann ein tropischer Regen auf die Dachpappen zu trommeln.

Fabio zog die Decke fester um Norina. »Warst du schon einmal in Amalfi?«

»Nein.«

»Ich kenne dort ein Hotel. Mit hängenden Gärten und einem Lift direkt zum Meer hinunter.«

»Klingt teuer.«

»Ich habe ein bisschen was auf der Seite.«

Zwei Wochen später erschien auf der Titelseite des SONNTAG-MORGEN der letzte Beitrag von Lucas Jäger. Er trug die Überschrift: »Der Schoko-Schock – Prionen in der Schokolade.«

Fabio Rossis Name tauchte nirgends auf.

Mein Dank für ihren Rat, ihre Ideen, ihre Zeit und ihre Geduld geht an Dr. phil. Peter Brugger von der neurologischen Klinik des Universitätsspitals Zürich; Prof. Dr. med. Hans Landolt von der neurochirurgischen Klinik des Kantonsspitals Aarau; Peter Locher vom Bundesamt für Verkehr, Abteilung Aufsicht, Sektion öV-Personal; Dr. phil. Andreas U. Monsch von der Memory Clinic der geriatrischen Universitätsklinik Basel; Dr. Esteban Pombo-Villar, Preclinical Research von Novartis Pharma, und an Giovanni Pucci, Secondo.

Martin Suter